BASTEI
LÜBBE

WARREN MURPHY
im BASTEI-LÜBBE-Programm:

19 059 Trace und die toten Patienten

WARREN MURPHY
TRACE SCHLÄGT ZU

Thriller

Mit einem Nachwort von
Martin Compart

BASTEI
LÜBBE

BASTEI-LÜBBE-TASCHENBUCH
Bastei-Lübbe-Thriller

Band 19 062

Erste Auflage: Juli 1988

Deutsche Lizenzausgabe 1988
Bastei-Verlag Gustav H. Lübbe GmbH & Co., Bergisch Gladbach
Originaltitel: Trace and 47 Miles of Rope
Ins Deutsche übertragen von Sabine Hübner
Lektorat: Martin Compart
Titelfoto: Photo Media
Umschlaggestaltung: Quadro Grafik, Bensberg
Druck und Verarbeitung:
Brodard & Taupin, La Flèche, Frankreich
Printed in France
ISBN 3-404-19062-9

Der Preis dieses Bandes versteht sich einschließlich der gesetzlichen Mehrwertsteuer.

1

Aus den Stereo-Boxen kam mit voller Lautstärke sanfte Popmusik. Ein paar Leute tanzten in der Mitte des großen Wohnraums. Andere standen in Zweier- und Dreiergrüppchen zusammen und unterhielten sich laut, um den allgemeinen Lärm zu übertönen.

»Ich hab' da irgend'ne verrückte langfristige Wettervorhersage gehört. Kann sein, daß es diesen Winter schneit.«

»Komm, was verzapfst du denn da? In Las Vegas schneit es doch nie.«

»Streite dich lieber mit den Wetterleuten statt mit mir. Oder vielleicht mit denen vom Bauernkalender. Die haben es behauptet, nicht ich.«

»Habt ihr das gehört? Es soll diesen Winter schneien! Und wieviel Schnee soll es geben? Haben sie dir das auch gesagt?«

»So, wie es in Las Vegas immer schneit. Eine Flocke nach der anderen.«

»Die Nonne hat mich in die Schule kommen lassen.«

»Warum?«

»Wegen Margaret. Die Nonne sagte, daß in der Musikschule alle Kinder aufstehen mußten und ihr Lieblingslied singen mußten. Und als Margaret an der Reihe war, stand sie auf und sang: ›Husch husch husch, wer treibt's da hinterm Busch.‹ «

»Und was hast du gesagt?«

»Was hätte ich schon sagen können? Ich sagte: ›Was haben Sie denn, sie hat eben den Text falsch verstanden.‹ «

»Was macht man schon mit einem achtzehnjährigen Jungen, der einen in Las Vegas besucht? Ein rotzfrecher Lümmel. Ich hab' ihn in einen Spielsalon mitgenommen, was hätte ich denn sonst mit ihm machen sollen? Und genau wie seine alte Dame hockt er da und zieht sich das rein, und ich denke, vielleicht sollte ich was zu ihm sagen, weil er doch mein Sohn ist, zumindest behauptet seine Mutter das. Wir schauen uns also ein Hockeyspiel mit Wayne Gretzky an.«

»Ja?«

»Und wie der Junge so auf die Leinwand starrt, sag' ich: ›Das ist Wayne Gretzky. Er war schon mit achtzehn Jahren der größte Hockeyspieler, den es je gab.‹ Und diese Rotznase sagt: ›Na und?‹ Und ich sage: ›Und du bist achtzehn, du Miststück, und bist nicht mal in der Lage, was zu trinken zu bestellen. Geh doch nach Minnesota zurück.‹ «

Auf der anderen Seite einer Durchreiche standen zwei Männer in der Küche, die diese Unterhaltung mitbekamen. Einer von ihnen war Devlin Tracy. Er war einssiebenundachtzig groß und blond, und selbst wenn er nicht lachte, hatte er Lachfältchen um die Augen. Er machte den Eindruck eines Mannes, der wußte, daß die Welt verrückt war, und sich entschlossen hatte, lieber Teil des Problems zu werden als Teil der Lösung.

Er überragte den anderen Mann, der nur einszweiundfünfzig groß war. Sein Name war Walter Marks, und er verzog ständig mit einem Ausdruck des Ekels die Lippen; seine eng beieinanderstehenden Augen huschten ständig hin und her, so, als sei die Welt voller Killer, die alle mit seiner Photographie in der Tasche herumliefen.

»Ich habe nie begriffen, warum Sie mich hassen«, sagte Devlin Tracy gerade. »Ich begegne Ihnen trotz allem doch mit äußerster Freundlichkeit.«

»Trotz was?« erwiderte Walter Marks. »Trotz was? Trotz was?«

»Ich würde lieber nicht darüber reden, wenn es Ihnen nichts ausmacht. Ich finde es eben nur unfair, mir meine Freundlichkeit mit soviel bösartigem Haß zu vergelten«, meinte Devlin Tracy.

»Ich bin nicht der Meinung, daß es sich um Haß handelt, nur weil ich mein Geld nicht in Ihre blödsinnigen Projekte investiere. Das letzte waren diese idiotischen Autokennzeichen, die man im Spiegel lesen konnte. Und davor, was war da? Ach ja. Der CB-Bibelfunk. ›Fischer, Fischer, hier ist Palm Leaf, Old Buddy. Hüte dich vor den Iden des März!‹ «

»Es waren nicht die Iden des März. *Das war Julius Cäsar*. Es war das Passahfest.«

»Was auch immer es war, wer zum Teufel würde so was kaufen?« sagte Marks.

Tracy zuckte die Achseln. »Ich weiß es nicht. Es soll sogar Leute geben, die Platten von Lola Falana kaufen, hat man mir gesagt. Man kann nie wissen, womit man Erfolg hat.«

Er winkte durch die Durchreiche ins Wohnzimmer hinüber, wo eine üppige Brünette in Minirock und weißen Lackstiefeln kurz den Tanz mit ihrem Partner unterbrach und Tracy lächelnd ihren sehr großen Busen darbot.

Ihr Tanzpartner war ein distinguierter, weißhaariger Mann in dreiteiligem Nadelstreifenanzug. Sein Aussehen entsprach genau dem, was er auch wirklich war: der Direktor einer Versicherungsgesellschaft. Er griff nach der Hand des Mädchens und rief laut in die Küche hinüber: »He, Trace! Sag ihr, sie soll davon auch was für mich aufheben!«

»Es reicht für alle!« rief Trace zurück, und die Brünette wandte sich wieder ihrem weißhaarigen Tanzpartner zu und schmiegte sich an seinen Körper.

»Bob scheint's momentan gutzugehen«, bemerkte Trace.

»Gräßlich!« erwiderte Walter Marks. »Wer ist denn das?«

»Sie tanzt in der Show im Araby Casino«, sagte Trace. »Heißt Flamma und tanzt den Tanz der Sieben Schleier. Ohne Schleier.«

»Mr. Swenson hat etwas zuviel getrunken«, meinte Marks. »Wird er . . . na ja, Sie wissen schon, wird er sich mit ihr einlassen?«

»Hoffentlich«, antwortete Trace. »So habe ich es geplant.«

»Er hat in New York Familie.«

»Ich glaube kaum, daß er Flamma mit nach New York nehmen wird«, erwiderte Trace.

»Es geht mir auch nicht darum, daß er sie mit zurücknehmen könnte. Ich will nur nicht, daß er noch irgend etwas anderes, was sie ihm vielleicht verpassen könnte, mit nach Hause nimmt. Ich habe gewußt, daß diese Party ein Fehler war. Als beschlossen wurde, daß die Versicherungstagung dieses Jahr in Las Vegas stattfinden sollte, sagte ich gleich ›Oje, das heißt, daß wir mit Trace zusammentreffen, und das heißt, wir werden alle Ärger kriegen!‹ Ich habe es von Anfang an gewußt. Die Tagung beginnt erst morgen, und Mr. Swenson benimmt sich jetzt schon so. Ich werde ihn ständig im Auge behalten müssen.«

»He, Groucho! Bob ist frei, weiß, volljährig und hat eine eigene Versicherungsgesellschaft. Laß ihn in Ruhe.«

Eine kleine Orientalin in einem langen blauen Abendkleid, das eine Schulter freiließ, betrat die kleine Küche, schob Trace beiseite und begann, die Gläser zu spülen. Ihr langes Haar fiel ihr über die Schultern – pechschwarz, glänzend. Trace trat hinter sie, schob ihr Haar beiseite und küßte ihren Nacken.

»Gute Party, Trace«, sagte sie, ohne sich umzudrehen.

»Genieß es, Chico. Meine Eltern kommen bald zurück.«

»Wo sind sie denn eigentlich?«

»Meine Mutter wollte sich noch die Trapeznummer im Circus ›Circus‹ anschauen.«

»Und deshalb läßt sie sich deine Beinahe-Geburtstagsparty entgehen?« fragte Chico.

»Manche Dinge im Leben sind eben wichtiger als andere.«

Die junge Frau drehte sich um. Sie hatte ein glattes, feingeschnittenes Gesicht mit intelligenten, weit auseinanderliegenden Augen. Sie schenkte Walter Marks ein strahlendes Lächeln. »Darf ich Ihnen einen Drink machen, Mr. Marks?« fragte sie.

»Nein danke«, erwiderte er steif.

»Er trinkt nicht so viel«, sagte Trace. »Macht sich Sorgen wegen Bob.«

»Wegen Mr. Swenson? Dem geht es gut«, sagte die junge Frau.

»Woher wissen Sie das?« fragte Marks.

»Er hat mir gerade zwei Dollar angeboten, wenn ich mit ihm ins Schlafzimmer ginge.«

Marks wirkte gequält. »Ooooh«, sagte er.
»Hast du sie genommen?« erkundigte sich Trace.
»Ich habe ihm vorgeschlagen, daß ich für fünf mit ihm nach Hause ginge.«
»Mach es nicht unter zehn«, meinte Trace. »Er ist reich.«
»Ich weiß. Das hat er mir gesagt. Er hat mir gesagt, daß er jederzeit für mich da sei, falls du mich loswerden wolltest«, sagte Chico.
»Glaub ihm nicht. Er ist Versicherungsmann. Die versprechen das Blaue vom Himmel herunter«, sagte Trace, als das Mädchen mit einem Tablett frischgespülter Gläser für die Bar im Wohnzimmer aus der Küche flitzte.
»Wie können Sie so mit ihr reden?« fragte Marks.
»Wir leben hier zusammen. Wohngemeinschaft. Was soll ich denn machen? Soll ich sie vielleicht mit obszönen Telefonanrufen belästigen oder ihr anonyme Briefe unter den Frühstücksteller legen?«
»Aber . . . Na ja, was soll's«, meinte Marks. »Ich möchte, daß Sie . . .«
»Ich weiß schon. Sie möchten über Geschäfte reden. Ich habe Ihnen ja schon gesagt, daß Sie mich hassen, Groucho. Da gebe ich nun eine Party für ein paar Freunde . . .«
»Das hier erinnert eher an, wie hieß das doch gleich, an eine ›Walpurgisnacht‹«, warf Marks ein.
»Ich gebe zu, daß ihr Versicherungstypen dem Ganzen eine Art dekadentes Flair gebt, aber es sind nur noch vier Tage bis zu meinem Geburtstag, und Sie wollen dieses Fest mit Geschäften verderben.«
»Ja.«
»Das ist das Problem mit Ihnen, Groucho. Sie haben nie gelernt, sich richtig zu amüsieren. Sie sind sozusagen vom Hochadel von Las Vegas umgeben und möchten über irgendeine blöde Versicherungspolice reden.«
»Der Adel hat böse Zeiten durchgemacht«, erwiderte Marks.
»Ich meine speziell den Adel von Las Vegas. Diese beiden blonden Zwillinge dort draußen, die sich über den Jungen unterhalten. Das sind die berühmtesten Nutten von Las Ve-

gas. Vielleicht die teuersten auf der ganzen Welt. Zweitausendfünfhundert Dollar für beide zusammen. Für eine Nacht. Und eine Warteliste, seit die OPEC und die Scheichs beschlossen haben, daß Nevada-Sand besser ist als arabischer Sand. Und heute nacht haben sie sich freigenommen, zweitausendfünfhundert Dollar sausen lassen, nur um Sie zu sehen. Das ist wirklich wahr. Ich habe ihnen erzählt, daß Sie kommen, und was tun Sie, Sie können nicht mal zehn Minuten an was anderes als an Geschäfte denken. Die werden ganz schön niedergeschmettert sein. Und dann – sehen Sie diesen fetten Kerl dort drüben, der sich über seinen Sohn beklagt?«

»Dieser ekelhafte, dreckige Kerl dort?« fragte Marks.

»Ah, Sie finden ihn also dreckig und eklig, aber das ist nur Tarnung.«

»Tomatensoße auf einem schmuddeligen weißen Hemd ist also Tarnung?« fragte Marks.

»Ja. Wissen Sie, alle halten die Kasino-Bosse für superschlau, aber in Wirklichkeit sind die meisten so nutzlos wie ein nasses Taschentuch. Wenn man zum Beispiel kein geliehenes Rüschenhemd mit Manschettenknöpfen aus echtem Goldimitat trägt, dann halten die einen für irgendeinen blöden Touristen, der bloß gekommen ist, um dem Kasino-Wohlfahrtsverein eine Spende zu überreichen. Die Kasino-Bosse der ganzen Stadt lachen über diesen Typen hier. Er kommt in ihre Spielhallen, kauft sich mit fünfhundert oder so am Black-Jack-Tisch ein, niest, hustet, frißt und stößt seinen Drink um, und keiner der Bosse kommt zu nah an ihn ran, weil die Angst haben, sie könnten sich was holen; dann spielt er eine Weile, und wenn er keine Chips mehr hat, steht er auf und sagt: ›Da habt ihr mich ja mal wieder schön ausgenommen.‹ Dann geht er, und die Bosse sagen grinsend zum Kartengeber: ›So ein Trottel.‹ Aber der Typ hier hat in seiner Jacke eine Geheimtasche, und er hat so um die acht-, neunhundert Dollar gemacht. Und am nächsten Tag läßt er von einem anderen die Chips einlösen, und die Bosse erfahren nie, daß er pro Woche fünf Tausender kassiert.«

»Wissen die Kartengeber auch nichts davon?« fragte Marks.

»Natürlich wissen sie es«, erwiderte Trace. »Aber sie verraten es nicht.«

»Warum nicht?«

»Erstens sind die Bosse verhaßt. Zweitens gibt dieser Bursche hohe Trinkgelder. Wenn der aus den Kasinos rausfliegt, kriegen die keine Trinkgelder mehr. Warum sollten sie ihn also verraten?«

»Weil sie für das Kasino arbeiten. Sie sollten sich ihrem Arbeitgeber gegenüber loyal verhalten«, meinte Marks.

»Sehr gut, Groucho«, sagte Trace. »Halten Sie mir nur Vorträge über Loyalität und Arbeitsverträge und worüber Sie sonst noch Lust haben. Wer weiß, was wieder in Ihrer Tasche steckt, was ich lesen muß und was mich ins Unglück stürzt. Also los, worum geht's denn?«

Marks griff in seine Tasche. Er trug einen maßgeschneiderten schwarz-grauen Anzug mit Ärmelaufschlägen und Perlmuttknöpfen, deren Schimmer gut zu der hellen Musterung seiner weichen Seidenkrawatte paßte. Er reichte Trace einen Zeitungsausschnitt.

Trace warf einen Blick darauf und gab ihn zurück. »Darüber weiß ich Bescheid«, sagte er. »Ich kannte Early Jarvis. Worum geht es also?«

»Der Artikel ist ein wenig vage«, sagte Marks, »aber aus dem Haus dieser Gräfin wurde Schmuck im Wert von einer Million Dollar gestohlen.«

Trace zuckte die Achseln. »Die Garrison Fidelity ist für Lebensversicherungen zuständig. Ich überprüfe nur, ob die Ansprüche berechtigt sind. Was hat gestohlener Schmuck mit mir zu tun?«

»Das ist es eben. Jarvis hatte bei uns eine Lebensversicherung abgeschlossen. Fünfundsiebzigtausend. Und dieses Geld hinterließ er der Gräfin. Ich denke, Sie sollten sich mal damit befassen.«

Trace mißfiel der Ton, in dem Marks mit ihm sprach. Er hatte etwas Blasiertes, Selbstzufriedenes an sich. »Was geht hier vor?« fragte Trace. »Das sieht so aus, als wollten Sie jemandem einen Gefallen tun! Ich überprüfe Jarvis' Tod, und damit muß ich dann auch gleich den Schmuckdiebstahl überprüfen, das heißt, zu guter Letzt arbeite ich umsonst für irgendeine andere Versicherungsgesellschaft, die an der Sache mit dem Schmuckdiebstahl zweifelt. Warum tun Sie mir das an?«

»Machen Sie sich darüber mal keine Sorgen, Trace«, antwortete Marks. »Wenn Sie tatsächlich soviel Glück haben, den Schmuckdieb zu entdecken, was ich übrigens sehr bezweifle, dann wird Ihnen die andere Firma eine ganze Menge Geld dafür bezahlen, da bin ich ganz sicher.«

»Und das würde Sie nicht stören? Würden Sie dann etwa nicht herummeckern und versuchen, mir meinen Lohn zu kürzen? Ich kenne Sie doch. Ich höre Sie schon sagen: ›Trace, jetzt sind Sie doch schon von Soundso bezahlt worden, warum wollen Sie jetzt auch noch Geld von uns?‹ Genau das höre ich Sie schon sagen.«

»Nein, das würde ich nicht tun«, entgegnete Marks. Man hatte den Eindruck, er versuche, den Ton eines unschuldig Angeklagten zu treffen, aber das gelang ihm einfach nicht.

»Natürlich würden Sie«, sagte Trace. »Aber ich habe Ihr Wort, daß Sie es nicht tun, ja?«

»Sie haben mein Wort.«

»Wer ist schon mit dem Schmuck befaßt?« fragte Trace.

»Einer aus der Gegend dort, irgendein Detektiv.«

»Wie heißt er?« fragte Trace.

»Roberts. R. J. Roberts«, antwortete Marks.

»Ah! Mit dem will ich nicht zusammenarbeiten.«

»Warum nicht?«

»Er ist ein Dummkopf«, sagte Trace. »Der würde nicht mal einen Elefanten im Porzellanladen finden.«

»Arbeiten Sie dennoch mit ihm zusammen«, meinte Marks.

»Sie wissen ja, das einzige, was uns interessiert ist, ob die Gräfin Jarvis umgebracht hat«, sagte Trace. »Alles andere bezahlen wir, in Ordnung?«

Marks verzog das Gesicht wie eine Katze, die man an einer Zigarette riechen läßt. »Gräfinnen«, schnaubte er. »Ich hab' noch keine getroffen, die für Geld nicht alles getan hätte. Wahrscheinlich hat sie ihn wirklich umgebracht. Fünfundsiebzigtausend sind ja schließlich kein Pappenstiel.«

Trace deutete mit dem Finger ins Wohnzimmer hinüber, und zwar in die Richtung einer Frau in einem langen weißen, perlenbesetzten Kleid. Selbst im Vergleich zu all den gutaussehenden Frauen in Traces Wohnzimmer war sie eine besondere Schönheit. Sie war hochgewachsen und wohlgeformt und ihre roten Haare erinnerten an die letzten Minuten vor dem Sonnenuntergang. Ihre ohnehin schon phantastisch grünen Augen wirkten durch die gesunde, zarte Bräunung ihres Gesichts wie Jade. Sie schien kein Make-up zu tragen, aber ihre Wimpern waren erstaunlich lang, und ihre Lippen schimmerten in einem natürlichen rosigen Farbton. Sie sah, daß Trace ihr zuwinkte, und kam mit einem Glas in der Hand in die Küche.

»Felicia, ich möchte dich gerne mit jemandem bekanntmachen. Das ist Walter Marks. Er hält dich für eine Mörderin. Darf ich dir nachschenken?«

Gräfin Felicia Fallaci setzte ein wirklich atemberaubendes Lächeln auf und reichte Trace ihr Glas.

»Das wäre sehr lieb von dir«, sagte sie. »Gerade soviel, daß ich's ihm über den Kopf gießen kann.«

Walter Marks lief blau an.

Nicht annähernd so betrunken wie er tat, lehnte sich Robert Swenson, Direktor der Garrison Fidelity Insurance Company an die Wand und holte sein Scotch-Glas hinter den Büchern hervor, wo er es versteckt hatte. Der Tanz mit Flamma hatte ihn so angestrengt, daß er immer noch schwer schnaufte. Durch den lauten Raum sah er in die Küche hinüber, wo sich Trace und Marks immer noch miteinander unterhielten.

Chico kam zu ihm.

»Kann ich Ihnen irgend etwas bringen, Bob?«

»Michiko, mein Liebling, das einzige, was ich will, bist du.«

Er nippte an seinem Drink. »Sowie ein neues Herz, neue Lungen und eine Lebertransplantation.«

Chico folgte seinem Blick in Richtung Küche.

»Ist das nicht ein wenn auch kaum erkennbares Lächeln auf Walter Marks' Gesicht?« fragte Swenson.

»Wenn es kein Lächeln ist, hat er Blähungen«, meinte Chico.

»Ich habe es erlebt, wenn er Blähungen hatte«, erwiderte Swenson. »Dann senken sich seine Brauen nach unten. Nein, das ist ein Lächeln. Dafür werde ich ihm die Ohren langziehen. Er sollte nicht lächeln, wenn er im Dienst ist.«

»Vielleicht hat er schließlich doch noch einen Weg gefunden, Sie als Präsidenten zu entthronen«, schlug Chico vor. »Heute Vizepräsident für Rechtsansprüche, morgen die ganze Welt.«

»Er ist zu klein«, sagte Swenson. »Niemand hat vor einem kleinen Direktor Respekt. Nein, er führt irgend etwas Hinterhältiges und Gemeines im Schilde.«

»Kaum zu glauben«, meinte Chico. »Etwas Hinterhältiges und Gemeines – bei einer Versicherungsgesellschaft? Wirklich kaum zu glauben.«

»Doch, doch«, sagte Swenson hartnäckig und sah immer noch in die Küche hinüber.

»Warum fragen Sie ihn nicht einfach?« schlug Chico vor.

Swenson schüttelte den Kopf. »Das wäre psychologisch unklug. Leute wie Walter muß man ignorieren. Das vermittelt ihnen ein ständiges Gefühl ihrer eigenen Wertlosigkeit. Wenn man so tut, als seien sie vorhanden, dann glauben sie früher oder später selber dran, und *dann* versuchen sie, einen zu entthronen. Das kannst du mir glauben, Mädchen.«

Er legte ihr mit väterlicher Zärtlichkeit den Arm um die Schultern und fragte sie plötzlich: »In wieviel Tagen hat Trace Geburtstag?«

»In vier.«

»Und dann ist er vierzig?«

»Genau.«

»Und du bist sechsundzwanzig?«

»Ja.«

»Er hat den Zenit hinter sich, Mädchen. Zu alt für dich«, sagte Swenson. »Aber du hast noch Chancen. Du könntest mich kriegen. Reich, mächtig, gutaussehend, intelligent . . .«

»Und für heute nacht bereits verabredet«, sagte Chico.

»Oh, das hast du bemerkt. Na ja, Flamma und ich haben tatsächlich eine Verabredung. Sie hat versprochen, mir zu zeigen, wie sie mit Sterno im Nabel tanzt. Das ist eine wissenschaftliche Untersuchung, weißt du, falls sie einmal eine Versicherung bei uns abschließt. Sonst jeder Abend, nur heute nicht. Jeder Abend. Ich werde keusch, treu und rein sein. Man wird uns als perfektes Paar preisen und Lieder über unsere Romanze schreiben.«

»Was ist mit Ihrer Frau?« erkundigte sich Chico.

»Ehrlich gesagt wäre es mir lieb, wenn sie nie was davon erführe«, erwiderte Swenson.

Chico schüttelte den Kopf. »Danke nein, vielen Dank«, sie nickte in Richtung Trace, der gerade aus der Küche kam. »Er ist ein armer Kerl, aber er gehört zur Hälfte mir.«

»Vierzig. Es ist aus mit ihm.«

»Sie wissen das, und ich weiß es auch. Aber ich glaube, sein Körper weiß es noch nicht«, meinte Chico.

»Warte nur, bis ich ihm Salpeter in seinen Wodka schütte. Aber dann brauchst du nicht heulend angerannt zu kommen, Mädchen, und bitten und betteln. Dann ist es zu spät.«

»Das hätten Sie wohl gern«, sagte Chico kichernd. »Wenn ich mit den Fingern schnippe, würden Sie für mich bäuchlings durch die Wüste kriechen.«

»Gott ja, das stimmt. Erinnere mich daran, daß ich Trace eine Gehaltserhöhung gebe. Damit er dich verwöhnen kann.«

»Mach' ich«, erwiderte Chico. »Übrigens, Sie machen das genau richtig.«

»Was meinst du damit?«

»Sie stellen sich gerade betrunken genug, um von diesen Leuten nicht mit Versicherungskram belästigt zu werden«, sagte sie. »Nur so weiter.«

»Ich ziehe mein Angebot zurück. Frauen, die mich durchschauen, kann ich nicht leiden«, meinte Swenson.

Chico sah, wie Walter Marks sich ernsthaft mit jemandem unterhielt, den man ihr als Leiter der West Coast-Niederlassungen der Garrison Fidelity vorgestellt hatte. Sie entschuldigte sich bei Swenson und ging im Zimmer herum. Sie unterhielt sich mit ein paar Leuten und schob sich dabei von hinten immer näher an Marks heran.

Als sie ihn erreicht hatte, sprach er ziemlich leise, aber sie schnappte ein paar Worte auf.

». . . sich aufhängen. Jetzt hab' ich den Kerl.«

Der andere Mann wollte gerade antworten, als Trace neben Chico auftauchte und sagte: »Ich muß mit dir reden.«

Als Marks Traces Stimme hörte, sah Chico, wie er dem anderen Mann mit einem Nicken zu verstehen gab, er solle still sein. Chico nahm Trace beim Arm und ging mit ihm weg.

»Du hast wie immer genau den richtigen Zeitpunkt erwischt«, sagte sie.

»Wenn wir schon von Zeit reden«, erwiderte Trace. »Jetzt bin ich neununddreißig, und du bist sechsundzwanzig.«

»Richtig.«

»Aber in vier Tagen werde ich vierzig sein und du bist immer noch sechsundzwanzig.«

»Und hübsch. Vergiß das nicht«, warf Chico ein.

»Ja, hübsch. Hast du je daran gedacht, daß dies eine Art Wendepunkt sein könnte? Noch zwölf Jahre, und ich bin zweiundfünfzig, und du, mein Gott, du wirst immer noch sechsundzwanzig sein, halb so alt wie ich.«

»Ich glaube kaum, daß es so läuft.«

»Nicht? Wie kommt es denn, daß du seit drei Jahren nicht mehr Geburtstag gefeiert hast?« fragte Trace.

»Oh, du bist gemein!« sagte sie. »Und ein schrecklicher Lügner. Warum sieht Walter Marks eigentlich wie eine Cheshire-Katze aus?«

»Der alte Griesgram? Ich weiß nicht. Findest du?«

»Ja«, sagte Chico.

»Er hat unsere Party verdorben, indem er mir einen Auftrag gab. Das verzeihe ich ihm nie.«

Chico konnte nichts mehr erwidern, weil in diesem Moment die Tür aufflog und ein ohrenbetäubendes Gebrüll den Raum erzittern ließ. »All right, ihr Schwachköpfe, ihr seid alle verhaftet!« In der Tür stand ein großer stämmiger, grauhaariger Mann mit riesigen Pranken. Er hatte ein gutaussehendes, wettergebräuntes Gesicht. Hinter ihm stand eine Frau, die nur aus Busen zu bestehen schien. Durch den Hut, den sie trug, erinnerte sie insgesamt stark an einen Eisbrecher der Küstenwache.

Die dreißig Gäste sahen zur Tür und Trace rief: »Okay. Jetzt kann's richtig losgehen. Mein Vater ist da!«

»Und deine Mutter«, sagte die Fregatte hinter dem Mann an der Tür.

»Und meine Mutter«, wiederholte Trace widerwillig.

2

Chico schlug Trace auf den nackten Bauch.

»Au! Wofür ist das?«

»Dafür, daß du mir das eingebrockt hast«, war die Antwort. »Du hast ja heute abend diese Versicherungstypen gesehen. Mit denen muß ich es jetzt eine Woche lang aushalten. Das heißt, eine Woche lang Bob Swensons Zudringlichkeiten abwehren.«

»In Wirklichkeit gefällt es dir doch. Mir brauchst du nichts vorzumachen«, sagte Trace. »Überleg doch mal. Du. Offizielle Tagungshosteß für fünfhundert von Gottes edelsten Geschöpfen: Versicherungsleute. Ich weiß nicht, ob du diese Ehre überhaupt verdienst.«

»Ich bin unterbezahlt«, antwortete sie.

»Du bekommst zweitausend Dollar für vier Tage.«

»Genau. Im Araby kriege ich fünfhundert Dollar pro Woche und ohne schwere Arbeit. Allein dafür, daß ich Walter Marks' widerliche Visage ertrage, müßte ich schon fünftausend kriegen.«

»Schau ihn einfach nicht an. *Dann* bist du überbezahlt«, sagte Trace.

»Und es ist herrlich, daß deine Verwandten in der Stadt sind«, meinte sie sarkastisch.

»Ich dachte, du magst Sarge.«

»Ich liebe ihn geradezu, das weißt du ja, auch wenn er genauso schlimm ist wie Swenson. Aber deine Mutter!«

»Eine prächtige Person«, erwiderte Trace. »Wirklich, eine prächtige Person.«

»Du bist wie alle feinen Leute, die früh lesen lernten«, sagte Chico. »Du kennst die Wörter, aber du wendest sie falsch an. Deine Mutter kann man nicht ›prächtige Person‹ nennen. Es sei denn, man ist in Puerto Rico aufgewachsen.«

»Ich bin schockiert«, entgegnete Trace. »Meine Mutter?«

»Du hast ja gesehen – kaum war sie zehn Minuten hier, fing sie schon an, den Küchenschrank umzuräumen. Und dann spülte sie alle meine Gläser noch einmal. Zum Glück war die Party dann irgendwann zu Ende, sonst hätte sie auch noch den Backofen gereinigt. Ich will bloß wissen, warum diese Frau mich haßt.«

»Sie kann dir nicht verzeihen, daß du Italienerin bist«, meinte Trace.

»Ich bin nur Halb-Italienerin. Deshalb haßt sie mich ja auch nur halb. Trotzdem, ich würde mich an deiner Stelle in acht nehmen.«

»Wovon sprichst du eigentlich?«

»Ich meine Felicias Schmuckdiebstahl und all das«, antwortete Chico. »Marks führt irgendwas im Schilde.«

»Wie kommst du darauf?«

»Ich habe seinen Gesichtsausdruck gesehen, als er dir diesen Auftrag gab. Es war ein häßlicher Gesichtsausdruck.«

»So sieht er immer aus«, meinte Trace. »Er haßt mich so, wie meine Mutter dich haßt.«

»Aber diesmal sah er besonders widerlich aus. Dann hörte ich ihn noch mit diesem Idioten reden, der euer West Coast-Büro leitet.«

»Was hat er gesagt?«

»Das wollte ich gerade herausfinden, aber dann kamst du

angestolpert und hast soviel gequasselt, da brach er ab. Aber er sagte von irgend jemandem, daß er sich aufhängen solle, und dann sagte er noch: ›Jetzt habe ich den Kerl.‹«

»Damit kann er mich nicht gemeint haben. Was er gesagt hat, steht in keiner Beziehung zu mir«, meinte Trace.

»Doch, er hat über dich gesprochen. Er hat irgendwas vor. Sogar Swenson hat es gemerkt.«

»Was hat er dazu gemeint?« fragte Trace.

»Er wußte auch nichts Näheres.«

»Dann kann es nicht wichtig sein«, sagte Trace. »Der alte Griesgram würde nie irgendwas Wichtiges unternehmen, ohne es mit Swenson abzuklären.«

»Ich weiß nicht recht. Paß jedenfalls auf dich auf.«

»Bestimmt. Weißt du, das Schlimmste ist, daß ich mit diesem R. J. Roberts zu tun habe.«

»Wer ist das?«

»Ein Privatdetektiv, der in der Stadt arbeitet. Die Versicherungsfirma hat ihn auf den Juwelendiebstahl angesetzt.«

»Und was ist mit ihm?«

»Er ist unangenehm«, erwiderte Trace. »Mit solchen Typen will ich nichts zu tun haben. Ich habe so meine Maßstäbe.«

»Trace, du bist ein versoffener, degenerierter Spieler. Du würdest sogar einen Hamster vögeln, wenn er dich anlächelt. So schlimm wird dieser R. J. Roberts schon nicht sein.«

»Er trägt karierte Shorts, mein Gott! Hör mal, schlafen wir jetzt zusammen, oder willst du die ganze Nacht reden?«

»Ich wollte eigentlich die ganze Nacht reden.«

»Da weiß ich ein Gegenmittel«, meinte Trace.

»Trace, Telefon. Bob Swenson.«

»Ich hab' es nicht klingeln hören«, sagte Trace und zog sich ein Kissen über den Kopf.

Chico zog es wieder weg und hielt ihm den Telefonhörer ans Ohr.

»Dafür zahlen Sie mir nicht genug, daß Sie mich so früh anrufen können«, knurrte Trace ins Telefon.

»Raus aus den Federn«, sagte Swenson. »Heute ist der erste Tag Ihres restlichen Lebens.«

»Überprüfen Sie's für mich, und rufen Sie mich in vierundzwanzig Stunden noch einmal an«, sagte Trace.

Er wollte nach dem Hörer greifen, um aufzulegen, aber Chico verhinderte es und legte den Hörer wieder neben ihn aufs Kissen.

»Ihr seid alle gegen mich«, murmelte Trace.

»Genau darüber wollte ich mich mit Ihnen unterhalten«, sagte Swenson fröhlich. Schon sein Ton ärgerte Trace. Swenson konnte das ganze Wochenende über saufen und klang nach zwei Stunden Schlaf so frisch, als habe er gerade zwei Monate Meditation in einem Kloster hinter sich.

»Wie?« fragte Trace.

»Marks hat irgendwas vor, aber ich weiß noch nicht was.«

»Vielleicht sollten Sie und Chico mal versuchen, seine Gedanken zu lesen«, meinte Trace.

»Vielleicht«, erwiderte Swenson. »Aber jedenfalls führt er irgendwas im Schilde.«

»Na ja, Sie sind der Boß«, sagte Trace. »Es ist Ihre Firma. Fragen Sie ihn doch einfach. Sagen Sie ihm, er soll's Ihnen verraten.«

»Das geht nicht«, sagte Swenson. »Dann werde ich hineingezogen, und eh man sich's versieht, kommen Leute in mein Büro und fragen mich wegen Steuerstrukturen und Werbung und auf welcher Papiersorte man Versicherungspolicen drucken soll. Und dann werde ich für nichts anderes mehr Zeit haben, als über Versicherungen nachzudenken. Es ist nicht leicht, Präsident zu sein, Trace. Wenn man sich nur einen Moment lang nicht in acht nimmt, tanzen sie einem gleich auf dem Kopf herum.«

»Na gut, vergessen Sie's«, meinte Trace. »Wie war's mit Flamma?«

»Würde ein Gentleman über so etwas sprechen? Wußten Sie, daß sie tatsächlich mit Sterno im Nabel tanzt?«

»Läuft es nicht raus?« fragte Trace.

»Na ja, wahrscheinlich würde es rauslaufen, wenn sie aufstünde«, erwiderte Swenson. »Sie bleibt größtenteils in horizontaler Lage. Behalten Sie Walter im Auge.«

»Mach' ich«, sagte Trace.

»Und sagen Sie Chico, daß ich mit ihr zu Mittag essen will.« Nachdem er aufgelegt hatte, stellte Trace den Apparat zurück und begann, seine Checkliste funktionierender Körperteile durchzugehen, sozusagen als Vorbereitung fürs Aufstehen.

Als er schließlich in die Küche kam, kochte Chico gerade Eier und trug unpassenderweise ein langes rotes Kleid. Auf dem kleinen Frühstückstisch stand eine Tasse Kaffee. Trace nahm einen Schluck und fühlte sich gleich besser, was auch Chicos Anblick zu verdanken war. Er fragte sich, wie viele Leute es wohl gab, die sich Japanerinnen immer bleich und kränklich vorstellten, so als eine Art tuberkulöse Kabuki-Schauspielerinnen. Wie sehr die sich irrten! Chicos Teint war sanft gebräunt und sprühte geradezu vor Leben, Gesundheit und guten Erbanlagen. Bei ihrem bloßen Anblick ging es ihm gleich viel besser, und das sagte er ihr auch.

»Keine Angst, das geht vorbei«, erwiderte sie. Sie ließ die Eier aus der Pfanne auf einen Teller gleiten, stellte ihn heftig vor Trace auf den Tisch und goß ihm Orangensaft ein.

»Iß alles auf«, sagte sie. »Deine Mutter wird später wahrscheinlich Fragen stellen. Ach ja, danke übrigens.«

»Wofür?«

»Dafür, daß du gestern abend nüchtern geblieben bist.«

»Von jetzt an werde ich immer nüchtern bleiben«, meinte Trace. »Das gehört zu meinem neuen Ich.«

»Das alte Ich war ganz in Ordnung«, erwiderte sie, »aber bleib jedenfalls nüchtern, ja?«

»Gehst du jetzt?« fragte er.

»Ja. Ich beginne meine neue Karriere als Tierwärterin. Offizielle Tagungshosteß für die neunte Jahrestagung der Garrison Fidelity Insurance Company, die diesmal, zu meiner großen Freude, in meiner Heimatstadt Las Vegas, Nevada, abgehalten wird. Ich geh' hin, um mich auf so viele Arten in den Hintern kneifen zu lassen, wie Robert Swenson sich nur vorstellen kann, und um Walter Marks' gekräuselte Lippen anzuschauen. Ich werde dir später davon erzählen, wenn ich dann überhaupt noch mit dir spreche, wo du mich doch in diese Sache hineingezogen hast. Du paßt heute gefälligst auf dich auf, ja?« Sie stand vor Trace. Ihr hübscher kleiner Tänzerinnenkörper war nur durch wenige Zentimeter und ein paar dünne Stoffetzen von ihm getrennt. Er packte sie an den Hüften und fragte: »Hast du Lust?«

»In drei Tagen ist dein vierzigster Geburtstag«, gab sie zu bedenken.

»Ich verspreche dir, daß wir bis dahin fertig sind«, versicherte er.

»Du solltest allmählich damit aufhören«, sagte sie, machte aber keinen Versuch, sich aus seinem Griff zu befreien. »Schließlich beginnt jetzt dein fünftes Lebensjahrzehnt.«

»Nein. Das stimmt nicht. Ich werde erst vierzig.«

»Genau«, erwiderte sie. »Es gab das Nulljahrzehnt, ein Jahr, zwei Jahre und so weiter. Dann die Teenagerzeit, dann die Zwanziger- und die Dreißigerjahre. Am Donnerstag beginnen die Vierzigerjahre für dich.«

»Auf die Idee, das Ganze dermaßen gräßlich darzustellen, kann wirklich bloß eine japanische Sizilianerin mit ganz verschrobenen Ansichten kommen.«

»Und ich bin immer noch sechsundzwanzig«, sagte sie, beugte sich vor und berührte mit der Zunge seinen Nacken.

Nachdem sie gegangen war, schob Trace seine Spiegeleier eine Weile lustlos auf dem Teller herum, aß zwei Gabeln davon und warf den Rest weg. Er trank seinen Orangensaft und nahm sich vor, Chico zu bitten, ab jetzt immer Grapefruitsaft zu kaufen, weil *der* saurer war und man danach einen frischeren Geschmack im Mund hatte.

Er trank den Kaffee aus, was ihn sehr stolz machte, und er wollte Chico eine Nachricht hinterlassen, daß er den ganzen Kaffee ausgetrunken habe, fand dann aber nichts zum Schreiben.

Er duschte ausgiebig und dachte dabei an seinen bevorstehenden Geburtstag. Darüber Witze zu machen war eine Sache, aber würde auch er überschnappen, wie all die Leute, die er kannte, die sich Goldketten kauften und ein kleines italienisches Cabrio und in Schulhöfen herumlungerten und an die Kinder Schokolade verteilten? Chico würde ihn vielleicht davor bewahren, aber dieser Gedanke deprimierte ihn sofort. Phantastisch – alles, was ihn von der Midlife-crisis trennte, war eine sechsundzwanzigjährige eurasische Kartenlegerin, die ab und zu bei Betrügereien mitmachte, um ihr Einkommen aufzubessern. Und die unglaublich raffiniert war.

Bevor er sich anzog, holte er vom Schlafzimmerschrank eine Plastiktüte herunter, die er dort versteckt hatte. Er entnahm ihr einen kleinen tragbaren Kassettenrecorder und eine Rolle Heftpflaster. Er riß zwei lange Streifen davon ab und befestigte das Gerät auf seinem nackten Rücken, direkt über der rechten Niere.

Er brachte ein Kabel an, zog sich dann an und zog das Kabel zwischen den Hemdknöpfen heraus. Dann führte er das Kabel durch die Rückseite seiner Krawatte in einen Schlitz in einer Krawattennadel, die die Form eines goldenen Froschs besaß. Das offene Froschmaul war mit einem feinen goldenen Gitter bedeckt, und unter dem Gitter befand sich ein kleines, hochsensibles Mikrofon.

Trace testete das Gerät.

»Devlin Tracy, der dieses Gerät der Unwissenheit ein weiteres Mal benutzt. Bin ich lebendig oder bereits Vergangenheit?«

Er drückte durch sein Hemd auf einen anderen Knopf, und der Recorder wiederholte in dem leeren Schlafzimmer seine Botschaft.

Zufrieden, daß er immer noch am Leben war, spulte Trace das Band zurück, schaltete das Gerät aus, zog sein Jackett an und fuhr in die Stadt.

3

Obwohl es erst früher Vormittag war, zeigte die elektrische Temperaturanzeige an der Bank bereits 33 Grad. Trace wußte, daß es an diesem Augusttag bis zu 43 Grad geben würde. In den Straßen im Stadtzentrum wimmelte es bereits von Touristen, die in den kleinen Läden den handgefertigten Silberschmuck kauften, der nach Spiel und Sex in Las Vegas dritte Hauptattraktion ist. Die meisten Touristen unterschätzten die Sonne und trugen lange Hosen.

R. J. Roberts war zwanzig Pfund zu schwer und zwei Tage zu schmutzig. Sein Haar wirkte fettig und ungepflegt, aber vielleicht nur, damit es zum Schnurrbart paßte – einem kümmerlichen Büschel auf der Oberlippe, das an ein halbfertiges Haartransplantat erinnerte. Er trug ein grellrot kariertes Hemd und saß hinterm Schreibtisch des schäbigen Büros im zweiten Stock. Sein braunes Jackett hatte er über eine Stuhllehne gehängt. Schon ein Blick auf ihn bestätigte Trace von neuem, daß der ihn nicht mochte. Wäre er Filmproduzent gewesen, dann hätte Roberts zu der Sorte gehört, die sich einen Sitzteppich kaufte, weil sie die Ausgabe für ein Sofa scheute.

»Klar erinnere ich mich an Sie«, sagte Roberts. »Das war . . . Moment . . .«

»Das war vor zwei Jahren. Eine Ihrer Nutten betrog einen meiner Versicherungsleute, und ich holte das Geld von ihr zurück. Ich bin sicher, daß sie Ihnen gegenüber meinen Namen erwähnt hat.«

»In meiner Erinnerung war das anders«, sagte Roberts. Er hatte gelbe Zähne, und Trace wollte nicht zu sehr in seine Nähe kommen, weil er sich gut vorstellen konnte, wie sein Atem stank. »Ich erinnere mich daran, daß eine meiner Klientinnen mir sagte, sie sei von Ihnen beleidigt worden, aber ich habe ihr damals geraten, die Sache auf sich beruhen zu lassen.« Gelbes Lächeln. »Aber lassen wir das. Was kann ich für Sie tun, Tracy?«

»Early Jarvis«, antwortete Trace.

»Was ist mit ihm?«

»Er hat bei der Gesellschaft, für die ich arbeite, eine Lebensversicherung abgeschlossen. Die Gräfin ist die Begünstigte. Ich recherchiere in dieser Angelegenheit. Sie recherchieren in der Schmuckdiebstahlsache. Meine Firma meint, wir sollten Informationen austauschen. Weil vier Augen mehr sehen als zwei. Vor allem, wenn zwei davon die Ihren sind.«

Roberts beugte sich vor. »Meine Firma hat mir nichts dergleichen mitgeteilt«, sagte er.

»Hören Sie«, meinte Trace. »Es gehört zu meinen Grundregeln, daß ich mich einen Dreck um den Schmuck und um Ihren Handel mit der Versicherungsgesellschaft schere. Und ich schere mich einen Dreck darum, was für Gaunereien Sie vorhaben.«

»Was soll das heißen – Gaunereien!« schnauzte Roberts ihn an. »Wird das eine der Unterhaltungen, in denen man sich gegenseitig dauernd Fragen stellt?« fragte Trace. »Na gut, Roberts. Ich werde Ihnen genau erklären, was ich meine. Sie sind Privatdetektiv, aber ich weiß nicht, wie Sie an Ihre Lizenz gekommen sind. Sie bestreiten Ihren Lebensunterhalt hauptsächlich mit Hilfe von ein paar Nutten. Ihre Nutten stehlen. Wenn eine von ihnen viel erbeutet hat, bringen Sie die Versicherungsgesellschaft, die sich mit dem Fall befaßt, dazu, Sie anzuheuern. Dann lassen Sie sich von dem Mädchen die Beute zurückgeben, geben einen großen Teil davon an die Versicherung weiter, und dann bekommen Sie Ihren Lohn. Den Rest behalten und verkaufen Sie, und teilen den Erlös mit der betreffenden Nutte. Soweit einverstanden?«

»Sie sind wohl –«

»Nein, überhaupt nicht. Ich lebe in dieser Stadt und weiß meistens, was hier so vor sich geht. Wir können uns das also ersparen. Sie können mit der Versicherungsfirma machen, was immer Sie wollen. Ich möchte nur beweisen, daß Jarvis nicht von Felicia umgebracht wurde, dann ist meine Aufgabe erledigt. Sie können tun, was Sie wollen.«

Roberts schüttelte den Kopf. »Ich will nicht mit Ihnen zusammenarbeiten. Wir würden uns nicht vertragen.«

Trace zuckte absolut gleichgültig die Achseln. »Wie Sie wollen. Das, was ich brauche, kriege ich entweder von Ihnen oder von den Bullen. Ist mir egal. Aber wenn Sie nicht mit mir zusammenarbeiten, dann werde ich sofort zum Vizepräsidenten meiner Firma gehen – er ist mein bester Freund – und ihm von Ihrem Versicherungsbetrug erzählen. Und was dann passiert, wissen Sie ja. Er wird es einem anderen, für Schadenersatzansprüche zuständigen Vizepräsidenten weitersagen. Diese ganzen Versicherungskerle halten ja so zusammen, und der berichtet es dem nächsten Vizepräsidenten, und irgendwann landet die Story dann mal beim richtigen Vizepräsidenten, und dann werden Sie nie mehr einen Job kriegen. Arbeiten Sie mit mir zusammen! Sie können tun und lassen, was Sie wollen. Lassen Sie mich ungestört recherchieren, und ich garantiere Ihnen, daß Sie völlig freie Hand haben. Wenn Sie mir nicht glauben, rufe ich jetzt gleich Walter Marks an. Er ist mein Chef und vertraut mir vollkommen. Sie werden so schnell rausfliegen, daß Ihnen schwindlig wird.«

Gelbes Lächeln. »Sie brauchen nicht diesen Ton anzuschlagen, Tracy. Wenn Sie etwas freundlicher sind, können wir zusammenarbeiten. Was ist mit der Bezahlung? Wie teilen wir's auf?«

»Gar nicht. Sie bekommen Geld für Ihre Arbeit. Und ich bekomme Geld für meine Arbeit. Ich bin nicht an Diebstahl interessiert. Der einzige Grund, warum ich hier bin, ist der, daß ich erst mal etwas über den Schmuck herausfinden muß, bevor ich etwas über Early Jarvis' Mörder herausfinden kann. Sie erzählen mir etwas darüber, und wir tauschen unsere Informationen aus. Eine Hand wäscht die andere, so ungefähr.« Dieses Bild erregte sofort Ekel in Trace. Der Gedanke, seine Hand in irgendeiner Weise mit Roberts' Flosse zu verbinden, war widerlich.

»Gut«, meinte Roberts. »Das klingt fair.« Er wandte sich einem Aktenschrank zu, öffnete eine Schublade und war gerade dabei, einen dünnen Ordner herauszuholen, als die

Bürotür aufflog und eine Frauenstimme kreischte: »Also, was soll der Quatsch?«

Die Frau, die unter der Tür stand, war groß und blond und viel zu braun, denn die Falten in ihrem Gesicht verrieten jedes ihrer über vierzig Jahre. Sie trug einen halbärmligen Strickanzug mit einer Art Zebramuster und dermaßen hautenge lange Hosen, daß Trace den Eindruck hatte, bei einem normalen Menschen müsse dadurch die Blutzirkulation in den Füßen gestört werden. Aber das übernahmen bereits ihre Schuhe, durchsichtige Dinger, die 12 Zentimeter hohe Absätze hatten und die aussahen, als seien sie aus Glas. Sie trug Abend-Make-up – viel Blau und Grün um die Augen –, und nichts trug dazu bei, ihre finstere, zornige Miene zu mildern.

Roberts fuhr herum, warf den Ordner auf den Tisch und fauchte: »Verdammt noch mal, du Luder, ich hab' zu tun!«

Die Frau sah Roberts und Trace an, und erst nach einer Weile entspannten sich ihre Gesichtszüge ein wenig.

»Ich kenne Sie«, sagte sie zu Trace.

Er nickte. »Wie geht's, Lip Service?«

»Nicht ganz so, wie es gehen könnte. Komm, ich will was mit dir besprechen.«

»Draußen«, sagte Roberts. »Ich spreche draußen mit dir.« Er stand auf und stapfte zur offenen Bürotür. »Bin gleich wieder da«, sagte er zu Trace, packte die Frau am Arm und zog sie in den Flur hinaus. Obwohl er die Tür schloß, konnte Trace doch noch ein paar Fetzen der Unterhaltung aufschnappen. Durch das Milchglasfenster betrachtet, verschmolzen die beiden zu einem nebelhaften Menschenklumpen. Trace wurde an Shakespeares »Tier mit zwei Rükken« erinnert, dachte dann aber, daß es sich hier eher um ein Tier ohne Hirn handelte.

»An was liegt's denn . . . warum nimmst du sie . . .?«

». . . macht es besser als du.«

». . . seit sieben Jahren . . . mich einfach so rauszuschmeißen?«

». . . kein Rausschmiß. Man kommt besser mit ihr aus . . . mag sie lieber.«

». . . ihnen den Hals abschneiden, die können mich alle!«
». . . schon passiert . . . nichts mehr zu machen . . . keine Klagen mehr hören.«
». . . sag diesem Luder nichts.«
». . . arbeiten? Hör auf zu jammern.«
». . . weggeschmissen wie ein alter Lumpen!«
». . . später reden . . . jetzt zu tun . . . ja, gut . . . heute abend.«

Durch die Milchglasscheibe konnte Trace sehen, wie sich der Menschenklumpen langsam in zwei Teile auflöste und wie ein Teil durch den Flur flog. Roberts blieb einen Moment lang stehen, dann öffnete er die Tür und kam herein.

Gelbes Lächeln. »Entschuldigen Sie die Unterbrechung«, sagte er. »Sie hat Probleme und wird langsam ein bißchen ungeduldig. Na ja, Sie wissen ja. Frauen.«

Und da dieser höfliche Vorwand Traces vordringlichem Wunsch entgegenkam, so rasch wie möglich Roberts' Büro zu verlassen, ohne sich eine Geschlechtskrankheit zuzuziehen, nickte er und meinte: »Klienten sind manchmal wirklich gräßlich. Und jetzt erzählen Sie mir mal was über Jarvis.«

Roberts lehnte sich in seinem Sessel zurück, schob einen roten Spiralblock beiseite und öffnete den Aktenordner. Er enthielt nur zwei gelbe Blätter Papier, und der Detektiv raschelte eine ganze Weile damit herum, bevor er anfing.

»Okay. Es passierte am sechsundzwanzigsten. Also vor zwei Wochen. Die Gräfin und Jarvis waren in England, sie machte Urlaub, und er begleitete sie immer auf ihren Reisen. Er fühlte sich nicht gut, hat die Gräfin erzählt, und deshalb riet sie ihm, sich zwei Tage zu erholen, aber er wollte heim zu seinem Arzt. Sie erzählte mir, sie sei einverstanden gewesen. Ich hab' das alles nach ihrer Rückkehr von ihr erfahren. Und auch von den Bullen, aber die wissen nicht besonders viel. Jedenfalls flog Jarvis dann zurück. Das nächste, was passiert, ist dann, daß dieser Spiro . . . Sie wissen, wo die Gräfin wohnt?«

»Ja. Riesiges Grundstück außerhalb der Stadt«, antwortete Trace. »Ich war schon dort.«

»Okay. Dieser Spiro ist gleichzeitig so was wie Gärtner und Wächter, und deshalb paßt er auf das Haus auf, während sie weg waren. Es ist schon spät, da kriegt er einen Anruf von Jarvis, er solle ihn vom Flughafen abholen. Spiro fährt also hin, aber es ist weit und breit kein Jarvis zu sehen. Spiro denkt, der hat vielleicht keine Lust mehr gehabt zu warten. Er hängt zwei Stunden rum, aber als Jarvis nicht kommt, fährt er wieder zum Haus der Gräfin zurück. Drinnen macht er sich gleich in der Küche einen Drink, weil er eine Weile beim Telefon sitzen möchte, falls Jarvis anruft, ihn zusammenstaucht und noch einmal zum Flughafen bestellt. Aber dann steht er doch aus irgendeinem Grund auf – vielleicht hört er ein Geräusch oder so was – und geht zur anderen Seite des Hauses, Sie wissen ja, es hat zwei Flügel, und als er in den Wohnraum kommt, ist dort ein Riesendurcheinander. Erinnern Sie sich an den großen offenen Kamin, den die Gräfin am Ende des Raumes hat?«

»Ja.«

»Tja, unter einer Steinplatte befand sich in diesem Kamin ihr Safe. Und diese Steinplatte ist weggerückt, und der ganze Raum sieht aus, als hätte ein Kampf stattgefunden. Eine der großen Topfpflanzen, eine Art Baum oder so, in der Nähe des Kamins, war umgekippt. Spiro schaut sich also um, und da entdeckt er Jarvis' Leiche. Die Schiebetür zum Swimmingpool ist offen, und dort liegt Jarvis mit dem Kopf zum Goldfischteich – die haben dort Goldfische in ihrem Innenhof, stellen Sie sich mal diesen Blödsinn vor – und sein Kopf ist ganz blutig, und weil es so aussieht, als sei er tot, ruft Spiro die Polizei.«

»Was hat man herausgefunden?«

»Der Safe war offen, aber man fand keine Fingerabdrücke. Spiro wußte nicht, was drin gewesen war, und erst als die Gräfin zurückkam, stellte sich heraus, daß sie Schmuck im Wert von etwa einer Million Dollar vermißte. Aber keine Fingerabdrücke. Die Bullen sagten dann noch, daß Jarvis der Schädel zertrümmert worden sei, aber das konnte Spiro selbst sehen. Sonst haben sie nichts herausbekommen, das war's. Ach so, noch etwas. Jarvis hat am Flughafen einen

Wagen gemietet, und die Bullen fanden ihn vor dem Haus geparkt. Sie wissen nicht, warum er ihn da abgestellt hat, und ich auch nicht.«

»Haben Sie sonst noch was herausgefunden? Was ist mit Jarvis?«

Roberts zündete sich eine Zigarre an, bevor er antwortete. Wie alles an ihm, stank auch die Zigarre ganz abscheulich. »Ich weiß noch nichts. Ich hab' mich in der Stadt über ihn erkundigt, hab' aber nichts herausgefunden. Er war kein Spieler und hatte keine Frauengeschichten. Er hat seine ganze Zeit draußen im Plotzo verbracht. So hat die Gräfin ihr Haus genannt, ein Plotzo. Wissen Sie, was ein Plotzo ist?«

»Ich nehme an, sie meint einen Palazzo. Das ist das italienische Wort für Palast«, erwiderte Trace.

»Hm ja, kann sein, daß sie das meinte«, sagte Roberts. »Aber das ist doch kein Palast. Bloß ein hübsches großes Haus mit einer hohen Mauer und einem Tor, aber doch kein Plotzo.«

»Gibt's jemanden, der ein Interesse dran gehabt haben könnte, Jarvis umzubringen? Keine Spielschulden oder Zinswucherer oder so was?« fragte Trace.

»Ich hab' nichts herausgefunden. Wie ich ja schon sagte, er war immer draußen im Plotzo.«

»Gut«, meinte Trace. »Haben Sie in der Stadt irgendwas über die Juwelen gehört?«

»Nein«, antwortete Roberts. »Obwohl ich überall rumerzählt habe, daß ich mich mit dieser Sache befasse. Wenn's einer aus der Stadt ist, der in den Plotzo eingebrochen ist, dann liest er ja Zeitungen. Und dann weiß er auch, daß die Versicherungsfirma eine Million Dollar zahlen muß, und er weiß, daß, wenn er versucht, den Schmuck zu verscherbeln, niemand Schwierigkeiten kriegen will, weil die Anklage wahrscheinlich auf Mord lautet. Deshalb wäre es das Beste, er würde sich mit mir in Verbindung setzen, ich gebe ihm ein paar Cents pro Dollar, und er braucht nicht abzuhauen. Die Versicherungsfirma spart so eine Menge Geld, die Gräfin kriegt ihre Juwelen zurück, und alle sind glücklich und zufrieden, außer den Bullen. Aber das kann uns scheißegal sein. Aber ich habe von niemandem irgendwas gehört. Ich kann das nicht begreifen.«

»Vielleicht ist der Täter nicht aus dieser Gegend«, meinte Trace.

»Vielleicht, aber das mit dem Schmuck hat sich ja inzwischen rumgesprochen. Da waren ganz besondere Sachen drunter, nehme ich an. 'ne Diamantenkoje mit 'ner Menge Steine.«

Koje? »Ein Kollier?« fragte Trace.

»Genau. 'ne Diamantenkoje und zwei dicke Dinger fürs Haar, wie es Königinnen tragen. Warten Sie mal. Hier hab' ich ein Zeitungsfoto von der Koje und eins von den Dingern, die auf den Kopf kommen.« Er schob Trace einen Zeitungsausschnitt zu, der eine strahlend lächelnde, schmuckbehangene Felicia Fallaci zeigte. Darunter stand, das Bild sei auf einem Wohltätigkeitsball für Waisenkinder aufgenommen worden, auf dem sie überraschend erschienen war. »Das Bild wurde gemacht, kurz bevor sie nach Europa ging«, kommentierte Roberts. »Wenn diese Dinger auftauchen, wird jeder sie sofort erkennen.«

»Der Dieb wird die Steine herausnehmen und sie einzeln verkaufen«, meinte Trace.

»Wahrscheinlich, ja.«

»Noch irgendwas, das ich wissen sollte?« erkundigte sich Trace.

»Das ist soweit alles. Ich hab' mit der Gräfin gesprochen, aber sie weiß nichts, und sie hat gesagt, im Plotzo sei nichts los, keine Leute, die sich umhören oder Händler oder Gutachter. Sie war keine große Hilfe.«

»Wir können also mal festhalten«, sagte Trace, »daß Sie, wenn der Dieb nicht doch noch anruft, nichts in der Hand haben.«

»Genau«, sagte Roberts. »Wenn Sie irgendwas herauskriegen, könnten Sie mir eine große Hilfe sein. Hören Sie mal, Tracy, es macht mir nichts aus, Sie an meinem Honorar zu beteiligen. Sie helfen mir, ich helfe Ihnen.«

Trace nickte. »Gut. Danke, Roberts. Ich komm' auf Sie zurück.«

»Haben Sie im Moment schon irgend 'ne Idee?« erkundigte sich Roberts.

»Noch nicht. Ich denke, ich fahre jetzt erst mal zum Plotzo hinaus.«

4

»He, Freundchen! Was führt Sie in diese heiligen Hallen?«

Lieutenant Daniel Rosado schüttelte Trace kräftig die Hand und wies auf einen Stuhl, der im trüb beleuchteten Büro im Erdgeschoß der Polizeidirektion stand.

Ohne eine Antwort abzuwarten, sagte Rosado: »Ich mach's jetzt genau wie Sie. Ich hab' Wodka im Kühlschrank. Wollen Sie einen Schluck?«

»Vor dem Mittagessen?« fragte Trace und versuchte, geschockt auszusehen.

»Trace, ich kenne Sie doch. Sie trinken ja schon, bevor Sie morgens aufstehen.«

»Nicht mehr. Ich habe damit aufgehört.«

»Sie?« Rosado lachte, für Traces Empfinden viel zu lange. »Wie kam's denn dazu?«

»Ich werde langsam alt. Jetzt möchte ich ein neues Kapitel beginnen.«

»Wissen Sie, was ich im Leben gelernt habe?« fragte Rosado. »Man schlägt eine Menge neuer Kapitel auf, aber letztlich fällt man doch wieder den alten Lastern zum Opfer.«

»Untergraben Sie meinen Mut nicht«, sagte Trace. »Der erste Tag ist der schlimmste.«

»Quatsch. Die ersten sieben Jahre sind die schlimmsten. Jeder Tag ist schlimmer als der vorhergehende. Sie fühlen sich jetzt miserabel? Morgen werden Sie sich noch viel schlechter fühlen, und übermorgen noch schlechter. Am Wochenende schneiden Sie sich die Pulsadern auf.«

»Ich habe ja nicht gesagt, daß ich sterben will. Bloß nicht mehr trinken«, meinte Trace.

»Gut. Dann fangen Sie später damit an, und trinken Sie jetzt etwas.« Rosado ging zu dem kleinen Kühlschrank im Büro, nahm eine Halbliterflasche Wodka heraus und goß davon etwas in einen Wegwerf-Plastikbecher. Trace nippte daran und stellte ihn auf den Tisch.

»Ich komme wegen einer Klientin«, sagte er. »Jetzt, wo Sie mit allem einverstanden sind, weiß ich, daß Sie mir helfen werden. Felicia Fallaci.«

»Die Gräfin?«

»Genau. Und Early Jarvis.«

»Ich dachte, um diese Sache kümmere sich Inspektor Clouseau vom Morddezernat. Roberts, dieser Waschlappen.«

»Das tut er auch. Er kümmert sich um den Schmuckraub.«

»Dann braucht man keine Hoffnung mehr zu haben, daß der Schmuck noch mal auftaucht«, sagte Rosado voller Abscheu.

Trace nickte. »Jarvis hatte eine Versicherung abgeschlossen und Felicia als Nutznießerin eingesetzt. Bevor meine Firma zahlt, überprüfe ich die Sache noch mal.«

»Was brauchen Sie?«

»Alles«, antwortete Trace. »Ich habe mich mit Roberts unterhalten. Er ist fast genauso blöd wie schmutzig.«

»Ich fände es furchtbar, mit ihm tauschen zu müssen.«

»Gut. Warten Sie hier auf mich. Schenken Sie sich noch Wodka ein, wenn Sie mögen. Ich bin gleich wieder da.«

Rosado verließ das Büro. Er war ein gutaussehender Mann mit graumeliertem Haar, fast so groß wie Trace, ging aber etwas gebeugt. Er war freundlich und gutherzig und erinnerte Trace oft an den Besitzer eines billigen italienischen Restaurants, der den größten Teil seiner Einnahmen dem lokalen Opernhaus spendet.

Sie hatten sich kennengelernt, als Trace im Araby Casino, wo Chico arbeitete, einer Serie von Diebstählen nachgegangen war, und hatten sich schon stundenlang über Tenöre unterhalten – Rosado verehrte Jussi Bjoerling, während Trace Caruso bevorzugte.

Er war aufrichtig, immer gutgelaunt und glücklich verheiratet, hatte seit sieben Jahren keinen Tropfen Alkohol getrunken, und sein einziger beruflicher Nachteil war der, daß er kein besonders guter Kriminalist war. Aber wer war das schon? dachte Trace großmütig. Die meisten Kriminalbeamten waren untalentiert, und darüber hinaus fehlte ihnen auch noch Rosados zauberhafter Charme.

Der Polizist kam mit einem drei Zentimeter dicken Stoß blauer und roter Papiere zurück, die von einem großen Gummiband zusammengehalten wurden. Er ließ ihn auf den Tisch fallen, setzte sich und nippte an seinem Kaffee.

»Möchten Sie das Zeugs hier lesen, oder wollen Sie mit mir sprechen?« fragte er.

»Sprechen wir erst mal darüber«, schlug Trace vor. »Roberts lieferte mir nur die dürftigsten Fakten. Zeit, Leiche, bla bla, geöffneter Safe, Schmuck verschwunden, was ich auch schon von Spiro wußte. Sagen Sie mir, was ich wissen sollte, um die Sache besser anpacken zu können.«

»Die Gräfin muß gut im Bett sein«, sagte Rosado.

»Das entzieht sich meiner Kenntnis. Ich schlafe nicht mit Adligen«, erwiderte Trace.

»Ausgerechnet Sie, Sie würden's sogar mit einer Schimpansin treiben.«

»Warum sagen Sie so etwas über Felicia?« fragte Trace.

»Weil sie Schmuck im Wert von ungefähr einer Million besaß. Sie hat behauptet, das seien alles Geschenke gewesen.«

»Es gibt eben Leute, die Frauen Geschenke machen. Und wenn eine Frau so aussieht wie Felicia, dann sind es größere Geschenke.«

»Ja, wahrscheinlich. Also – die Mordnacht. Hier sind ein paar Polizeiberichte. Moment. Gepäck. Hier haben wir die Autopsie. Und hier –«

»Warten Sie«, unterbrach Trace. »Was ist mit dem Gepäck?«

»Als Spiro ins Wohnzimmer rannte, stolperte er über eine Reisetasche. Die von Jarvis. Er muß ins Haus gekommen sein, die Tasche abgesetzt haben und denjenigen, der den Safe ausraubte, überrascht haben. Deshalb wurde er erschlagen.«

»Was war in dem Koffer?« fragte Trace.

»Ihre Kriminalpolizei schläft nie«, sagte Rosado, blätterte den Stoß durch und zog einen blauen Bogen heraus. »Es war kein Koffer – eine kleine Ledertasche, eine Art Sporttasche«, fuhr er fort. »Rasierzeug, ein Röhrchen Aspirin, das American Airline-Magazin, sonst nichts.«

»Gut. Was ist mit der Autopsie?«

»Hier ist ein Bild«, meinte Rosado und reichte Trace ein Farbfoto im Format 20:25.

Es war aus kurzer Entfernung aufgenommen worden und zeigte Early Jarvis, wie er mit dem Gesicht nach unten in dem Innenhof zwischen Haus und Swimmingpool lag. Seine Arme waren neben dem Kopf ausgestreckt, wobei seine in Handschuhen steckenden Hände fast den kleinen Goldfischteich berührten, der sich im Innenhof befand. Sein Kopf war auf die Seite gedreht, und Trace sah, daß er eine ziemlich tiefe Wunde hatte. Er lag in einer großen Blutlache, und auch auf einem Keramikfisch neben dem Goldfischteich befanden sich Blutspuren.

Rosado hatte den Autopsiebericht gefunden. »Frau Doktor Johnson hat die Autopsie vorgenommen«, sagte er. Sie meinte, es sehe so aus, als sei Jarvis im Haus verletzt worden, weil da Blut war, und dann führte eine Spur in den Innenhof. Irgendwie muß er es geschafft haben, sich dort hinauszuschleppen, dann muß er wieder gestürzt sein und sich an diesem blöden Keramikfisch den Schädel eingeschlagen haben. Dann lag er wohl einfach da und verblutete. Auf diesem Keramikding fanden sich Gewebspartikel der Kopfhaut. Es gibt keinen Hinweis auf irgendeinen anderen Gegenstand, mit dem er getroffen worden sein könnte. Vielleicht eine große Taschenlampe.«

Trace zuckte die Achseln. »Warum sollte er draußen rumgekrochen sein? Wenn Sie in seiner Situation gewesen wären, hätten Sie dann nicht gleich die Polizei gerufen?«

»Dasselbe habe ich Frau Doktor Johnson auch gefragt«, meinte Rosado. »Sie sagte, bei Kopfverletzungen könne man das nie sagen, weil man ja nie genau wisse, welche Teile des Hirns verletzt sind. Sie erzählte von einem Fall, wo ein Mann am Waschbecken stand und von seiner Frau in den Kopf geschossen wurde. Er stand wieder auf, schäumte sein Gesicht ein und rasierte sich. Dann rief er die Polizei, und als sie kam, war er tot. Bei Hirnverletzungen kann man das nie wissen, sagte sie. Da stellen die Leute die verrücktesten Sachen an. Na ja, hier sind jedenfalls noch ein paar Fotos.«

Er schob einen Stoß von acht Bildern im Format 20:25 über den Tisch. Sie zeigten alle das Wohnzimmer der Gräfin, mit der weggeschobenen Steinplatte auf dem Kamin und der dahinterliegenden Safetür. Man sah einen umgestürzten Sofatisch. Ein großer Blumentopf aus Fiberglas, der links vom Kamin gestanden hatte, war umgefallen, und inmitten verstreuter Erde lag ein entwurzeltes etwa zwei Meter großes Bäumchen. Es gab auch Fotos von der offenen Schiebetür, die in den Innenhof führte.

»Keine Fingerabdrücke, nehme ich an?« fragte Trace.

»Keine.«

»Was fand man in Jarvis' Kleidung?« erkundigte sich Trace. Rosado sah weitere Papiere durch. »Sie wissen ja, daß ich Ihnen keine Einsicht in offizielle Berichte geben darf.«

»Ja, das weiß ich. Aber wenn Sie sie mir jetzt vorlesen, ersparen Sie mir die Mühe, heute nacht hier einzubrechen und sie zu stehlen.«

»Ah, da haben wir's ja. Er hatte seine Brieftasche bei sich, und darin befanden sich zwölf Dollar, ein Führerschein, ein Foto von ihm und der Gräfin, und eine American Express Card. Das war alles.«

»Irgendwas in seinen Taschen?«

»Bloß seine Hausschlüssel und die Schlüssel für den Mietwagen. Und etwa achtzig Cents Kleingeld.«

»Gut«, sagte Trace.

»Wieso gut?«

»Wo ist sein Paß?«

»Sein Paß, sein Paß.« Rosado wühlte in den Papieren. »Kein Paß.«

»Wie kam er ins Land zurück?«

»Keine Ahnung. Ohne Paß kommt man wohl kaum rein, nicht?«

»Nein. Sind Sie für diesen Fall verantwortlich, Danny?«

»Na ja, wir haben eigentlich schon alle Mittel ausgeschöpft. Sie wissen ja, wie das so ist, wenn man einen Fall nicht innerhalb von zwei Tagen löst, löst man ihn gar nicht mehr. Aber rein technisch betrachtet bin ich wohl noch dafür verantwortlich. Und ich hab' ein paar Burschen damit beauftragt, sich auf der Straße nach dem Schmuck umzuhören, aber es hat sich noch nichts getan.«

»Gut, ich werde mich auch mal ein bißchen umhören, vielleicht sehe ich die Gräfin heute noch. Falls ich irgend etwas herauskriege, lasse ich Sie's sofort wissen.«

»Schön«, sagte Rosado liebenswürdig. »Und wenn ich hier irgendwas Neues erfahre, verständige ich Sie ebenfalls. Vielleicht schaffen wir's gemeinsam, diesen Kerl um seinen Gewinn zu bringen.«

»Ein lohnendes Ziel«, meinte Trace.

»Und Bjoerling war eben doch ein besserer Tenor als Caruso«, sagte Rosado.

»Er war nicht mal besser als Mario Lanza«, konterte Trace. »Und dabei war doch wirklich jeder Tenor besser als Mario Lanza. Sogar Liberace ist besser als Mario Lanza.«

»Und sieht besser aus«, fügte Rosado hinzu. »Essen wir bald mal zusammen zu Abend?«

»Nächste Woche. Chico hilft in meiner Firma bei einer Tagung mit. Treffen wir uns am besten, wenn diese Irren wieder abgereist sind, ja?«

»In Ordnung.«

»Aber ich rufe Sie vorher nochmal an«, sagte Trace.

5

»Junge, wenn ich noch einen einzigen Spielautomaten sehe, schneide ich mir die Pulsadern auf. Und Trapezkunststücke im Circus ›Circus‹. Wenn ich gewußt hätte, daß deine Mutter an einem Trapezwahn leidet, hätte ich sie nie geheiratet.

Ich hätte nicht übel Lust, ein paar dieser Seile durchzuschneiden.«

»Ich hab' dir ja gesagt, du sollst sie von dort fernhalten«, erwiderte Trace. »Wo ist sie denn jetzt?«

»Auf dem Klo. Ich glaube, die geben dort gratis Tempotaschentücher ab. Das ist jetzt schon das dritte Mal in dieser Stunde.«

»Vielleicht sind ihr die ganzen Aufregungen an die Nieren gegangen«, meinte Trace.

Die beiden Männer saßen an einem ansonsten leeren großen Tisch im hinteren Teil des Bankettsaals des Araby Hotels. Auch die Tische um sie herum waren leer, trotzdem herrschte Stimmenlärm im Raum: fünfhundert andere Esser saßen an einem langen, großen Tisch, der auf einem etwa einen Meter hohen Podium stand. In der Mitte, an der Längsseite, saß Robert Swenson, flankiert von Walter Marks auf der einen und Chico auf der anderen Seite.

Sie erblickte Trace und winkte. Er formte mit Daumen und Zeigefinger einen Kreis und machte das Okay-Zeichen.

Traces Mutter kam an den Tisch zurück. Ohne ihren Sohn zu begrüßen, sagte sie zu ihrem Mann: »Diese Frau hat uns nicht gerade den besten Tisch zugewiesen.«

»Hilda«, erwiderte ihr Mann, »diese Frau heißt Chico. Und das ist übrigens dein Sohn, falls du ihn begrüßen willst.«

»Hallo Devlin«, meinte sie, ohne ihn eines Blickes zu würdigen. Statt dessen nahm sie einen Teelöffel vom Tisch und schaute, ob er sauber sei.

»Eigentlich hat euch Chico den besten Platz überhaupt gegeben, Mutter«, sagte Trace.

»Hier hinten, wo man nichts sieht?« fragte sie.

»Ja. Hier hinten, wo auch du von keinem gesehen wirst, falls du während eines Vortrags hinausgehst. Sie hat es gut mit dir gemeint. Wer will sich schon Versicherungsvorträge anhören? Iß und geh dann nach Hause.«

»Gott segne Chico«, sagte Traces Vater.

»Amen, Sarge«, erwiderte Trace.

»Ich wußte, daß du das sagen würdest, Patrick. Aus irgendeinem unerfindlichen Grund magst du sie. Hast du die Wohnung deines Sohnes gesehen?«

»Es ist genauso ihre Wohnung, Mutter«, bemerkte Trace.

»Mein Gott, diese gräßlichen gestreiften Stoffe und das viele Leder überall! Der Einfluß einer Frau würde da wahre Wunder vollbringen, Devlin.«

»In meiner Wohnung herrscht genau der weibliche Einfluß, den ich will, Mutter«, sagte Trace.

»Phhh!« machte seine Mutter abschließend. Neben einem Teller, der zwei Plätze weiter gedeckt war, fand sie endlich einen Löffel, der der Prüfung standhielt, und tat damit Zucker in ihren Kaffee. »Gefällt dir euer Urlaub, Mutter?« erkundigte sich Trace, wobei er seinem Vater zublinzelte.

»Ich wollte ja lieber nach Miami. Alle, die ich kenne, sind in Miami. Aber dein Vater wollte nicht.«

»Genau darum«, meinte Sarge. »Weil alle, die du kennst, in Miami sind. Wenn alle, die du kennst, in Las Vegas wären, *dann* würde ich nach Miami fahren, da kannst du sicher sein.«

»Alle, die ich kenne, sollten mal irgendwo in ein Wirtshaus gehen«, erwiderte sie. »*Dort* würdest du hingehen.«

»Selbst der Reinste unter uns muß ab und zu in moralischer Hinsicht Kompromisse schließen«, meinte er. »Du hast recht.«

»Würdet ihr beide jetzt vielleicht euren Kaffee trinken?« sagte Trace. »Ihr schafft es noch, mich wieder ans Trinken zu bringen.«

»Hört, hört«, bemerkte Sarge. »Was machst du so zur Zeit, mein Sohn? Arbeitest du an irgend etwas Interessantem?«

»Nichts Besonderes, ich zieh' nur so in der Gegend rum.«

»Ich dachte, du hast irgendeinen Auftrag, weil du deine Mikrofonkrawattennadel trägst«, meinte der grauhaarige Mann.

»Ein paar Interviews heute morgen. Tod eines Versicherungsnehmers«, sagte Trace.

»Wenn du Hilfe brauchst, solltest du mich anrufen«, fuhr

sein Vater fort. »Du weißt ja, daß ich die ganze Woche über hier bin, und ich war früher ziemlich gut.«

»Du hast die Leutnantsprüfung nicht machen wollen«, sagte seine Frau. »Du hättest Leutnant werden können, aber du hast die Prüfung nicht machen wollen.«

Traces Vater beugte sich vor und flüsterte seinem Sohn ins Ohr: »Und dann wäre ich diese Xanthippe eine Weile los. Einen Tag ohne Spielautomat!«

»Was hast du gesagt?« fragte seine Frau. »Was hast du da eben gesagt?«

»Ich habe Devlin gesagt, daß du schon zehn Dollar verspielt hast«, antwortete Sarge.

»Wenn diese Automaten ab und zu was zurückgeben würden, wäre ich aus dem Schneider. Aber hier kriegt man nie was zurück. Bei Automaten in Atlantic City kriegt man was zurück, aber hier nicht. In Atlantic City kann man eine Million Dollar gewinnen.«

»Das sind eine Menge Cent-Stücke«, sagte Sarge.

»Spiel lieber an den Automaten am Eingang«, riet Trace.

»Was?«

»Spiel an den Automaten, die am Eingang der Kasinos stehen. Die manipulieren sie so, daß man was zurückkriegt, weil sie damit mehr Leute ins Kasino locken wollen.«

»Stimmt das wirklich?« fragte seine Mutter.

»Wie könnte ich dich belügen?«

»Und warum hast du mir das nicht schon früher gesagt? Ich habe schon zehn Dollar verloren und könnte längst gewonnen haben. Als ich in Paradise Island spielte, gewann ich soviel, daß es für eine Glasvase reichte. Für eine herrliche Glasvase.«

»Sie sah aus wie eine Karotte«, flüsterte Sarge Trace zu.

»In dieser Stadt gewinne ich nie etwas«, fuhr seine Mutter fort. »Ich verstehe nicht, wie du's hier aushalten kannst.«

»Du vergißt, Mutter, daß ich drei Jahre lang vom Spielen gelebt habe. Die Stadt hat ihre Reize.«

»Sand und Sonne«, erwiderte sie. »Was für Reize?«

»Keine Ex-Frau. Kein Wie-heißt-er-doch-gleich und das Mädchen.«

»Warum mußt du so von deinen Kindern sprechen? Sie sind doch deine Kinder, hör mal.«

»Darüber läßt sich streiten«, meinte Trace. »Nicht darüber, daß sie meine Kinder sind, aber darüber, ob sie überhaupt Kinder sind. Mir kamen sie immer wie ganz besonders widerwärtige Zwerge vor. Trink jetzt deinen Kaffee, oder ich kipp' dir die Salatsoße über den Hut.«

Mrs. Hilda Tracy schaute einen Moment lang erschreckt drein. Dann beugte sie sich mit äußerster Konzentration über ihre Kaffeetasse. Sarge flüsterte seinem Sohn beifällig ins Ohr: »Gut, gut, sehr gut.«

Als jemand mit einem Löffel gegen ein Glas schlug, sah Trace auf. Bob Swenson hieß in einer Ansprache die Verkaufskräfte der Garrison Fidelity Insurance Company willkommen, die von überallher zu dieser Tagung angereist waren.

»Es ist mir eine Freude, Sie alle hier begrüßen zu dürfen«, hörte man seine tragende Stimme über die Lautsprecher tönen. »Und ich denke, daß Sie alle mit mir darin einig sind, daß wir unserer bezaubernden Tagungshosteß, Miss Michiko Mangini, ganz besonderen Dank schulden.« Er neigte sich ihr zu und küßte sie auf den Kopf.

Chico wirkte verlegen, Walter Marks gequält.

Später, als Marks die Namen derjenigen verlas, die während der letzten zwölf Monate Lebensversicherungen im Wert von mehr als einer Million Dollar abgeschlossen hatten, trafen sich Chico und Trace an der Tür des Bankettsaals.

»Ah, die berühmte Miss Michiko Mangini!« sagte Trace. »Vorstellung, Kuß vom Chef auf den Kopf. Was kommt als nächstes?«

»Er hatte während des ganzen Mittagessens die Hand auf meinem Knie. Da ist mir der Kuß auf den Kopf doch lieber. Zu dumm, daß er meinen Namen genannt hat. Jetzt werden diese ganzen Versicherungsidioten hinter mir her sein, weil sie ihre Kinder verloren haben oder weil sie sich über betrügerische Kartengeber in den Kasinos ärgern, oder weil sie nicht wissen, welche Sonnencreme ihre Frau nehmen soll.«

»Zweitausend Dollar«, meinte Trace.

»Ich weiß immer noch nicht, ob sich das überhaupt lohnt«, sagte Chico. »Und was machst du so?«

»Nichts Besonderes«, erwiderte Trace. »Hör mal, wenn du dich mal wirklich deprimiert fühlst, dann schau dir Sarge da drüben an. Er hat meine Mutter am Hals. Wenigstens mag dich Swenson.«

»Trace, manchmal hast du wirklich die Gabe, einem wieder Mut zu machen.«

»Dafür berechne ich nichts extra. Das ist so die Art von Weisheit, die wir Älteren im Lauf der Jahre ganz von selbst entwickeln.«

6

Das Haus der Gräfin Felicia Fallaci lag fünfzehn Minuten von Las Vegas entfernt, an einer Nebenstraße, die durch die unkrautbewachsene Wüste führte. Sowohl die drei Meter hohen Mauern, die das Haus umgaben, als auch das Eingangstor waren mit Stacheldraht versehen. Heute stand das Tor weit offen. Trace fuhr seinen weißen Mazda die lange, gerade Auffahrt hinauf und parkte ihn neben Felicias rotem Rolls-Royce, einem Jeep mit Klappdach und einem kleinen und vollkommen unpraktischen englischen Sportwagen – einer von der Sorte, bei denen die Fußpedale dermaßen eng beieinander liegen, daß ein normal großer Fuß Kupplung, Bremse und Gaspedal auf einmal bedecken könnte. Und dann blieb da immer noch die Frage, wohin mit dem anderen Fuß, weil für ihn einfach kein Platz mehr da war.

Die Haustür war ebenfalls offen, und Trace trat in eine Eingangshalle, durch die man zum Swimmingpool und in den Innenhof kam, die zwischen den beiden Hauptflügeln des Gebäudes lagen. Ohne zu läuten oder zu klopfen, ging Trace einfach hinein. Am Swimmingpool saßen ein paar Leute in Sesseln herum.

Trace blieb in der offenen Schiebetür stehen und betrachtete Felicia. Sie lag am Swimmingpool in einem Liegestuhl und trug ein sehr knappes Bikinihöschen, das sich grell weiß von ihrer gebräunten Haut abhob. Ihre nackten Brüste waren genauso braun wie der übrige Körper, und Trace mußte zugeben, daß es sehr hübsche Brüste waren. Neben ihr lagen noch vier andere Leute in Liegestühlen, und dann saßen noch zwei weitere Personen an einem Tisch, die Trace aber nicht sehen konnte, weil ein Sonnenschirm davorstand.

»Felicia!« rief er.

Sie setzte sich auf, entdeckte ihn und kam auf ihn zu.

»Hallo Trace. Haben Sie eine Badehose dabei?«

»Nein.«

»Macht nichts. Ziehen Sie sich trotzdem aus. Ich nehme Sie huckepack und trage sie um den Pool herum. Oder ich trage Sie nicht um den Pool herum, ganz wie Sie möchten.«

»Werden Sie es Chico dann erklären? Wenn sie ihre Verwandten, die Samurai-Krieger herschickt, damit sie uns köpfen?«

Felicia seufzte, und ihr Busen hob und senkte sich. Trace fand, daß dies einer der zwei oder drei besten Anblicke war, die er in seinem Leben je genossen hatte.

»Wieder ein Korb«, sagte sie.

»Nicht, daß ich Sie weniger mag, aber das Leben liebe ich eben doch noch mehr«, erwiderte Trace.

Sie schlang ihm die Arme um den Nacken und drückte ihren Busen an seine Brust.

»Na ja, fühlen Sie mich trotzdem ein bißchen«, meinte sie und küßte ihn verlangend auf den Mund.

»Wieso stehen hier die Türen offen?« fragte Trace. »Und das Tor?«

Sie zuckte heftig die Achseln. »Es gibt ja nichts mehr zum Stehlen«, sagte sie. »Sind Sie aus beruflichen Gründen hier?«

»Ja. Es tut mir wirklich leid, Felicia, aber von Zeit zu Zeit läuft meiner Versicherungsfirma eine Laus über die Leber, und dann muß ich irgendwas überprüfen.«

»Nicht Ihrer Versicherungsfirma«, sagte Felicia. »Sondern diesem gräßlichen kleinen Kerl, wie heißt er doch gleich?«

»Griesgram.«

»Marks. Genau. Walter Marks. Ich hoffe nur, daß *er* gut versichert ist.«

»Wer sind Ihre Gäste?« fragte Trace und nickte zum anderen Ende des Swimmingpools hin.

»Die üblichen Schmarotzer. Kommen Sie. Wenn Sie sich schon nicht auf mich stürzen wollen, dann sollte ich Sie vielleicht jetzt vorstellen. Aber hören Sie, falls Sie Ihre Meinung doch noch ändern und vögeln wollen, können wir reingehen. Sie machen mich wütend, Trace. Ich kann jeden Mann kriegen, den ich will, und Sie weisen mich dauernd zurück.«

»Deshalb versuchen Sie's auch immer wieder«, meinte Trace. »Weil ich anders bin.« Er sah auf sie hinunter. »Mein Gott, was für prächtige Dinger! Ich werde schwach.«

»Verzehren Sie sich nur nicht vor Kummer, Sie Charmeur«, sagte sie, nahm seine Hand und führte ihn in den rückwärtigen Teil des Innenhofs, der durch eine Holzwand abgetrennt war, die zu den naturbelassenen Holz-Außenwänden des Hauses paßte.

Während er neben ihr herging, betrachtete Trace die Schiebetür, die zum Wohnraum führte, und davor den kleinen quadratischen Goldfischteich, neben dem die große Keramik-Fischskulptur stand. Der Teich war voller Pflanzen und Wasserlilien, und das Wasser wirkte trüb und grün. Trace fragte sich, ob Fische darin überhaupt leben konnten. Als Junge hatte er einmal ein Aquarium gehabt, und immer wenn das Wasser so ausgesehen hatte, waren die Fische gestorben. Er hörte kreischende Laute und entdeckte zwei Papageien auf einem Baum.

»He, sind die angekettet?« fragte Trace.

»Nein. Sie sind ganz friedlich«, antwortete Felicia. »Die fressen einem aus der Hand.«

»Ja, die Handfläche. Nein danke.«

Sie waren bei zwei Leuten angekommen, die nebeneinander auf einer Doppelliege lagen. Der Mann war kurz und kahlköpfig, glich letzteres aber dadurch aus, daß er statt dessen am ganzen Körper übermäßig behaart war. Sogar an den Kniescheiben. Die Frau neben ihm war klein und stämmig.

Sie trug einen einteiligen Badeanzug mit einem Röckchen, und ihre Beine erinnerten an die »Vorher«-Bilder aus der Werbung einer Zellulitis-Klinik. Wenn es stimmt, daß der Mensch ist was er ißt, dachte Trace, dann mußte diese Frau ihr ganzes Leben lang nur Orangenschalen gefuttert haben.

»Diese beiden da sind die Neddlemans«, erklärte Felicia. »Sie behaupten zwar, sie hätten eine Schiffsagentur, aber in Wirklichkeit sind sie nur Schmarotzer, die überall hingehen, wo sie umsonst zu essen kriegen.«

Neddleman nahm eine rote Schutzbrille ab, die ihn aussehen ließ wie einen Statisten aus »Das Dorf der Verdammten«.

Mit Daumen und Zeigefinger öffnete er scherzhaft sein rechtes Auge, blutunterlaufen und triefend. Er fixierte Trace, murmelte mit tiefer Baßstimme »Sehr erfreut«, schloß das Auge wieder und setzte seine Schutzbrille auf. Seine Frau nahm ihre Sonnenbrille ab und sah Trace an.

»Doch, wir haben tatsächlich eine Schiffsagentur«, sagte sie, »Felicia macht nur manchmal so komische Scherze. Und wer sind Sie?«

»Devlin Tracy.«

»Womit beschäftigen Sie sich?«

Trace haßte Leute, die ihn fragten, womit er sich ›beschäftige‹. »Mit Damenunterwäsche, wenn ich Glück habe. Meistens mit Versicherungen. Möchten Sie eine Sonnenbräunungsversicherung abschließen?«

»Wie langweilig«, meinte Mrs. Neddleman. »Schließen denn immer noch Leute Versicherungen ab?«

»Wenn sie etwas zu verlieren haben.«

Mrs. Neddleman schloß die Augen.

»Es ist reine Zeitvergeudung, sich mit ihnen zu unterhalten, Trace«, sagte Felicia. »Sie sind das Letzte. Ich dulde sie eigentlich nur hier, weil sie beide Francis heißen. Francis und Frances Neddleman. Das finde ich süß.«

»Über Geschmack läßt sich nicht streiten«, meinte Trace.

»Sie sagen, daß Sie bei einer Versicherung arbeiten?« fragte ein Mann, der auf einem großen Badetuch zwei Meter entfernt lag. Er war sehr braun und trug die kleinste Badehose, die Trace je an einem Mann gesehen hatte. Er hatte lockiges langes, dunkelblondes Haar, Schwimmermuskeln und sah gut aus. Sein Akzent klang kontinental.

»So könnte man sagen, ja«, erwiderte Trace.

»Diese Idioten auf dem Flughafen haben mir mein Gepäck beschädigt«, meinte der Mann. Italienischer Akzent, entschied Trace. »Können Sie mir beim Schadenersatz behilflich sein?«

»Nein.«

»Wozu sind Sie dann zu gebrauchen?«

»Ich mache eine sehr gute Pommes frites-Sauce. Mit Schnittlauch«, antwortete Trace.

»Trace«, sagte Felicia, »das ist Paolo Ferrara. Er sagt, er sei ein Graf, aber das stimmt nicht. Er ist bloß ein reicher Playboy.«

»Was macht er?« fragte Trace Felicia.

»Drogenhandel«, antwortete Ferrara. »Koks, Gras, Hasch. Möchten Sie was?« Er langte nach einem kleinen Lederkoffer, der neben ihm auf dem gekachelten Schwimmbadboden lag.

»Nein danke. Ich ziehe Alkohol vor«, sagte Trace.

Es lag noch ein Mann auf einem Badetuch da. Auf seinem Gesicht lag ein Exemplar von *Gentleman's Quarterly*. Er schob es zum Kinn hinunter. Noch ein ausländischer Akzent.

»Sind Sie Detektiv?« fragte er. Er war ein sehr magerer Mann mit gepflegtem Schnurrbart und Backenbart und dunkelbraunem Haar. Er hatte Lachfältchen in den Augenwinkeln.

»So was Ähnliches«, erwiderte Trace.

»Sie recherchieren in der Mordsache, stimmt's?« Der Mann schien sich selbst gern zuzuhören; er legte das Magazin weg, setzte sich auf und schüttelte Trace die Hand.

»Der da ist echt«, erklärte Felicia. »Ein Baron. Edvel Hubbaker. Er ist scharf auf mich. Das ist Trace.«

»Natürlich bin ich scharf auf sie«, gab Hubbaker zu. »Haben Sie schon mal solche Titten gesehen?«

»Dein Schwanz ist auch ganz nett«, sagte Felicia.

»Kriegen Sie den Mörder?« fragte Hubbaker.

»Aber bitte nicht hier«, warf Ferrara ein. »Ich will da nicht mit reingezogen werden.«

Trace ignorierte ihn und antwortete Hubbaker: »Ich weiß noch nicht. Ich schau' mich einfach mal um.«

»Sie haben also schon eine Theorie, stimmt's? Alle Detektive haben ihre Theorien. Um was handelt es sich? Einbrecher wird beim Safe-Knacken überrascht. Aber was heißt das überhaupt? Einen Safe knacken? Warum nicht sprengen? Egal. Jedenfalls: Einbrecher wird überrascht, will entfliehen, haut dem armen Jarvis eins auf die Birne und entkommt mit unrechtmäßig erworbenen Klunkern. So etwa?«

»So oder anders«, sagte Trace, und dann brach er die Unterhaltung mit Hubbaker ab, weil am anderen Ende des Swimmingpools zwei Personen aufstanden, die Trace auffielen. Beziehungsweise eine davon.

Sie war platinblond, 1,80 m groß, vollkommen nackt. Ihr Körper war wie ein erotischer Traum, und beim Anblick ihres Busens dachte Trace an Wörter wie: ›Schwellend‹, ›prall‹, ›füllig‹.

Obwohl sie ganz still dastand, vibrierte sie förmlich vor Sinnlichkeit. Entweder war ihr Haar naturblond, oder sie hatte ein enges Verhältnis zu ihrem Friseur.

»Donnerwetter!« sagte Trace leise.

»Das gefällt Ihnen, hm?« fragte Felicia. »Ich bin enttäuscht, Trace. Ich dachte, Sie reagieren auf subtile Signale, schwellende Sinnlichkeit. Halbgeschlossene Augen, Schmollmund, so etwas in der Art.«

»Das ist auch so. Aber in diesem Fall mache ich eine Ausnahme. Nackte, pure Sexualität. Donnerwetter.«

»Also, kommen Sie, ich stell' Sie vor. Aber seien Sie gewarnt – Sie sind nicht ihr Typ.«

»Ich kann mich ändern.«

»Haben Sie zufällig mal *The Golden Ass of Apuleus* gelesen?«

»Ja.«

»Dann wissen Sie, was für ein Kampf Sie erwartet«,

meinte sie. Dann ergriff sie seine Hand und zog ihn zu der Frau hin.

»Schätzchen«, rief sie, »ich möchte dir jemanden vorstellen.« Die blonde Frau drehte sich um und wandte sich ihnen ganz zu. Ihr Gesicht war von unwirklich unschuldiger Schönheit. Himmelblaue Augen, hervorstehende, aber nicht eckige Wangenknochen. Eine Frau, die die Träume von zehn Generationen von Farmerjungen wahr werden ließ.

»Trace, das ist National Anthem.«

»Wie bitte?«

»National Anthem.«

»Geben Sie mir fünf Sekunden Zeit, dann salutiere ich.«

»Blödmann«, sagte Felicia. »Wir nennen sie einfach nur Nash. Nash, dies ist mein Freund Trace, der dich wahnsinnig toll findet.«

Er hatte es ja geahnt. Es wäre zu schön gewesen, um wahr zu sein. Er sah es zuerst in ihren Augen. Es lag ein zögernder Ausdruck darin, als versuche sie herauszufinden, ob die Worte der Gräfin nun gut oder schlecht waren, und wie sie darauf reagieren solle. Schließlich entschloß sie sich, sie für gut zu halten und lächelte strahlend. Sie hüpfte ein bißchen, wobei ihre Brüste alarmierend in Bewegung gerieten, und dann quiekte sie los. »Eeeeyou!!« kreischte sie. »Nett, Sie kenn'zulernen, echt!« Soviel zum Thema Leidenschaft, dachte Trace. Das Mädchen hatte Niemandsland zwischen den Ohren. Kein Gramm Hirn im Kopf. Und einen New Yorker Forty-second Street-Akzent.

Als sie Trace die Hand hinstreckte, überkam ihn kurz das Verlangen, ihre Hand wie einen Pumpenschwengel auf und ab zu schütteln, um die Reaktion ihrer Brüste zu beobachten, aber er beherrschte sich gerade noch und drückte ihr sanft die Hand. Sie erwiderte den Druck heftig und kitzelte seine Handfläche mit dem Zeigefinger.

»Eeeyou!« quiekte sie wieder.

»Trace arbeitet für eine Versicherung«, erläuterte Felicia.

»Nash arbeitet beim Film. Mit Eseln.«

»Ich werde Filmstar«, sagte Nash. »Das sagen mir sowieso

alle. Keine Dummheiten mehr.« Sie kitzelte immer noch Traces Handfläche. Er überlegte, ob sie das so lange tun würde, bis er ihr sagte, sie solle damit aufhören.

»Nash hat gerade ihren ersten Spielfilm abgeschlossen«, erklärte Felicia geduldig, wobei um ihren hübschen Mund ein feines Lächeln spielte. »Darin nimmt sie's mit neun Männern und einem Esel auf.«

»Ich kann euch sagen, der Esel war von allen noch der Netteste«, sagte National Anthem kichernd, glücklich und selbstsicher, weil das offensichtlich ein Satz war, mit dem sie schon oft Erfolg gehabt hatte. »Hihihi«, kicherte sie.

Felicia zeigte kein Erbarmen. »Der Film heißt *Hoch die Ärsche* mit National Anthem in der Hauptrolle.«

»Das wird toller als *Deep Throat*«, versicherte National Anthem Trace. Sie kitzelte immer noch seine Handfläche. »Der Film wird Millionen einbringen, stimmt's, William?«

Und erst jetzt bemerkte Trace, daß hinter diesem erstaunlichen Geschöpf ein Mann stand. Wie Trace trug auch er Jakkett und Krawatte, doch war er, anders als Trace, klein und grau wie eine Maus, mit schütterem Haar, durchschnittlicher Gesichtsfarbe und durchschnittlichem Gesichtsausdruck. Seine Brille wirkte für so ein kleines Gesicht entschieden zu groß.

»Das ist William Parmenter«, sagte Felicia. »Alle nennen ihn Willie.«

»Ich vergess' es dauernd«, warf National Anthem ein. »Ich nenne ihn dauernd William.«

Der Mann gab Trace die Hand. Für so eine graue Maus hatte er einen erstaunlich festen Händedruck.

»William, äh, Willie sagt, daß mein Bild Millionen einbringen wird, stimmt's, Willia . . . Willie?«

Parmenter wirkte verlegen. »Ich bin kein Experte«, sagte er.

»Aber in allem anderen ist Willie Experte«, sagte Felicia. »Er arbeitet für Paolo dort drüben.«

»Was tun Sie, Mr. Parmenter?« erkundigte sich Trace.

»Was mir Mr. Ferrara aufträgt«, erwiderte der Mann.

Trace bemerkte an den gedehnten Vokalen, daß er aus dem mittleren Westen Amerikas stammte.

»Willie ist so was wie Buchhalter, Kammerdiener, Assistent und Trottel in Personalunion«, sagte Felicia. »Aber er ist nett.«

Sie nahm den Kopf des kleinen Mannes und preßte ihn an ihren Busen. Parmenter errötete vor Verlegenheit. Endlich hörte National Anthem auf, Traces Handfläche zu kitzeln. Es gab etwas anderes für sie zu tun. Sie schlang den Arm um Willies Kopf und preßte ihn ebenfalls an sich.

Da stand er und sein kleiner unscheinbarer Kopf steckte zwischen zwei wundervollen Brüsten. Mäuserichs Paradies, dachte Trace.

»Willie!« bellte Ferrara von der anderen Seite des Swimmingpools herüber.

»Ja, Sir?«

»Wenn du dich von diesen vielen Titten losgerissen hast, könntest du mir dann einen Drink mixen?«

»Ja, Sir«, antwortete Willie. Er nickte Trace zu, machte sich frei und ging rasch weg.

»Ach ist der süüß!« sagte National Anthem.

»Hat er irgendwas mit Ihrem Film zu tun?« erkundigte sich Trace.

»Wie?«

»Ist er Schauspieler? Oder Regisseur? Irgendwas in dieser Richtung?«

»Keine Ahnung«, meinte National Anthem. Sie sah Felicia verwirrt an. »Ist er das?«

»Nein«, erwiderte Felicia. »Er ist nur ein kleiner, ausgenutzter, geiler Knirps, der alles tun und sagen würde, um an Nashs Unterhose ranzukommen. Wenn sie eine anhätte.«

»Na sooo was! Das hab' ich gar nicht gewußt.«

»Wie solltest du auch«, erwiderte Felicia.

»Zu dumm«, sagte Nash. »Ich hab's mit Eseln.« Wieder lächelte sie Trace an.

»Kommen Sie jetzt«, meinte Felicia zu Trace. »Ich nehme an, daß Sie sich jetzt mal den Schauplatz des Verbrechens ansehen wollen.« Sie zog ihn von National Anthem fort.

»Falls Sie Beweise finden, daß ich die Mörderin bin, geben Sie mir Zeit zum Weglaufen?«

»Für Sie, Felicia, die Sie mein Leben dadurch bereichert haben, daß Sie mich National Anthem vorstellten, tue ich wirklich alles. Sagen Sie mal, ist es das, was die Leute dekadent nennen?«

»Mein Gott, nein. Das ist nur ein ruhiger Nachmittag mit ein paar Freunden. Wenn es Ihnen nach etwas Dekadenz ist, dann kommen Sie nach Sonnenuntergang.«

Sie gingen wieder an den beiden Papageien vorbei. »Polly will eins drauf! Polly will eins drauf!« kreischte einer von ihnen.

Jetzt waren sie in der Nähe des Goldfischteichs angekommen.

»Hier wurde Jarvis gefunden«, sagte Felicia.

»Ich habe die Polizeifotos gesehen.«

»Ich weiß nicht. Die Bullen meinen, er sei betäubt worden oder habe versucht, den Kerl zu verfolgen. Dann schlug er mit dem Kopf gegen diese verdammte Plastik und verblutete.«

»Konnte der Dieb von hier entkommen?« fragte Trace und sah sich im Innenhof um.

»Na ja, durch das Tor dort hinten. Von da aus ist man gleich im Freien. Aber dann muß man immer noch durchs Eingangstor oder über die Mauer steigen.«

Trace nickte. »Felicia«, sagte er dann, »würde es Ihnen etwas ausmachen, Ihre Brust zu bedecken? Ich kann mich nur schwer konzentrieren, wenn mir das Wasser im Mund zusammenläuft.« Erst als er Felicia in den klimatisierten Wohnraum folgte, wurde ihm bewußt, wie heiß es war.

Auf der Sofalehne lag ein weißes Hemd, das sich Felicia jetzt überstreifte. Als sie sich Trace wieder zuwandte, stand das Hemd offen, und obwohl ihr Busen jetzt bedeckt war, wirkte er noch aufreizender.

»Der Safe ist im Kamin«, sagte Trace.

»Genau. Unter dem Stein.« Sie ging hin und schob die Hand unter die Vorderkante. »Hier ist ein Hebel«, sagte sie. Während sie sprach, schob sich ein unregelmäßiges Stein-

Rechteck zur Seite. »Es steht unter Federdruck«, erklärte sie. Der versteckte Safe lag nun offen vor ihnen. Es war ein ganz normaler Wandsafe von dreißig Zentimeter Durchmesser, mit einem Kombinationsschloß in der Mitte.

Trace betrachtete die Vorderseite des Safes. Er berührte die beiden tiefen Löcher, die sich auf beiden Seiten des Kombinationsschlosses befanden.

»Hier hat der Einbrecher wahrscheinlich versucht, den Safe zu knacken«, meinte Felicia.

Trace nickte. »Der Safe war unverschlossen, als dieser Spiro dazukam?«

»Eigentlich waren es die Bullen, die es entdeckten. Und da war schon alles weg.«

»Wer kennt die Kombination?«

»Nun ja, ich. Und Early kannte sie ebenfalls.«

»Spiro nicht?«

»Ein Angestellter? Nein. Er kannte sie nicht.«

»Und es war Schmuck im Wert von einer Million?«

»Eigentlich noch mehr. Er war für eine Million versichert, war aber vielleicht zwei oder drei Millionen wert. Diamanten sind wieder im Wert gestiegen.«

»Soviel ich gehört habe, sind sie noch nicht wieder aufgetaucht«, sagte Trace.

»Und was hat das zu bedeuten?«

»Ich weiß nicht. Vielleicht, daß der Dieb nicht hier in der Stadt wohnt. Oder daß er mit dem Abstoßen der Juwelen wartet, bis sich der Aufruhr gelegt hat«, meinte Trace.

Plötzlich hatte er das Gefühl, jemand höre ihnen zu. Leise ging er zu der offenstehenden Tür, die zum Innenhof führte.

»Hallo, Baron«, sagte er. »Warum kommen Sie nicht rein, statt Ihre Ohren zu überanstrengen?«

7

Baron Edvel Hubbaker kam herein. Er war so groß wie Trace und sehr dünn.

»Es tut mir leid«, sagte er zu Felicia.

Sie zuckte die Achseln, und Trace meinte: »Könnten Sie uns verraten, warum Sie gelauscht haben?«

»Wirklich, es tut mir leid. Ich wollte nur sehen, wie ein richtiger Detektiv arbeitet. Da ich aber nicht stören wollte, bin ich an der Tür stehengeblieben.«

»Sagen Sie schon«, forderte Trace ihn auf. »Wie mach' ich meine Sache?«

»Bis jetzt habe ich noch nicht soviel erfahren«, meinte Hubbaker.

»Und nun noch eine Frage«, fuhr Trace fort. »Wo waren Sie in der Nacht, als Jarvis getötet wurde?«

»Oh, das ist gut. Das läßt sich wirklich gut an«, erwiderte Hubbaker. Die Frage schien ihn absolut nicht zu beeindrukken. »Tut mir leid, Trace«, sagte Felicia. »Edvel war mit mir in England. All diese Leute übrigens. Wir wohnten alle bei Lady Dishwater.«

»Lady Dishwater?« fragte Trace.

»So nennen wir sie. Lady Dicheter. Wir waren alle dort. Als ich heim mußte, lud ich sie alle ein, mitzukommen, aber diese Schafsköpfe hatten keine Lust, auf ein Begräbnis zu gehen. Deshalb flog ich allein zurück. Die anderen sind erst heute angekommen.«

»Tut mir leid«, sagte Hubbaker. »Sie ist mein Alibi.«

»Es war immerhin einen Versuch wert«, meinte Trace. »Ich mißtraue grundsätzlich Leuten, die meine Gespräche belauschen. Warum kam Jarvis heim?«

»Er wurde krank«, antwortete die Gräfin. »Ich tippe auf Lebensmittelvergiftung. Zuerst wurde Willie krank, gleich nach unserer Ankunft, und dann erwischte es Early. Ich riet ihm, ein paar Tage auszuspannen und aufs Land zu fahren, aber er wollte unbedingt zurück zu seinem Arzt.«

Trace wandte sich wieder dem Kamin zu. Er betrachtete

den Safe und dann die beiden Pflanzen rechts und links davon.

»Ist das die Pflanze, die umgekippt wurde?« fragte Trace und zeigte auf das 1,80 m hohe Gewächs in dem Blumentopf aus Fiberglas.

»Ja«, sagte Felicia. »Ich kenne mich mit Pflanzen nicht aus, aber das ist so eine Art Liliengewächs. Sie muß jetzt bald umgetopft werden, und ich hoffe nur, daß sie keinen Schock davongetragen hat. Diese Dinger kosten ein kleines Vermögen. Und noch etwas. Ich vergaß, der Polizei zu sagen, daß der Dieb einen meiner Aschenbecher mitgenommen hat.« Sie nahm vom Sofatisch einen schweren, milchig schimmernden Marmoraschenbecher. »Ich hatte noch einen von der Sorte«, sagte sie, »und der ist jetzt weg.«

»Warum sollte jemand einen Aschenbecher stehlen?« sagte Trace. »Es kann höchstens sein, daß er Jarvis damit den Schlag verpaßt hat.«

»Ich weiß nicht«, meinte Felicia. »Vielleicht litt er an einem zwanghaften Sauberkeitsfimmel und wollte im Hof keine Kippen fallenlassen, als er ging. Mein Aschenbecher. Mein schöner Baum. Verdammt noch mal.«

Trace schaute sich noch einmal die beiden Bäumchen an. Für ihn sahen alle Bäume gleich aus. Erst betrachtete er den einen, der umgekippt war, und dann den anderen in seinem grünen Glastopf. Die Wurzeln waren locker mit einem Stück Tuch umhüllt. Er sah Traces Meinung nach nicht gesünder aus als der andere. Vielleicht tat jungen Bäumchen ein Schock ganz gut. Vielleicht dachten sie dann, draußen gäbe es einen Dschungel. Trace ließ seine Augen von den Bäumchen zum Aschenbecher, vom Aschenbecher zum Kamin und zum Safe wandern. Er warf durch die Schiebetür einen Blick auf den Swimmingpool und den Fischteich. Er spürte, daß Hubbaker ihn beobachtete, und fühlte sich verpflichtet, wie ein richtiger Detektiv aufzutreten.

»Ähäm«, sagte er in einem Ton, der bedeutsam klingen sollte. »Tja. Ich sehe schon. Hm.«

»Oh, Trace«, warf Felicia ein, »hören Sie doch mit diesem Quatsch auf! Was machen Sie denn?«

Er sah sie an. Ihr Hemd klaffte auf, und wieder sah man ihren Busen.

»Ich denke laut«, erklärte er vielsagend. »Arbeitet Spiro heute?«

»Steht der Jeep draußen?«

»Ja.«

»Dann ist er da.« Sie ging zu einer Sprechanlage, die auf einem kleinen Tisch stand, und sprach hinein.

»Spiro, kommen Sie bitte ins Wohnzimmer.«

In diesem Moment kam Willie Parmenter aus dem Flur herein. Er trug ein großes Highball-Glas.

»Oh, Entschuldigung, ich hab vergessen zu fragen. Möchte irgend jemand einen Drink?«

»Nein, Willie«, sagte Felicia. Hubbaker und Trace schüttelten den Kopf.

Der kleine Mann ging durch den kühlen Raum in den Innenhof hinaus. Trace folgte ihm. Er stellte sich an die Tür und beobachtete über den Swimmingpool hinweg National Anthem, die Hampelmann-Übungen machte. Die Neddlemans lagen immer noch auf ihrer Doppelliege. Vielleicht waren sie gar nicht miteinander verheiratet, dachte Trace. Vielleicht waren es siamesische Drillinge. Francis, Frances und die Liege, alle am Rücken zusammengewachsen.

Ferrara nahm von Willie Parmenter sein Glas entgegen und nippte daran. Trace hörte,wie er ihn anfauchte: »Mein Gott, haben Sie das mit Wasser aufgefüllt?«

»Verzeihung Sir. Das Eis schmilzt«, murmelte Parmenter.

Felicia trat neben Trace.

»Ist Ihnen irgendwas über Jarvis' Paß bekannt?« fragte er.

»Nein, warum?«

»Die Polizei hat ihn nicht gefunden«, meinte Trace.

»Ich weiß nichts davon. Vielleicht hat einer dieser dämlichen Polizisten ihn verloren.«

»Sie haben mich gerufen, Ma'am«, sagte eine Stimme hinter ihnen.

Trace kannte Spiro schon von seinem letzten Besuch her. Er war ein dunkelhäutiger Mann Anfang Dreißig mit einem *Viva Zapata*-Schnurrbart und fettigem schwarzen Haar.

»Mr. Tracy hier möchte sich mit Ihnen unterhalten, Spiro. Trace, ich gehe noch ein wenig raus, bevor die Sonne weg ist. Rufen Sie mich, wenn Sie irgendwas brauchen. Ich habe das alles schon gehört.«

»Macht es Ihnen was aus, wenn ich bleibe?« erkundigte sich Hubbaker.

»Wenn Sie wollen«, sagte Trace. »Setzen Sie sich, Spiro.«

Der Mann setzte sich steif auf die Kante eines kleinen hölzernen Schreibtischstuhls.

»Ist Spiro Ihr Vor- oder Ihr Zuname?«

»Beides.«

»Spiro Spiro? Wie kommt das?«

»Also, wenn Sie genau wissen wollen, wie ich heiße: Spirakos Spirakodopolous. Mein Vater war Grieche.«

»Was Sie nicht sagen.«

»Ja.« Spiro hatte offenbar keinen Sinn für Humor. »Er war Fischer in Maryland. Meine Mutter war Bäckerin.«

»Gut. Wie lange arbeiten Sie schon bei der Gräfin?«

»Etwa ein Jahr. Gleich, nachdem sie hier eingezogen ist, hat Jarvis mich eingestellt.«

»Und davor haben Sie in der Stadt gelebt?« fragte Trace.

»Ja.«

»Womit haben Sie sich Ihren Lebensunterhalt verdient?«

Spiro zögerte etwas. »Meistens mit irgendwelchen komischen Jobs«, sagte er dann.

Trace wechselte rasch das Thema. »Als Jarvis Sie an jenem Abend vom Flughafen aus anrief, wie hörte er sich da an?«

»Wie meinen Sie das?«

»Klang er nervös oder gehetzt oder so etwas?«

»Er war immer in Eile. Aber ich glaube, er klang nicht nervös, nein. Wie immer.«

»Was hat er gesagt? Warten Sie. Noch eine Frage. Wo waren Sie, als das Telefon läutete?«

»In der Küche. Ich wollte mir gerade einen Film ansehen.«

»Welchen?« erkundigte sich Trace.

»*Mildred Pierce*. Das ist mein Lieblingsfilm. Der kam gerade an dem Abend.«

»Ich finde, Joan Crawford spielt immer so übertrieben«, meinte Trace. »Waren Sie allein?«

»Das können Sie mir glauben«, sagte Spiro rasch. »Das ist ein guter Job, und ich würde nie jemanden einladen, weil Jarvis und die Gräfin das nicht wollen. Sehen Sie, ich war nur dann nachts hier, wenn die Gräfin und Jarvis weg waren. Sonst bin ich immer in meiner eigenen Wohnung. Ich würde meinen Job hier nicht leichtfertig aufs Spiel setzen.«

»Also schön, Spiro. Ich möchte, daß Sie wissen, daß ich Sie nicht im Verdacht habe oder so etwas in dieser Richtung. Ich möchte mir nur über die ganze Sache Klarheit verschaffen.«

Spiro nickte, und Hubbaker, der von der Couch aus zuhörte, warf ein: »Sie waren also in der Küche, als das Telefon läutete.«

»He, Baron«, sagte Trace, »wenn's um Wappenkunde oder Falkenzucht geht, können Sie sich einschalten. Alles andere überlassen Sie gefälligst mir.«

»Entschuldigung«, antwortete Hubbaker.

»Sie waren also in der Küche, als das Telefon läutete«, sagte Trace.

»Genau. Ich nahm ab und sagte: hallo.«

»Sagten Sie wirklich ›hallo‹ oder sagten Sie ›bei Gräfin Fallaci‹ oder so was?«

»Nein. Ich sagte nur ›hallo‹, weil es nicht das einzige Telefon im Haus ist. An die andere Nummer ist ein Anrufbeantworter angeschlossen, und wenn ich diesen Apparat abnehmen würde, dann würde ich sagen ›bei Fallaci‹. Das Telefon in der Küche ist so 'ne Art Arbeitstelefon für mich, und da melde ich mich immer mit ›hallo‹.«

»Gut. Und dann?«

»Es war Jarvis, und er sagte –«

»Versuchen Sie sich genau zu erinnern«, unterbrach Trace. »Wort für Wort. Sie sagten also ›hallo‹.«

»Ja. Ich sagte ›hallo‹ und er – warten Sie – er sagte: ›Hier spricht Jarvis. Holen Sie mich vom Flughafen ab. Ich warte bei der mittleren Tür.‹«

»Ja?«

»Und das war's.«
»Was haben Sie geantwortet?«
»Ich sagte: ›Ja. Ich komme sofort.‹«
»Und was sagte er dann?« fragte Trace.
»Er sagte: ›Und warten Sie auf mich, falls ich auf der Toilette sein sollte oder so, und dann sagte er danke, und das war komisch, weil er nämlich noch nie danke gesagt hat. Er hatte keine Manieren, dieser Mensch«, schloß Spiro kopfschüttelnd.
»So. Und Sie fuhren gleich los?«
»Ja. Ich fuhr sofort los.«
»Schlossen Sie das Eingangstor, als Sie fuhren?«
»Es schließt automatisch. Man öffnet es mit einem Schlüssel oder per Fernsteuerung, und es schließt auch wieder automatisch, wenn man es nicht festmacht. Jetzt zum Beispiel habe ich es festgemacht. Tagsüber ist es immer offen.«
»Sie fuhren also zum Flughafen. Und was geschah dann?«
»Jarvis war nicht da. Ich wartete auf ihn, aber er kam nicht. Deshalb parkte ich den Wagen und ging hinein, um ihn zu suchen, aber ich fand ihn nicht. Da ließ ich ihn ausrufen.«
»Wer rief ihn aus?«
»Ich fragte am Schalter der American Airlines. Die riefen ihn dann aus, aber er kam nicht. Weil ich nicht gehen wollte, wartete ich lange, aber schließlich fuhr ich dann doch zurück.«
»Wie lange?«
»Es müssen zwei Stunden gewesen sein, denn als ich zurückkam, war *Mildred Pierce* vorbei.«
Trace hatte die ganze Zeit über gedacht, Spiro schiele, weil die Augen des jungen Mannes ständig links oder rechts an ihm vorbeizusehen schienen. Jetzt sah er aber, daß sie mehr rechts als links an ihm vorbeiblickten, und als er zum Pool hinaussah, erkannte er auch den Grund dafür. National Anthem lag rücklings auf einer Schaumstoffmatte, die Beine in der Luft und fuhr Rad.
»Dieses Mädchen kann durch die ganze Stadt radeln«,

meinte Trace. »Als Sie zurückkamen, war das Tor da immer noch zu?«

»Ja. Ich sagte ja schon, es schließt automatisch. Ich ging rein, und weil ich niemanden sah oder hörte, ging ich in die Küche und drehte den Fernseher an. *Mildred Pierce* war aber schon vorbei.«

»Und dann?«

»Später wollte ich dann ins Bett und machte noch einen letzten Rundgang durchs Haus, wie immer. Und als ich hierherkam, stolperte ich über Jarvis' Tasche.«

»Wo lag sie?«

Spiro drehte sich um und deutete auf die Stufen, die in den Wohnraum hinabführten. »Dort drüben. Ich hätte mir fast das Genick gebrochen. Dann sah ich, daß die Tür zum Innenhof offenstand, und ging zu dem Schalter dort drüben. Ich schaltete das Licht an, und da lag Jarvis dort neben dem Fischteich.«

»Was taten Sie als nächstes?«

»Ich sah ihn an und berührte ihn, aber er bewegte sich nicht. Sein Puls war nicht mehr zu fühlen, alles war voller Blut, und als ich mich ganz nah über ihn beugte, sah ich, daß seine Augen offenstanden und bekam furchtbar Schiß, weil ich wußte, daß er tot war. Ich rannte also ins Haus zurück und rief die Polizei.«

»Wann bemerkten Sie, daß der Safe offenstand?«

»Ich bemerkte es überhaupt nicht. Ich ging zum Tor, um den Bullen aufzumachen. Als sie reinkamen, sahen sie sofort, daß der Safe geöffnet war. Und sie stellten mir genau die gleichen Fragen wie Sie, und mehr weiß ich nicht.«

»Gut«, meinte Trace. Er wandte sich Hubbaker zu. »Hab' ich irgendwas vergessen?«

»Müssen Sie ihn denn nicht fragen, ob er's war?«

»Nein«, erwiderte Trace. »Weil ich weiß, daß er es nicht war. Danke, Spiro.«

»Okay. Steh' Ihnen jederzeit zur Verfügung.« Spiro stand auf und ging zur Tür, aber ganz langsam, um noch einen Blick auf National Anthem zu werfen. Dann schüttelte er bewundernd den Kopf und ging hinaus.

»Woher wissen Sie denn, daß er's nicht getan hat?« fragte Hubbaker.

»Ich weiß es ja gar nicht. Aber wenn ich ihn fragen würde, dann würde er es auf jeden Fall abstreiten. Wenn er aber glaubt, daß ich ihm vertraue, dann läßt er vielleicht seine Schutzmaske fallen.«

»Raffiniert!«

»Für uns Detektive ist das Routine«, meinte Trace.

Als er nach draußen ging, kreischten beide Papageien: »Polly will eins drauf! Polly will eins drauf!«

Die Gräfin hatte ihr Bikinihöschen ausgezogen und war im Swimmingpool.

»Müssen Sie schon gehen?« fragte sie.

»Leider ja.«

»Haben Sie irgend etwas rausgekriegt?«

Trace sah, daß ihre Brüste, wenn sie ruhig da stand, im Wasser schwammen. Er fand, daß sie wie ein Entwurf von Howard Hughes aussah. »Noch nicht«, antwortete er.

»Sagen Sie denen, sie sollen mir mein Geld geben«, fuhr sie fort. »Ich brauche es, vor allem dann, wenn ich weiterhin all diese Schmarotzer versorgen muß. Kommen Sie, geben Sie mir einen Kuß.«

Trace hielt sich an der Leiter fest, beugte sich vor und wurde für diese Anstrengung von der Gräfin mit einem Zungenkuß belohnt.

»Das nächste Mal rufen Sie mich vorher an, dann schicke ich diese Typen alle nach Hause, und wir können hier zu zweit herumplanschen.«

»Hören Sie. Meine Versicherungsfirma veranstaltet heute abend irgendeinen Empfang. Vielleicht möchten Sie mit Ihren Freunden hinkommen?«

»Gibt's da was anderes zu trinken als bei mir?« erkundigte sie sich.

»Es wird Sie weniger kosten, weil wir dafür bezahlen. Vielleicht wollen diese Leute hier mal sehen, wie die bürgerliche Mittelklasse lebt. Wir haben im Araby eine Reihe von Empfangsräumen. Kommen Sie einfach, wenn Sie Lust dazu haben.«

»Vielleicht.«

»Sie können es noch mal mit dem charmanten Griesgram versuchen. Vielleicht kommen Sie so an Ihr Geld«, schlug Trace vor.

»Ich werde dasein.«

8

Trace kam aus dem Bad gerannt, als er Chico kreischen hörte. Er fand sie immer noch in derselben Stellung vor, in der er sie verlassen hatte: sie saß im Lotussitz mitten auf dem Boden und trug nur einen knapp sitzenden Gymnastikanzug. Nur liefen ihr jetzt, im Unterschied zu vorher, Tränen übers Gesicht.

Trace kniete sich neben sie. »Was ist los?«

Sie wandte sich um und blickte ihn mit ihren schlehenschwarzen Augen an.

»Eeeehyou!!« quäkte sie, ließ sich nach hinten auf den Rücken fallen und wälzte sich vor Lachen auf dem Boden hin und her.

Endlich gelang es ihr, aufzuhören. Sie sah ihn an, quäkte noch einmal »eeeehyou!« und alles begann von vorn. Trace stand voller Abscheu auf und setzte ihr seinen Fuß auf den Magen. Sie zeigte mit dem Finger auf ihn. »National Anthem«, sagte sie. Tränen liefen ihr über die Backen. Sie rollte sich unter seinem Fuß zur Seite.

»Du hörst meine Bänder ab! Ich gehe ins Bad, und du schnüffelst in meinen Bändern herum! Ich habe dir nicht erlaubt, meine Bänder abzuhören!«

Sie lachte immer noch.

»Heute haben sich mir mindestens sechs wunderschöne Frauen an den Hals geworfen«, sagte er. »Wie muß das für dich sein, das alles auf Band zu hören?«

»Benehmen die sich alle so idiotisch?« fragte Chico. »Eeeehyou!« Erneutes Gelächter.

»Manchmal bist du wirklich ein widerwärtiges kleines Ding«, sagte Trace. »National Anthem war wenigstens freundlich und nett. Sie hielt mir eine ganze Weile die Hand.«

»Wahrscheinlich versuchte sie drüber nachzudenken, was nach eeeeehyou kommt«, meinte Chico. »Und hör gefälligst auf, dich zu beklagen. Ich höre deine Bänder immer ab, weil du ja nicht merkst, was läuft, und ich muß sie mir anhören, um mir eine Meinung zu bilden.«

»Für die Vergangenheit traf das zu«, räumte Trace ein. »Als ich noch zuviel trank. Aber jetzt, wo ich abstinent lebe, funktioniert mein Hirn wie eine gute Schweizer Uhr. Ich werde deine Hilfe nie mehr benötigen.«

»Da bin ich ja mal gespannt«, meinte Chico. »Bist du heute wirklich ganz nüchtern?«

»Ich habe noch nichts getrunken«, erwiderte er. Das eine Glas in Dan Rosados Büro zählte nicht, weil es ihm aufgezwungen worden war und er es sowieso nicht ausgetrunken hatte.

»Ich bin stolz auf dich«, sagte sie.

»Zu spät, nach all diesem Mißbrauch. Was tust du eigentlich zu Hause? Ich dachte, du arbeitest als Tagungshosteß?«

»Hör auf«, sagte sie grimmig. »Ich bin eine Tagungshosteß. Den ganzen Tag über war ich's. Ich habe auf zwei brüllende kleine Rotznasen aufgepaßt, habe einer Frau geholfen, die sich selbst ausgesperrt hatte, und vier sexuelle Angebote ausgeschlagen. Warum belästigen mich in Las Vegas immer nur Typen, die Mel heißen? Was war noch, warte mal. Ich habe Bob Swenson mitgeteilt, daß er sich nicht meinetwegen von seiner Frau scheiden lassen soll. Dann lehnte ich sein Angebot ab, mich zu adoptieren und seiner Frau als kambodschanischen Findling unterzujubeln. Ich wurde heute öfter in den Hintern gekniffen und an meine kleinen Titten gefaßt, als während der letzten drei Jahre im Araby. Wenn das Mittelamerika ist, dann bedanke ich mich. Ich bin total erschöpft.« Sie sah ihn blinzelnd an. »Natürlich, wenn du ein Esel wärst, könnte ich dich vielleicht noch in meinem Terminkalender unterbringen. Eeeeyou! *Hoch die Ärsche!*« Und sie brach wieder in Gelächter aus.

»Wirst du jetzt gefälligst aufhören? Ich meine es ernst. Du solltest wirklich nicht meine Bänder abhören.«

»Du machst Witze«, sagte sie und nahm wieder mit verschränkten Beinen den Lotussitz ein.

»Nein, ich meine es ernst. Du sagst, du hast meine Bänder auch früher schon abgehört, aber ich hatte sie überprüft und teilweise gekürzt, und einige habe ich aussortiert, um dich nicht zu verärgern. Das ist etwas sehr Wichtiges: Tonbänder sind etwas Privates, und wir haben unsere Privatsphäre doch immer respektiert.«

»So ein Quatsch«, erwiderte sie. »Unsere Privatsphäre respektiert? Jedesmal, wenn ich weg war, möchtest du wissen, wo ich war und mit wem, ob ich Geld verdient habe und ob es mir gefallen hat. Privatsphäre? Du weißt ja gar nicht, was das ist.«

»Ich habe noch nie deine Post geöffnet«, sagte er tugendhaft.

»Ich bekomme ja nie welche. Eine Zeitschriftenrechnung. Zwei Bücherclubs. Das ist alles.«

»Warum bekommst du eigentlich nie Post?« fragte er. »Läßt du sie woanders hinschicken?«

»Tut mir leid«, sagte sie. »Das ist meine Privatangelegenheit.«

»Ich finde das gar nicht komisch«, meinte Trace. »Und ich finde es überhaupt nicht toll, daß du hier eine Schau abziehst, bloß weil du deine Beine wie eine Brezel verschränken kannst.«

»Tut mir leid, Macho. Du bist ja schließlich derjenige, der Fußballspielen wollte und sich Kniebeschwerden einhandelte. Mach mir jetzt bloß keine Vorwürfe.«

Trace saß auf der Couch und versuchte, ein ärgerliches Gesicht zu machen.

»Trace, alter Junge«, sagte Chico. »Du kannst mit deinen Bändern machen, was du willst. Du kannst dich sogar in einen Esel verwandeln, wenn du Lust hast. Du kannst National Anthem die nächsten sechs Monate lang bespringen.

Sagt man bei Eseln bespringen? Ich glaube eher bei Hirschen.«

»Ich glaube, bei Eseln nennt man's decken. Man würde also sagen, sechs Monate lang decken.«

»Das ist doch alles lächerlich«, meinte Chico. »Trace, mir ist es egal, was du treibst und was deine Bänder darüber sagen. Wir haben uns hier ja nicht ewige Treue geschworen. Ich kenne dich doch: du bist so treu wie ein Casanova. Du warst ja schon mit halb Las Vegas im Bett, und die andere Hälfte steht auf deinem Terminkalender. Wenn du nicht Angst hättest, gebissen zu werden, würdest du sogar mit einer Schlange schlafen. Du bist total verdorben. Weder treu noch zuverlässig, nicht mal nett.«

»Und du bist extra nach Hause gekommen, um mir all das zu sagen. Ist das nicht köstlich?« fragte er.

»Ich hab' dir ja schon gesagt, daß ich müde bin. Ich bin nach Hause gekommen, um meine Übungen zu machen.«

Sie brachte das so überzeugend vor, als sei sie wirklich der Meinung, es handle sich dabei um eine logische Antwort. Eigentlich war es das ja auch. Sie war Tänzerin, und wenn sie wirr im Kopf war, brachte sie das durch körperliches Training wieder in Ordnung. Er betrachtete ihren wundervollen straffen Tänzerinnenkörper in dem knappen Gymnastikanzug. Er mochte ihn sehr.

»Schau nicht so«, sagte sie. »Ich bin böse auf dich, und ich muß sowieso noch unter die Dusche und dann gleich in den Zoo zurück, wegen des Empfangs heute abend. Trace, sag mir die Wahrheit. Deine Mutter wird heute abend nicht kommen, oder?«

»Wenn das Essen umsonst ist, dann kommt meine Mutter bestimmt«, erwiderte er.

»O Gott«, meinte sie. »Irgendwann werde ich das Angebot deines Vaters doch annehmen und mit ihm abhauen.«

»Auch er wird dich seine Bänder nicht abhören lassen«, meinte Trace.

»He! Du zündest dir ja schon die zweite Zigarette an!« sagte Chico.

»Das läßt sich kaum vermeiden, wenn man sie rauchen will«, gab Trace zurück.

»Du rauchst zuviel.«

»Hör mal, ich habe dir zuliebe das Trinken so gut wie aufgegeben. Bist du hier, um mich zu quälen?«

»Ich möchte nicht, daß du Krebs bekommst.«

»Ich glaube nicht an Krebs.«

»Was soll das heißen – du glaubst nicht an Krebs?«

»Diese komischen Ratten kriegen von allem gleich Krebs. Alkohol, Tabak, Saccharin, Asbest, Blauschimmelkäse. Hast du dir schon mal überlegt, daß Ratten vielleicht grundsätzlich krebsanfällig sind? Oder vielleicht sind sie gegen Labors allergisch? Vielleicht kriegt man in Labors Krebs. Ruf Sloan-Kettering an. Ich hatte gerade einen genialen Einfall.«

»Trotzdem: rauch nicht zuviel«, meinte sie.

»Hai, Michiko-sama«, sagte er.

Immer noch im Lotussitz legte sie ihre Hände vor sich auf den Boden und den Kopf dazwischen. Langsam bewegte sie ihren Körper nach oben, bis sie, die Beine immer noch verschränkt, auf dem Kopf stand.

»Kann National Anthem so etwas?« fragte sie.

»Sie sollte es lieber gar nicht erst versuchen. Wenn ihre Möpse aus dem Büstenhalter fallen, kracht sie durch den Boden in die Wohnung darunter.«

Chico rollte sich ab, stand auf und ging ins Bad. »Jetzt redest du wieder unmöglich daher«, meinte sie. »Ich muß duschen. Pflicht und Wahnsinn rufen mich.«

Während sie unter der Dusche stand, ging Trace noch einmal die neuesten Tonbandaufnahmen durch. Manchmal fiel ihm erst beim zweiten Anhören etwas auf, was ihm beim erstenmal entgangen war. Meistens ergab sich jedoch nichts.

Oft fand er, daß es eine mühsame, unangenehme Arbeitsmethode war, aber er kannte keine andere. Und Chico hatte recht. Dadurch, daß er alles auf Band aufnahm, hatte nicht nur er die Möglichkeit, es noch einmal anzuhören, sondern vor allem sie, falls er Hilfe brauchte. Und das brauchte er meistens.

Gerade als er mit dem letzten Band fertig war, kam Chico

aus dem Schlafzimmer. Sie war in ein bodenlanges goldenes Kleid gehüllt, das den Bronzeschimmer ihrer Haut noch stärker zur Geltung brachte.

»Mein Gott, du siehst blendend aus!« sagte Trace aufrichtig.

»Danke.«

»Tut mir leid, daß ich dir auf die Nerven gefallen bin«, meinte Trace. »Wenn dich dieser Hostessen-Job aufreibt, laß es einfach sein. Ich bin dir nicht böse.«

»Danke, Trace. Das ist sehr nett von dir. Aber jetzt hab' ich unterschrieben und halte es vollends durch. Kommst du später noch rüber?«

»Wenn ich mit meinem Bericht fertig bin«, antwortete er.

»Gut. Du kannst mir deine Mutter vom Leib halten.« Sie küßte ihn und ging.

Er schenkte sich ein Glas Wodka ein, legte eine Oper auf und legte in seinen kleinen Kassettenrecorder ein neues Band ein.

9

Traces Bericht:

Bandaufnahme Nr. 1, 19.15 Uhr, Montag, Devlin Tracy in Sachen Early Jarvis.

Wir haben es also mit einem Mord und einem Schmuckraub im Wert von einer Million Dollar zu tun. Warum besteht mein Leben aus diesem trivialen Mist? Ich bin beinahe vierzig. Jetzt bin ich nur noch drei Tage lang in den Dreißigern und sollte eigentlich mit all den anderen wundervollen Leuten aus der Versicherungsbranche Partys feiern, und statt dessen hat Groucho mir das hier aufgetragen. Wäre ich doch lieber reich geboren worden, statt gutaussehend und sensibel. Dann könnte ich Groucho die kalte Schulter zeigen. Ich würde mich mit Chico davonmachen und ihr irgendwo ihr eigenes Shogunat kaufen. Ich bin böse auf sie. Das ist das erstemal, daß sie meine Bänder abgehört hat, nur weil ich das Gerät draußen stehen ließ, während ich im Bad war.

Meine Ex-Frau, Jaws, hat das auch gemacht. Nicht daß sie Bänder abhörte. Aber sie öffnete meine Post. Als ich sie deswegen anschnauzte, hörte sie zwar damit auf, aber von da ab fing sie meine Post immer an der Tür ab, brachte sie mir und stand mit Argusaugen neben mir, während ich sie öffnete. Sie lief so lange hinter mir her, bis ich die Briefe aufmachte. Es machte sie fast verrückt, wenn ich mich ins Bad verzog und die Tür abschloß. Ich wußte genau, daß sie draußen horchte, und deshalb schlitzte ich die Kuverts möglichst geräuschvoll auf. Es handelte sich zwar immer nur um irgendwelchen Mist, zum Beispiel um angeblich speziell für mich reservierte Visakarten, aber ich riß die Umschläge in kleine Fetzen, warf sie in den Papierkorb und versteckte die Briefe in meinen Schuhen.

Wenn ich dann aus dem Bad kam, tat Bruno so, als ginge sie rein zufällig gerade vorbei, und warf wie in einer Aufwallung von Zärtlichkeit die Arme um mich. Dann tastete sie mich heimlich ab, um zu sehen, wo ich die Briefe an mir versteckt hatte.

Ich war vermutlich der einzige Amerikaner der Geschichte, der sich sogar in Friedenszeiten wünschte, eines Tages eine Karte folgenden Inhalts zu kriegen: ›Hallo, Sie sind hiermit eingezogen.‹ Kein solcher Glücksfall. Wer brauchte schon einen Krieg? Ich war von Feinden umgeben. Bruno. Das Mädchen und Wie-heißt-er-doch-gleich. Mein Gott.

Warum tue ich das? Woher kommt diese Lust an Erinnerungen? Ich weiß es. Weil alles besser ist, als zu arbeiten. Los, Tracy, erfülle deine Pflicht für Gott und Vaterland, unterwirf dich den Pfadfindergesetzen, halte dich körperlich fit, geistig wach und moralisch aufrecht.

Aber zuerst noch ein Drink und eine Zigarette.

Also, jetzt hab' ich genug herumgeredet und bin immer noch nicht zum Wesentlichen gekommen. Jetzt wird es langsam Zeit.

Warum? Chico sagt, Walter Marks führe irgend etwas im Schilde. Das kann ja nichts Besonderes sein, wenn er es im Schilde führt. Haha, Trace, seit Noël Ca'ad gab es niemanden mehr, der so schlau war wie du. Was sagte Groucho? »Jetzt habe ich den Kerl.« Chico hat es gehört, und wen außer mir sollte er gemeint haben? Und Swenson sagte mir heute, als er mich weckte, genau das gleiche. Das wäre gar nicht nötig gewesen.

Ich denke, ich habe R. J. Roberts genau richtig behandelt. Ich habe ihn nicht geschlagen. Ich habe ihm auch nicht sein kariertes Hemd vom Leib gerissen und ihn damit gewürgt. Ich habe ihn nicht an den Haaren gepackt und in ein öffentliches Reinigungsbad geschleift.

Andererseits bekam ich aber auch überhaupt nichts aus ihm heraus – zumindest nichts, was ich nicht schon aus den Zeitungen gewußt hätte. Aber negative Informationen sind in gewisser Weise auch Informationen. Jetzt weiß ich viele Dinge, die nicht funktionieren.

Es ist tröstlich, daran zu denken, daß sogar so ein charakterloser Bastard wie R. J. Roberts berufliche Probleme hat. Lip Service, seine Hauptnutte, ist offensichtlich rausgeflogen. Es muß schlimm sein, mit fast vierzig auf den Strich zu gehen, und immer mehr Falten zu kriegen. Was macht man, wenn man am Ende ist, und immer noch nirgendwo untergekommen ist, vor allem in einer Stadt, in der man's zu nichts bringen kann. Eines Tages werde ich Chico darauf hinweisen. Sie hat noch vierzehn Jahre Zeit.

Verdammt noch mal, in vierzehn Jahren gehört dieser Frau die westliche Welt. Und mir auch.

Trotzdem, ich konnte mir nie vorstellen, daß sich Roberts durch irgend etwas in Verlegenheit bringen lassen würde, und ich hatte recht damit. Als Lip Service hereinplatzte und ihm eine Szene machte, weil er sie gegen eine jüngere Leiterin seines Nuttenstalls ausgetauscht hatte, war ihm das nicht im mindesten peinlich. ›Stall‹ ist hier wirklich genau der richtige Ausdruck.

Was weiß Roberts? Er weiß, daß Jarvis Spiro vom Flughafen aus anrief, dann aber nicht da war, als Spiro kam. Dann sagte Roberts, er habe noch nichts davon gehört, daß der Schmuck verkauft worden sei. Da er selbst als Hehler arbeitet, muß er es ja wissen. Also hat er vielleicht doch recht. Vielleicht ist der Dieb, der in den Plotzo einbrach, tatsächlich nicht aus dieser Gegend. Auch die Versicherungsfirma hat bisher noch nichts von irgendeinem Dieb gehört, und ich werde Groucho bitten müssen, für mich mit ihnen in Verbindung zu bleiben.

Wie schaffen es solche Leute wie Roberts nur, nicht ins Gefängnis zu kommen? Ich habe den Verdacht, daß er einen großen Posten ›Nebenausgaben‹ hat und damit ziemlich viele Leute schmiert.

Und dann haben wir auf demselben Band Dan Rosado. Danny ist zwar mein Freund, aber er ist ein erbärmlicher Detektiv. Ich habe immer das Gefühl, er weiß das selber. Er ist außerstande, irgend etwas herauszufinden, und wenn er in seinem Leben einen Entschluß gefaßt hat, dann ist es der, nie irgend etwas herauszufinden. Was ich nicht weiß, macht mich nicht heiß. Sitz deine Jahre ab, kassiere die Pension und hör dir daheim Opern an.

Was hat er herausgebracht? Nichts. Nur, daß die Gräfin ihren Schmuck geschenkt bekommen hatte. Na und? Wenn man so aussieht wie sie, wäre es äußerst seltsam, keine Geschenke zu kriegen.

Die Tasche, die Jarvis dabei hatte: Rasierzeug, Aspirin, Airline Magazine. Ein Mann nach meinem Herzen, der mit leichtem Gepäck reist.

Und Danny hat Fotos. Von Jarvis, wie er mit dem Gesicht nach unten neben dem Goldfischteich liegt. Genug Blut, daß es sogar Quincy schlecht würde. Warum, zum Teufel, trug er Handschuhe? Ich würde am liebsten ein Buch veröffentlichen. *Großartige Polizeifotos.* Bilder von Leuten, die mit abgefahrenem Kopf auf Eisenbahnschienen liegen. Huren mit aufgeschlitzten Bäuchen. Tote Junkies, bei denen die Nadel noch im Arm steckt. Verstümmelte Unfallopfer. Man müßte diese Bilder auf einem Couchtisch anbringen. Und die Leute würden drum herumsitzen, an einem Cocktail nippen und kotzen. Zum Teufel noch mal. Wenn sich Bilder von Katzen gut verkaufen, dann müßte das doch ein Renner sein. Katzen bringen *mich* zum Erbrechen.

Gut. Noch weitere Fotos, noch mehr Blut, ein umgekippter Baum, überall Dreck, das hat man davon, wenn man Bäume im Haus stehen hat. Und Jarvis verblutete. Also war es vielleicht doch kein Mord. Genaugenommen. Nirgends Fingerabdrücke. Was hatte ich eigentlich erwartet? Etwa, daß alles ganz problemlos läuft?

Jarvis reiste wirklich mit leichtem Gepäck. Briefmappe, ein paar Dollars, ein Foto von ihm und Felicia, Führerschein, American Express-Karte. Hausschlüssel und die Schlüssel des gemieteten Wagens. Warum, zum Teufel, hatte er den Wagen auf der Straße stehenlassen, statt ihn zum Haus hinaufzufahren? Und wo war sein Paß? Der arme Danny hatte nicht einmal daran gedacht, aber wie wollte man ins Ausland kommen, wenn man keinen Paß hatte? Ich weiß es auch nicht, aber wenigstens habe ich darüber nachgedacht. Meine Güte, heißt das, daß ich vielleicht allmählich ein guter Detektiv werde? Werden die Leute vor meiner Tür Schlange stehen? Wie bei Banacek. »Unser Mittelfeldspieler hat sich wegen eines langen Flugballs zum Außenfeld hin abgesetzt. Können Sie ihn bis zum nächsten Schlag ausfindig machen?« Ich will kein Detektiv sein. Ich bin keiner. Ich horch' mich ein bißchen für die Versicherungsgesellschaft um, und manchmal auch für andere Leute, aber das ist nicht meine Stärke. Meine Stärke ist, daß ich ein ehemaliger Wirtschaftsprüfer bin. Ein früher verheiratet gewesener Mann. Vater zweier Kreaturen. Vielleicht werden *sie* Detektive. Sie verdienen es, ich nicht.

Nun zu meinem Vater. Sarge wäre gern Detektiv. Er würde alles machen, was ihm die Möglichkeit gibt, aus dem Haus zu kommen, weg von meiner Mutter. Sarge. Bitte. Diese Frau ist meine Mutter. Du darfst sie nicht so durcheinanderbringen. Und vor allem nicht jetzt. Es gibt jetzt eine neue Trapeznummer in Circus ›Circus‹! Beim letzten Kunststück, das ich sah, gab es diese mechanische Puppe, die ganz allein an diesem Barren hing. Die Stange ging durch die Hände der Puppe hindurch. Und dann, ich nehme an, durch Fernsteuerung oder irgendsowas, begann sie hin- und herzuschwingen, machte Handstand und Überschläge und Kippen und Riesenfelgen, und wie das alles in dieser komischen Fachsprache heißt. Jedenfalls, ich sitze da mit Chico, und dieses blöde Publikum applaudiert. Ich wäre am liebsten aufgesprungen und hätte geschrien: ›Warum applaudiert ihr einer Gliederpuppe? Meint ihr, dann kann sie's besser? Meint ihr, sie hört euch? Hört auf, ihr Idioten! Spart euch das auf für Wayne Newton!‹ Aber Chico ließ mich nicht.

Na ja, meine Mutter mag Trapezkunststücke, und sie haßt Chico und findet meine Wohnung häßlich, wäre lieber in Miami und haßt mich auch. Einmal habe ich Sarge nach dem Grund gefragt. Manchmal ist er sehr weise. Er sagte, daß sie mir meine Scheidung nie verziehen hätte. Er meinte, sie hätte so eine Vorstellung von sich selbst als Familienmutter in geblümter Schürze, die Thanksgiving-Dinners veranstaltet und solche Dinge, und ihre Enkelchen bringen ihr Pralinenschachteln, und das habe ich mit meiner Scheidung alles versaut.

Na ja, vergessen wir's.

Felicia hat niemanden umgebracht. Eine negative Vermutung kann man nicht beweisen; das ist ein wissenschaftlicher Grundsatz. Beweis mal, daß es keine fliegenden Untertassen gibt. Das geht nicht. Ich kann nur beweisen, daß irgend jemand anderes Jarvis getötet hat, aber ich bin noch nicht weit damit gekommen.

Bei Felicia habe ich nicht viel in Erfahrung bringen können. Ich habe nur ein paar köstliche Leutchen kennengelernt, wirklich das Salz der Erde. Francis und Frances, das schweigsame Paar, das für eine Schiffsagentur arbeitet, nicht im Versicherungsbereich. Paolo Ferrara mißbraucht Willie, den Diener, und ich glaube, das ist nicht der einzige Grund, warum ich mir Ferrara mal vorknöpfen möchte. Und dann ist da noch unser neugieriger Freund, Baron Hubbaker. Seine Theorie klingt richtig – Einbrecher wird überrascht, schlägt jemand den Schädel ein, klaut den Schmuck und haut ab, Jarvis stirbt –, aber ich traue ihm trotzdem nicht.

Aber ich traue National Anthem. Ich würde ihr in allem trauen. Ich meine, kann denn eine Frau, die Tiere liebt, böse sein?

Hoch die Ärsche? Das ist ein Film, den ich mir nicht entgehen lassen werde. Ich habe mir die letzten zwölf Jahre jeden Academy Award-Film entgehen lassen. Ich bin absichtlich in keinen einzigen Film mit Jane Fonda und Shirley MacLaine gegangen, seit sie alt genug waren, den Mund aufzumachen. Ich möchte sie nicht auch noch anspornen. Warren Beatty kann man der Liste gleich noch hinzufügen. Wie kann man vier Dollar lockermachen, um sich unter der Regie von Shirley MacLaines Bruder die Geschichte des Kommunismus anzuschauen, um Himmels willen?

Den Schauplatz des Verbrechens zu besuchen lohnt sich nie. Ich habe ja sowieso schon alles auf den Fotos gesehen, und ich habe es noch nie erlebt, daß mir am Schauplatz noch etwas Neues aufgefallen wäre. Ich könnte wie Mycroft Holmes daheimbleiben und mir Berichte und Fotos schicken lassen und dann alles einfach durch meinen überlegenen Intellekt lösen. Zum Teufel mit dieser Nase-am-Boden und Hintern-in-die-Luft-Methode! Das ist was für Trüffelschweine. Gebt mir jedesmal Fotos!

Ich sah also, wo man Jarvis gefunden hatte, und wo er mit dem Kopf gegen den Keramikfisch geschlagen war, und ich sah die Löcher im Safe. Kein einziges ging wirklich durch, wie schaffte der Dieb es dann, den Safe zu öffnen? Felicia sagt, sie und Jarvis hätten als einzige die Kombination gewußt. Immer wenn einem Leute so etwas erzählen, irren sie sich. Natürlich waren sie die einzigen. Bloß daß eben einer von ihnen die Nummer innen auf dem Deckel des Telefonbuchs notierte, und der andere mit Nagellack auf dem Schlafzimmerspiegel. Ich kenne die Menschen. Sie sind ohne jede Vernunft. Wahrscheinlich war es jemand, der nicht hier in der Stadt wohnt. Alle Gäste Felicias sind vom Verdacht befreit, weil sie zum Zeitpunkt der Tat ja alle mit Felicia in London waren. Arme Felicia. Sie schien über ihren umgekippten Baum betrübter zu sein als über den erschlagenen Jarvis. Und ihren fehlenden Aschenbecher.

Dann haben wir da noch Spirakos Spirakodopolous, und an ihm sehen wir endlich, wieviel wir Cassius Clay an Dank schulden. Was sagen Sie da? Was schulden wir ihm? Nun ja, er hat seinen Namen in Muhammad Ali umgeändert, und jetzt imitieren ihn alle Kämpfer namens Muhammed. Angenommen, er hätte sich Spirakodopolous genannt? Wie würde sich das denn anhören, wenn Howard Cosell im Fernsehen einen Boxkampf zwischen Willie Spirakodopolous und Tyrone Spirakodopolous kommentieren müßte? Schreckliche Vorstellung.

Ich habe vorhin beim Fernsehen angerufen. Der Spätfilm an jenem Abend war tatsächlich *Mildred Pierce*. Aber ich sollte Spiros Aussage lieber noch mal überprüfen. Für alle Fälle. Warum, zum Teufel, trug Jarvis Handschuhe? Im Juli! Wo ist sein Paß? Felicia weiß es nicht und ich auch nicht. Ich wünschte mir, National Anthem wüßte es. Irgendwie würde ich es schon aus ihr herausbringen. Warum hat Jarvis am Flughafen nicht auf Spiro gewartet? Warum parkte er auf der Straße, statt oben beim Haus?

So viele Fragen, so wenige Antworten. Ich habe den ganzen Tag gut gearbeitet, und ich glaube, es wird langsam Zeit, zu dieser Versicherungsparty zu gehen und zu hören, wie Chico sich beklagt, meine Mutter quengelt und mein Vater leidet. Was für eine Welt! Heitere mich auf, kleiner Scotch. Nur dieses eine Glas. Obwohl dies meine Heimatstadt ist und ich meinen guten Ruf bewahren muß und deshalb für Tips und Informationen ein bißchen mehr springen lassen sollte, werde ich bei meinen üblichen hundertfünfzig Dollar-Ausgaben pro Tag bleiben. Bis auf weiteres.

10

Trace hatte sich gerade umgezogen und ein neues Band in seinen Kassettenrecorder eingelegt, als das Telefon klingelte. Es war Dan Rosado.

»Trace, ist Ihr Vater in der Stadt?«

»Ja, warum?«

»Ich bin ihm heute begegnet.«

»Ach?«

»Ja. Er kam zu mir ins Büro und sagte, er wolle seine Hände als tödliche Waffen registrieren lassen.«

»War er betrunken?«

»Ich glaube nicht. Ich glaube, er wollte sich nur die Zeit vertreiben. Wahrscheinlich vermißt er die Arbeit«, meinte Rosado.

»Er leidet darunter, daß er nicht zu Hause ist. Er ist mit meiner Mutter hier. Haben Sie sie auch gesehen?« fragte Trace.

»Nein.«

»Wenn Sie ihr begegnen, dann registrieren Sie ihr Mundwerk als tödliche Waffe.«

»Ich werde ihr aus dem Weg gehen. Ich dachte einfach, es könnte Sie vielleicht interessieren, Trace.«

»Danke, Dan.«

Trace war schon an der Tür, als das Telefon zum zweiten Mal klingelte.

»Trace, hier ist Bob«, brummte Swenson. »Wo stecken Sie denn?«

»Ich wollte mich gerade auf den Weg zu diesem Empfang machen.«

»Kommen Sie schnell. Hier ist eine Frau – Sie können es sich nicht vorstellen!«

»Doch, ich kenne sie«, erwiderte Trace. »Sie arbeitet mit Eseln.«

»Iaah, Iaah«, sagte Swenson. »Kann ich mich so mit ihr verständigen?«

»Ja, und mit Hilfe Ihres Scheckhefts, falls Sie an der Finanzierung von Pornofilmen interessiert sind.«

»Solange ich nicht selbst mitspielen muß«, meinte Swenson.

»Ach ja, übrigens.«

»Ich hasse es, wenn Sie ›übrigens‹ sagen«, warf Trace ein. »Das gibt immer Probleme für mich.«

»Ich glaube, ich habe herausgefunden, was Marks im Schilde führt«, sagte Swenson.

»Und das wäre?«

»Ich habe heute mit dem Präsidenten der Versicherungsgesellschaft gesprochen, bei der der Schmuck versichert war. Und er sagte mir, sie hätten einen tollen Detektiv hierhergeschickt, um die Sache aufzuklären.«

»Und?« fragt Trace.

»Wahrscheinlich rechnet Marks damit, daß dieser Kerl Sie bloßstellt, und daß Sie wie ein Idiot dastehen.«

»Wo läge da der Unterschied zu sonst? Ich stehe immer wie ein Idiot da.«

»Das wissen wir ja beide«, stimmte Swenson fröhlich zu, »Aber was Walter wirklich vorhat, ist vermutlich folgendes: Wenn Sie wirklich wie ein Schwachkopf dastehen, kann er kommen und sich bei mir darüber beklagen, daß ich Sie beschäftige, obwohl man doch für dasselbe Geld jemand viel Schlaueren einstellen könnte.«

»So ist das also«, meinte Trace. »Nach so vielen Dienstjahren wird man wie ein alter Schlappen weggeworfen. Ihr treuer Wachhund! Jetzt wird er alt, die Zähne fallen ihm aus, das Atmen wird immer schwerer, und dann landet er in der Gosse. So läuft das, wie?«

»Proben Sie für die nächste Schüleraufführung oder was?« erkundigte sich Swenson. »Wie könnte ich Sie jemals gehen lassen? Sie bedeuten mir zuviel.«

»Alte Freunde sind eben die besten Freunde«, meinte Trace.

»Das ist es eigentlich nicht. Ich will nur, daß Sie mich der Blonden mit dem tollen Busen vorstellen.«

»Was ist mit Flamma?«

»Im Vergleich zu der da? Flamma könnte sich in meinem Kamin einäschern, und ich würde mir nicht einmal die Mühe machen, eine Tasse Wasser aus der Küche zu holen.«

»Ich komme gleich«, sagte Trace. »Wie heißt der Bursche übrigens?«

»Welcher Bursche?«

»Der große Versicherungsdetektiv, der mich blamieren soll.«

»Das ist sehr interessant«, erwiderte Swenson. »Das weiß nämlich niemand. Er arbeitet für eine Menge Versicherungsfirmen, aber niemand kennt seinen Namen oder weiß, wer er ist. Es heißt, er hat schon viele Schmuckdiebstähle in Europa aufgedeckt. Er gibt seine Informationen einfach an die Bullen weiter, kriegt Geld dafür, und niemand weiß irgendwas über ihn.«

»Wann kommt er? Vielleicht bin ich schon bald erledigt«, sagte Trace.

»Ich habe gehört, daß er schon hier sein soll. Beeilen Sie sich!«

Eigentlich ist es ziemlich egal, dachte Trace, als er über den breiten Las Vegas Strip zum vier Häuserblöcke weiter gelegenen Araby-Kasino und -Hotel ging. Was kümmerte es ihn, wenn das Gespenst Sherlock Holmes' durch Las Vegas geisterte, um sich auf den Schmuckdieb und Mörder zu stürzen? Das ließ ihn völlig kalt.

Stimmt's?

Offensichtlich nicht, gestand Trace sich selbst ein. Dieser verdammte Groucho. Er, Trace, würde sich von niemandem blamieren lassen. Weder von Sherlock Holmes noch von sonst irgend jemandem. Das hatte nichts mit dem Wunsch nach Gerechtigkeit zu tun oder mit irgendeinem übermächtigen Gefühl, Mörder und Schmuckdiebe müßten hinter Gitter gebracht werden. Sondern es hatte mit seinem Stolz zu tun. Trace mochte zwar der widerwilligste Detektiv der Welt sein, aber da er jetzt im Augenblick Detektiv und dies sein Fall war, würde nur er selbst ihn lösen und sonst keiner. Nicht R. J. Grundge, nicht Sherlock Holmes, nicht Groucho, nicht einmal Dan Rosado. Sondern er, Devlin Tracy! Niemand sonst. Damit war der Fall erledigt.

Während er über dies alles nachdachte, stellte sich ihm ein junges Mädchen in den Weg. Sie trug einen kurzen weißen

Rock und eine Jacke und sah aus wie eine High School-Klassensprecherin.

»Entschuldigung, Mister«, sagte sie. »Können Sie mir 'nen Zwanziger wechseln?«

Trace sah sich um. Etwa drei Meter entfernt stand ein etwa achtzehnjähriger junger Mann, der sich lässig eine Zigarette anzündete und sich große Mühe gab, unbeteiligt zu wirken. »Na klar, meine Süße«, meinte Trace. »Für so ein hübsches Mädchen tu ich doch alles.«

Er zog ein paar Rechnungen aus der Jackettasche und fand zwei Zehn-Dollar-Noten. Das Mädchen wollte ihm den Zwanzig-Dollar-Schein reichen, und er ihr die beiden Zehn-Dollar-Scheine, als plötzlich der Jugendliche herbeistürzte, um die vierzig Dollar an sich zu reißen und davonzurennen.

Er war zu langsam. Trace packte seine Hand und hielt sie fest.

»Warum haben's zwei so nette Kinder wie ihr nötig, so 'ne alberene Nummer abzuziehen?« fragte Trace.

Das Mädchen wollte sich davonmachen. »Ich kenne ihn nicht«, sagte sie. »Ich hab' ihn noch nie gesehen.«

»Natürlich. Und jetzt darf jeder klatschen, der an Märchen glaubt.«

Der junge Mann wand sich, um seine Hand freizukriegen.

»Fang erst mal kleiner an, Junge«, sagte Trace, »bevor du dich an so was wagst.« Er ließ die Hand des Jungen los. Der Jugendliche wich zurück und knurrte: »Schwein!«

»Das kostet euch zwanzig Dollar«, meinte Trace, steckte alle Geldscheine ein und setzte seinen Weg zum Araby fort.

Er fühlte sich gut. Sherlock Holmes sollte nur in die Stadt kommen. Dann würde er schnell merken, daß es in Las Vegas anders zuging als in den nebligen Londoner Straßen.

Die von der Garrison Fidelity gemietete Suite erstreckte sich über drei zusammenhängende Räume. Die Bar befand sich in der Mitte. Trace erkannte den uniformierten Barkeeper, weil er für gewöhnlich ein paar Stockwerke tiefer in der Bar des Kasinos arbeitete.

»Hallo, Trace! Wie immer?«

»Nur Perrier, Richie. Ich möchte mir's abgewöhnen. Haben Sie Chico gesehen?«

»Sie ist dort rübergegangen, mit irgend 'nem schmierigen Typen im Schlepptau«, sagte Richie.

»Danke«. Trace nahm seinen Drink, nippte daran, fand ihn abscheulich und gab Richie die zwanzig gestohlenen Dollar als Trinkgeld. Er sah sich von der Bar aus im Raum um, entdeckte aber niemanden, den er kannte. Es waren größtenteils Männer und ein paar Frauen, mit der glücklichen Ich-gehöre-dazu-Miene von Ehefrauen. Die allein reisenden Versicherungsleute würde man in den beiden anderen Räumen finden, wo sie versuchten, mit jeder auch nur einigermaßen passabel aussehenden Frau ein Gespräch anzuknüpfen.

Trace hörte sich die Unterhaltungen im Raum eine Weile an, vernahm innerhalb von dreißig Sekunden viermal den Ausdruck ›Verkaufsquoten‹ und beschloß zu gehen. Nachdem er Richie zugenickt hatte, ging er in Chicos Richtung davon. Verglichen mit dem Barraum war der Nebenraum fast leer. Chico stand in einer Ecke. Paola Ferrara lehnte sich so an die Wand, daß Chico jeder Ausweg versperrt war. Sie lächelte, aber Trace kannte dieses Lächeln. Es war eine Art herablassendes Lippenkräuseln, das man auch an ihr bemerken konnte, wenn sie es an ihrem Kartentisch im unteren Stockwerk mit zahlungskräftigen, aber unsympathischen Spielern zu tun hatte. Höflich genug, daß sich niemand beklagen konnte; kühl genug, daß keiner glauben konnte, er könnte beim Spiel einen Vorteil für sich gewinnen. Das gelang niemandem. Außer wenn Chico es wollte.

Ferrara sah sehr europäisch aus. Er trug so viele Goldketten um den Hals, daß er damit spielend einen Wagen mit sechzehn Rädern in einem Schneesturm den Pikes Peak hinaufgebracht hätte. Wenn er lächelte, sah man in seinem sonnengebräunten Gesicht eine Menge strahlendweißer Zähne, und als er zu Trace hinüberschaute, tat er so, als bemerke er ihn nicht. Nein, Trace fand Paolo Ferrara nicht sehr sympathisch, und er nahm sich vor, dem jungen Mann das klarzumachen, falls sich im Laufe des Abends dazu eine Gelegenheit ergäbe.

Trace sah sich um und entdeckte Felicia Fallaci. Sie trug Cowboystiefel, modische, enge Jeans und eine bunt bestickte Seidenbluse, die ebenfalls eng geschnitten war, um ihren Busen zur Geltung zu bringen. Sie unterhielt sich mit einem Mann, der mit dem Rücken zu Trace stand, und als sie Trace entdeckte, nickte sie und winkte. Er winkte zurück.

Dann sah er, warum dieser Raum weniger voll war als die beiden anderen. Bob Swenson saß auf dem Fensterbrett, und die Geschäftsleute gingen ihm aus dem Weg, solange sie noch nicht so betrunken waren. Später, unter dem Einfluß des Dämons Rum, würden sie hereinkommen und mit ihren verkäuferischen Heldentaten prahlen, aber zu diesem Zeitpunkt würde Swenson sich nicht mehr für Versicherungssachen interessieren und den Betrunkenen mimen, so daß sie alle gehen müßten.

Jetzt spielte er noch nicht den Betrunkenen, sondern unterhielt sich sehr ernsthaft mit National Anthem. Trace wartete darauf, sie quäken zu hören, aber vergeblich. Swenson machte einen ganz ernsten Eindruck, und sie begegnete ihm ebenso ernst. Es war wirklich faszinierend, Swenson zu beobachten. Manche Leute mußten sich erst mal darüber Gedanken machen, wie sie sich verschiedenen Gesprächspartnern gegenüber unterschiedlich zu benehmen hatten, aber bei Swenson lief das ganz automatisch. Instinktiv spürte er, wer gerne ernst genommen werden wollte, und wer behandelt werden wollte wie die hartherzige Hannah, der Vamp aus Savannah.

National Hannah, sagte sich Trace, wäre sehr gern wie Sarah Bernhardt behandelt worden.

Auch Walter Marks war anwesen. Er saß, mit Baron Hubbaker ins Gespräch vertieft, auf einem Sofa in der Ecke. Ein anderes Sofa war von den Neddlemans belegt – sie saßen beieinander, jeder mit einem Drink in der Hand, schweigsam, reglos, und starrten vor sich hin. Trace überlegte, ob sie wie Soldaten im Gleichschritt marschierten. Sie hätten bei einem Sackhüpfwettbewerb ein ideales Team abgegeben.

Die Gräfin hatte ihr komplettes Gefolge mitgebracht, außer . . . Aber da war er ja! Willie Parmenter stand allein in einer Ecke, sah auf den Las Vegas Strip hinunter, in seinem blauen Anzug eine kleine, nichtssagende Gestalt. Gerade in dem Moment hörte man Ferrara brüllen: »Willie!«

Der kleine Mann kam herbeigetrottet. Sein Arbeitgeber wandte den Blick nicht von Chico, sondern hielt Willie bloß sein leeres Glas hin – ein König, der es für unter seiner Würde hielt, einen Durchschnittsmenschen auch nur anzusehen. Nein, Trace mochte Ferrara überhaupt nicht.

Parmenter nahm das Glas und wandte sich um. War es ihm peinlich, daß irgend jemand gesehen haben könnte, wie Ferrara ihn behandelt hatte? Nein, er sah sich nur um, ob sonst noch jemand einen Drink wollte.

Hubbaker winkte ihn zu sich her.

»Hallo, Mr. Tracy«, sagte Parmenter.

»Hallo, Parmenter«, erwiderte Trace. Er brachte es nicht über sich, den Mann ›Willie‹ zu nennen. »Wenn Sie Ihren Boß irgendwann mal verprügeln wollen, dann halt' ich ihn so lange fest, bis Sie fertig sind.«

Parmenter lächelte nervös. Hinter den dicken Brillengläsern wirkten seine Augen irgendwie verloren. »Er ist schon in Ordnung«, meinte Parmenter.

»Klar«, erwiderte Trace. »Wie der Regen, wenn man ihn nicht jeden Tag ertragen muß.«

Parmenter lächelte erneut und ging auf den Baron zu. Trace folgte ihm.

»Willie, würden Sie mir bitte nachschenken?« sagte der Baron höflich.

»Selbstverständlich.«

Auch Marks hielt ihm sein Glas hin. »Füllen Sie meines auch nach«, befahl er, ohne Parmenter anzusehen. »Letztes Mal war es viel zu süß. Passen Sie auf, daß das nicht wieder passiert.«

»Verzeihung«, murmelte Parmenter. Marks brummte irgendwas vor sich hin. Groucho wäre wahrscheinlich ein Menschenschinder, dachte Trace, wenn er wüßte, daß er nicht mit Konsequenzen rechnen müßte. Ein winziger Tyrann. Walter Marks, der Zwergenkönig der Misanthropen.

Nachdem Willie sich entfernt hatte, sagte Trace: »Wie ich sehe, sind Sie so freundlich wie immer, Groucho.«

Marks sah ihn angewidert an und wandte sich wieder dem Baron zu, der Tracy zulächelte und zu Marks sagte: »Aber natürlich ist Ihr Mann hier Experte für Verbrechen.«

»Er ist nicht mein Mann«, schnauzte Marks ihn an.

»Oh . . .«, der Baron schien verwirrt. »Ich dachte, Sie arbeiten beide für dieselbe Gesellschaft.«

»Nein«, erwiderte Marks. »*Ich* arbeite für die Gesellschaft. Tracy hier vermeidet es, für die Gesellschaft zu arbeiten. Er holt sich nur ab und zu einen viel zu hohen Scheck bei uns ab.«

»Ich habe Mr. Tracy heute beobachtet«, meinte der Baron. »Er scheint genau zu wissen, was er tut.« Er sah zu Trace auf, der in diesem Augenblick hinzutrat, und erläuterte: »Wir haben uns gerade über Felicias Schmuckdiebstähle unterhalten.«

»Haben Sie irgendwelche neue Theorien?« erkundigte sich Trace.

»Vielleicht haben Sie alle guten Theorien bereits durchgespielt«, meinte Hubbaker. »Und außerdem sollten wir Amateure den Profis nicht ins Handwerk pfuschen.«

»Profis?« fragte Marks. »Tracy ist ein Buchhalter.«

»Nein, nein«, meinte Trace. »Ich war früher einmal Buchhalter. Dann begann mein Abstieg, zuerst war ich Spieler, dann Alkoholiker, und jetzt bin ich auf der alleruntersten Stufe angelangt. Ich nehme Schecks von einer Versicherungsgesellschaft.« Er setzte sich neben den Baron in einen Lehnstuhl. »Immerhin«, meinte er, »fand ich Ihre Theorie heute nachmittag recht plausibel.«

»Kein Wunder«, warf Marks ein. »Vielleicht können Sie sich bei Ihren Nachforschungen daran halten.«

»Haben Sie Ihre Tage, Groucho? Warum sind Sie denn heute abend so reizbar?«

»Wir werden ja sehen«, meinte Marks. »Wir werden sehen, was Sie können. Bis jetzt haben Sie Glück gehabt, und

Sie haben es geschafft, Mr. Swenson einzuwickeln, aber ich weiß, wer Sie sind.«

»Endlich! Die metaphysische Erklärung einer bedeutenden Frage. Und wer bin ich?«

»Sie sind ein Betrüger. Bis jetzt haben Sie Glück gehabt, aber mich werden Sie nicht zum Narren halten. Wenn es Ihnen nichts ausmacht, würde ich jetzt gern die Theorie hören, die der Baron entwickelt hat.«

»Nur die Meinung eines Amateurs, wissen Sie«, sagte Hubbaker. Marks schnaubte. Trace nickte.

»Eine der Fragen, die nach einer Antwort verlangen«, begann Hubbaker, »ist die, warum Jarvis nicht am Flughafen wartete, bis Spiro ihn abholte.«

»Genau diese Frage stellt sich mir auch«, meinte Trace.

»Angenommen, er hat jemanden am Flughafen getroffen. Jemanden, den er kannte und der ihm anbot, ihn nach Hause zu fahren. Dann könnte er Spiro angerufen haben, um ihm das mitzuteilen. Angenommen, Spiro hatte das Haus aber bereits verlassen, das war Jarvis dann egal, und er fuhr mit jener Person nach Hause, nahm sie mit ins Haus, und diese Person hat den Safe geknackt und Jarvis umgebracht.« Hubbaker legte eine Pause ein. »Nur so eine Theorie, Sie verstehen schon.«

Marks sieht so stolz aus, als habe seine Frau gerade ein ausgewachsenes Kind zur Welt gebracht, dachte Trace.

»Gute Theorie«, sagte Trace.

Hubbaker nickte. Marks setzte eine Was-hätten-Sie-anderes-erwartet-Miene auf.

»Nur ein Punkt ist nicht stimmig«, fügte Trace dann aber hinzu.

»Oder vielleicht auch zwei.«

»Und das wäre?« fragte der Baron.

»Ja, was stimmt nicht?« setzte Marks hinzu.

»Jarvis hat am Flughafen einen Wagen gemietet. Hätte er jemanden mit einem Auto getroffen, dann wäre das nicht nötig gewesen. Und hätte er jemanden getroffen, der selbst kein Auto hatte, dann hätten beide vermutlich auf Spiro gewartet. In keinem der beiden Fälle hätten sie jedenfalls, um in die Stadt zu kommen, einen Wagen gemietet. Und weshalb parkte Jarvis auf der Straße, statt in Felicias Einfahrt? Aber trotzdem keine schlechte Theorie. Man muß sie nur noch ein bißchen ausfeilen.«

Marks sah aus, als habe er eine Ratte verschluckt, aber Hubbaker zuckte nur die Achseln. »Das ist das Schöne, wenn man Amateur ist. Wir können alles behaupten, was uns in den Sinn kommt und müssen keine Verantwortung übernehmen, falls es nicht funktioniert.«

Sie wurden von Willie Parmenter unterbrochen, der mit den sorgfältig in Servietten gehüllten Drinks zurückkam. Hubbaker dankte ihm. Marks nippte an seinem Getränk und murrte: »Immer noch zu süß.«

»Tut mir leid«, sagte Parmenter. »Soll ich einen anderen machen lassen?«

»Nein. Nächstes Mal hole ich mir selbst einen. Ich nehme an, das ist der einzige Weg, zu einem richtigen Drink zu kommen.«

Parmenter entfernte sich, und Trace sah zum gegenüberliegenden Teil des Raums hinüber. Paola Ferrara, einen frischen Drink in der Hand, belegte Chico immer noch mit Beschlag, und ihr Lächeln war jetzt so fein, als sei es gerade von einem scharf gespitzten Bleistift gezogen worden.

Trace stellte sein Glas auf einem Tisch ab und wollte zu ihr hinübergehen, aber auf halbem Wege wurde er von der Gräfin abgefangen.

»Sie wird's überleben«, meinte sie mit einem Nicken in Chicos Richtung. »Sie würde mit vieren von dieser Sorte fertig.«

Trace nickte, wollte aber weitergehen. Felicia nahm ihn beim Arm. »Ich habe den Paß immer noch nicht gefunden. Allmählich habe ich das Gefühl, der Schmuckdieb könnte ihn gestohlen haben«, sagte sie. »Auf dem schwarzen Markt oder wo immer man diese Dinge verkauft, ist so ein Paß viel wert, nicht wahr?«

»Geld auch«, meinte Trace. »Aber der Dieb ließ Jarvis' Brieftasche unberührt.«

»Da haben Sie eigentlich recht.«

»Und wenn ich Schmuck im Wert von einer Million in der Tasche hätte, würde ich mich weder um Geld noch um einen Paß kümmern«, sagte Trace. »Entschuldigen Sie mich, Felicia. Ich muß etwas erledigen.«

11

Als Chico ihn kommen sah, schüttelte sie ganz unmerklich den Kopf. Ferrrara bemerkte es offenbar nicht und redete weiter auf sie ein. Er bemerkte nicht einmal Trace, selbst als der schon neben ihm stand.

»Hallo, Miss Mangini«, sagte Trace.

»Hallo, Trace. Kennen Sie Mr. Ferrara?«

»Wir sind uns mal begegnet«, antwortete Trace.

»Nicht gerade einer der Höhepunkte meiner Amerikareise«, bemerkte Ferrara und drehte Trace anzüglich ein klein wenig mehr den Rücken zu, um ihn aus der Unterhaltung auszuschließen.

Trace tippte ihm auf die Schulter. »Ich finde, Sie haben unsere Tageshosteß jetzt lang genug für sich beansprucht«, meinte er.

»Das soll sie mir selbst sagen«, gab Ferrara zurück.

»Das kann sie nicht.«

»Warum nicht?«

»Sie hat eine große Schwäche: Sie bringt es nicht fertig, Langweilern zu sagen, sie sollen abschieben.«

»Ich kann's«, sagte Ferrara. »Schieben Sie gefälligst ab.«

Als er sich wieder abwandte, nahm Trace das Glas, das der Italiener auf einem kleinen Tischchen abgestellt hatte. Langsam goß er den Wodka über Ferraras Ärmel.

Es bedurfte anderthalb Sekunden verschütteten Highballs, bevor Ferrara merkte, daß irgendwas vor sich ging. Er drehte sich um, sah Trace an und bemerkte dann seinen nassen Ärmel. »Sie Dreckskerl«, sagte er. »Sie kriegen eine in die Fresse!«

»Ich fürchte, nein«, sagte Trace ruhig.

Trotzdem holte Ferrara aus. Trace wich zur Seite, und Ferraras Faust berührte nur ganz leicht sein rechtes Ohr. Trace packte das Handgelenk des Mannes und drehte ihm den Arm auf den Rücken. Dann gab er ihm mit der anderen Hand sein Glas.

»Sie haben Ihren Drink vergessen.« Er zwang Ferrara, das Glas zu nehmen, indem er ihm den Arm noch stärker verdrehte. Als Ferrara das Glas nahm, ließ Trace ihn los.

»Gehen Sie jetzt«, sagte er zu ihm.

Ferrara blieb einen Moment stehen, immer noch mit dem Rücken zu Trace, dann rieb er seinen Ärmel, brüllte nach Willie und ging auf seinen unglückseligen Gehilfen zu. Trace schaute sich im Raum um. Außer der Gräfin, die ihm zulächelte, schien niemand den Zwischenfall bemerkt zu haben. Alle waren nach wie vor ins Gespräch vertieft.

»Manchmal benimmst du dich wirklich scheußlich«, meinte Chico.

»Ich glaube, daß der Alkoholentzug mich etwas reizbar macht«, entgegnete Trace. »Wie ging's dir so heute abend?«

»Gut, bis dieser Typ kam. Ich meine, eigentlich hatte ich befürchtet, ich müßte mir Swenson vom Leib halten, aber Bob ist verliebt.«

»Er verliebt sich jeden Tag in eine andere«, sagte Trace.

»Du bist eine der wenigen, in die er ständig verliebt ist.«

»Das ist jetzt wohl gelaufen«, meinte Chico. »Ich glaube, National Anthem hat ihn jetzt fest im Griff. Ist ja auch kein Wunder.« Sie sah zu der Porno-Darstellerin hinüber. Auch Trace drehte sich um und sah, daß Bob Swenson beide Hände National Anthems in seinen großen Pranken hielt. »Trace, wenn du jemals Lust haben solltest, dich mit ihr einzulassen, würde ich das wirklich verstehen«, meinte Chico.

»Tut mir leid. Ich bin nicht ihr Typ.«

Chico kicherte. »Komm, großer Junge. Du kannst mir einen Drink spendieren.«

Trace wußte, daß sie damit Sodawasser meinte. Irgendein orientalisches Gen, das sich bei Japanern findet, machte Chico den Genuß von Alkohol unmöglich. Jedes alkoholische Getränk verursachte bei ihr eine Rötung des Gesichts, eine Beschleunigung des Pulses und, wenn der Drink stark genug war, eine Ohnmacht. Trace holte für sie beide Tonic Water, damit sie wenigstens aussahen, als tränken sie Alkohol, und sie standen allein in einer Ecke des Barraums.

»Erinnerst du dich, daß du gesagt hast, Groucho führe was im Schilde?« fragte er.

»Klar. Herzlichen Glückwunsch übrigens zum Alkoholverzicht.«

»Erinnere mich nicht dran. Jedenfalls wartet Groucho darauf, daß ich auf die Schnauze falle. Es ist irgendein ganz großer Versicherungsdetektiv in der Stadt, der den Schmuckdiebstahl aufklären soll.«

»Kennst du ihn?« fragte sie.

»Nein. Keiner kennt ihn. Es ist der große geheimnisvolle Unbekannte. Trägt bei der Arbeit wahrscheinlich Maske und Umhang.«

»Wie hast du das rausbekommen?«

»Bob hat es von einer seiner betrunkenen Freundinnen erfahren und hat es mir erzählt.«

Chico nickte. »Wahrscheinlich war es das, worüber Marks gestern abend gesprochen hat. Er sagte doch von irgend jemandem, er könne sich bald aufhängen. Da hat er dich mit gemeint. Ach Trace, es wäre herrlich, wenn du dem eins auswischen könntest! Ein Arschtritt für diesen mürrischen kleinen Kaffer.«

»Hast du gesehen, wie er mit diesem Burschen umgegangen ist?« fragte Trace.

»Welchem Burschen?«

»Willie. Dem Diener deines Freundes Ferrara.«

»Ja. Ich hab's gesehen. Man sollte kleinen Leuten nie Macht über andere geben«, meinte Chico.

»Genau«, erwiderte Trace. »Ich hab' dir Macht gegeben, und du siehst ja, was es mir eingebracht hat. Ein nüchternes, langweiliges, unglückliches Leben mit ewig schlechter Laune.«

»Wenn wir schon davon sprechen«, sagte Chico, »da

kommt deine Mutter. Du wirst mir verzeihen, aber ich ziehe mich jetzt zurück und begehe *seppuku*.«

»Und ich soll das ganz allein durchstehen? Nein, nein. Bleib gefälligst am Leben.« Er packte Chico am Arm und hielt sie fest.

»Hallo, Mutter. Erinnerst du dich an Chico? Die Frau, mit der ich zusammenlebe?«

»Devlin, ich habe jetzt an dem Automaten am Kasinoeingang gespielt, wie du's mir geraten hast. Aber ich habe noch einmal zehn Dollar verloren.«

»Vielleicht ist heute einfach nicht dein Glückstag. Wo steckt Sarge?«

»Vielleicht wird man in diesem Kasino hier von allen Seiten betrogen«, meinte sie und sah endlich Chico an. »Sie arbeiten doch hier, Miss Manzano. Was sagen Sie dazu?«

»Ich heiße Mangini«, berichtigte Chico. »Ehrlich gesagt, ich weiß es nicht. Ich gebe beim Black Jack die Karten aus, und beim Black Jack gewinnen viele Leute. Um die Automatenspieler kümmern wir uns eigentlich nicht, weil es in den Kasinos ein Sprichwort gibt.«

»Wirklich? Und wie lautet das?«

»Leute, die an Automaten spielen, sind Idioten«, sagte Chico. »Du entschuldigst mich, Trace.« Sie ging weg.

»Also wirklich, Trace«, meinte seine Mutter. »Ich begreife einfach nicht, wie du es mit dieser Frau aushalten kannst.«

»Sie macht tollen Krabbentoast. Wo ist Sarge?«

»Vorhin hatte er einen Drink in der Hand. Er ist wahrscheinlich dort rübergegangen. Er macht mich wirklich rasend. Jedesmal, wenn ich mich umdrehe, ist er verschwunden.«

»Ich kann mir gar nicht erklären, warum, Mutter. Höchstens vielleicht, weil er nicht zusehen will, wie du dein Erbe im Spielautomaten läßt.«

»Er bringt sich doch immer wieder nur in irgendwelche Schwierigkeiten«, sagte sie.

»Walter Marks ist drüben«, sagte Trace. »Er fragte mich, ob du heute abend kommst. Warum sagst du ihm nicht hallo? Er hat einen echten Baron bei sich.«

»Oh! Natürlich.«

Trace entdeckte seinen Vater im ersten Raum auf einem Sofa. Er hielt ein Glas Alkohol in der Hand und sah trübselig vor sich hin.

»Ich habe in Las Vegas noch niemanden dermaßen unglücklich erlebt«, sagte Trace.

»Es ist dieses Weib«, erwiderte sein Vater. »Mir war noch nie so bewußt, wie angenehm es zu Hause ist. Dort schaffe ich's immer irgendwie, sie auszutricksen. Sie geht ins Schlafzimmer, ich in die Küche. Sie kommt in die Küche, ich verziehe mich in den Keller. Sie geht schlafen, und ich setze mich ins Wohnzimmer. Aber hier kann ich ihr keinen Moment lang ausweichen.«

»Heute warst du ja lang genug verschwunden, um zur Polizeistation zu laufen«, meinte Trace.

»Ach, du hast davon gehört. Na ja, ich wollte mich einfach mal umschauen und sehen, wie sie arbeiten. Netter Kerl, dieser Rosado.« Er sah Trace einen Moment lang an, als wolle er seine Reaktion prüfen. »Ich glaube aber nicht, daß er ein besonders guter Detektiv ist.«

»Warum nicht?« fragte Trace.

»Nicht gemein genug. Er sieht aus wie ein Mensch, der anderen Menschen vertraut.«

»Tja, Sarge, das mit dem Vertrauen ist so eine Sache. Es bringt einen immer wieder in Teufels Küche.«

»Wenn man Detektiv ist, ja«, meinte der alte Mann. »Ich habe nie irgend jemandem getraut. Weder meinen Partnern noch meinen Vorgesetzten, weder Verdächtigen noch Anwälten, Staatsanwälten oder sonst jemandem. Ich kam in fünfundzwanzig Jahren kein einziges Mal vor Gericht.«

Trace dachte bei sich, daß es für jemanden, der fünfundzwanzig Jahre lang bei der Polizei gearbeitet hatte, eine recht armselige Auszeichnung war, nie vor Gericht gestanden zu haben. Aber statt dessen sagte er: »Hör mal, wie wär's, wenn ich Mama einen Liebhaber verschaffen würde? Was hältst du davon? Einen Tänzer oder so was. Einen Akrobaten vielleicht.«

»Na ja, für ein paar Tage wäre das wirklich toll. Befrei

mich von ihr. Natürlich müßte ich ihn umbringen, bevor ich die Stadt verließe.«

»Verdammt noch mal, ich glaube kaum, daß ich jemanden dazu bringe, wenn er weiß, daß er dafür sterben muß«, meinte Trace.

»Versuch's trotzdem«, drängte ihn sein Vater. Dann verfiel er wieder in seine trübsinnige Stimmung.

»Nein. Mach dir nichts draus. Ich bin nun mal verloren. Danke, daß du an mich gedacht hast.«

»Dein Vater trinkt zuviel«, meinte Chico.

»Komisch. Ich werde vierzig, und er kommt in die Midlifecrisis.«

»So sieht es im Moment aus. Aber warte nur bis Donnerstag, wenn du deinen Vierzigsten hast. Paß auf, das geht dann so: Zuerst kommst du nicht aus dem Bett. Wofür auch? Noch so ein trostloser Tag wie alle übrigen? Du bleibst also ruhig liegen. Dein ganzer Körper tut dir weh, und du hast Lust auf eine Tasse Tee. Mit Zitrone. Und weißt du was, Liebling? Ich werde nackt im Zimmer herumstolzieren, aber du wirst nicht drauf reagieren, weil du genau weißt, wenn du's jetzt machst, dauert es wieder eine ganze Woche, bis du's wieder machen kannst. Du wirst anfangen, Bus zu fahren, statt zu laufen, und du liest dir Sex-Anzeigen durch: ›Attraktive, sinnlich junge Frau sucht großzügigen älteren Junggesellen. Bitte schreiben Sie an Lulu LaTour. Legen Sie ein Foto bei. Alle Zuschriften werden beantwortet.‹ Ich kann dir sagen, Trace, du tust mir leid. Dein Vater wird sich wieder fangen. Er ist nur ein bißchen deprimiert, aber wenn er wieder zu Hause ist, wird's ihm besser gehen. Aber du bist am Ende.«

»Das einzige, was mich aufrecht hält, ist der Gedanke, daß du meinen Lebensabend mit mir teilst«, meinte Trace.

»Ha! Du hast mich die ganzen letzten Jahre mißbraucht«, sagte Chico. »Jetzt bin ich an der Reihe. Von jetzt an brüste ich mich vor dir mit meinen Liebhabern. Achtzehnjährige Hotelpagen. Junge Diener. Supermarktverkäufer.«

»Du gehst doch nie in Supermärkte«, meinte er.

»Ich fange jetzt damit an. Ich gehe in alle Supermärkte der Stadt. Jeden Tag in einen anderen. Und ich verführe sie alle. Du kannst im Bett liegen und einrosten und aus dem Wohnzimmer unsere Lustschreie hören. Wir treiben's auf dem Wollteppich.«

»Er ist aus Nylon. Ich hoffe, du kriegst einen wunden Hintern und er wunde Knie. Wenn er sich umdreht, haue ich ihm eins über den Schädel.«

Chico gab keine Antwort. Sie schaute zu dem Sofa hin, auf dem Traces Vater saß und immer noch auf seinen Drink starrte. Mrs. Trace saß neben ihm und kaute unentwegt. »Dein Vater hätte wirklich was Besseres verdient«, sagte Chico.

»Ich weiß. Wenn's doch nur einen Weg gäbe, ihn da rauszuholen. Wußtest du, daß meine Ehe auch in diese Richtung ging?« Er unterbrach sich, als Bob Swenson mit zwei Gläsern in der Hand ins Zimmer trat. Als er Chico und Trace entdeckte, gab er die Gläser dem Barkeeper und kam auf sie zu.

»Na, wie läuft's?« erkundigte sich Trace.

»Ich hab' sie soweit. Ich habe sie davon überzeugt, daß sie Ingrid Bergmann, Pola Negri und Lillian Gish ist, alle in einer Person.«

»Und sogar noch besser«, meinte Trace. »Sie macht eine Tiernummer.«

»Das war einmal. Ein jugendlicher Fehltritt«, sagte Swenson. »Von jetzt an wird nur noch ernsthaft geschauspielert. Wir sprechen gerade über ihre Karriere. Sie braucht einen älteren, klügeren Mann, auf den sie sich verlassen kann. Einen Mentor. Ich werde ihr Mentor.«

»Sie sind wirklich ein gräßlicher Aasgeier«, sagte Chico lächelnd.

»Dazu haben Sie mich getrieben«, erwiderte Swenson, »indem sie mich all die Jahre zurückstießen.« Er sah über die Schulter. »Tut mir leid, ich muß jetzt wieder hin, bevor sich jemand anderer an sie ranmacht.«

Als er sich entfernte, meinte Chico: »Ach, ich liebe ihn. Ich liebe ihn wirklich. Er ist die absolute Verkörperung des Tiers im Manne. Man braucht sich nie zu fragen, woher er gerade kommt, weil er immer von der gleichen Beschäftigung kommt. Liebesbriefe direkt aus der Leistengegend.«

Trace sah, wie sein Vater nickte und neben seiner Frau aufstand, und er dachte, man sollte beide fotografieren und dieses Foto an sämtliche Heiratsagenturen Amerikas versenden, und jeden heiratswilligen Bewerber zwingen, es sich anzusehen. Dann würde die Heiratsrate um 50 % fallen. Sie wollen Bevölkerungsnullwachstum? Dieses Bild gibt ihnen einen negativen Erwartungswert.

Sarge und seine Frau gingen auf die Tür zu und blieben bei Trace und Chico stehen. »Tja, es wird langsam Zeit«, sagte Traces Vater seufzend. »Hilda ist müde.«

»Was steht morgen auf dem Programm?« erkundigte sich Trace. Seine Mutter antwortete: »Ich denke, wir sollten diese Spielautomaten an den Eingängen ausprobieren. Schließlich hast du mir ja versprochen, daß es klappt.«

»Und wahrscheinlich Circus ›Circus‹ «, sagte Sarge matt.

»Morgen nicht«, warf Trace plötzlich ein.

»Was meinst du damit?«

»Ich brauche deine Hilfe, Sarge«, sagte er. »Ich habe da doch diesen Fall, und es ist zuviel Arbeit für mich allein. Du mußt mir helfen. Ich weiß zwar, daß es eigentlich nicht geht, weil ihr ja hier in Urlaub seid . . .«

»Das geht ganz bestimmt nicht!« sagte Traces Mutter.

»Sei still, Weib!« fuhr Sarge sie an. »Worum geht's denn, Trace?«

»Um einen Mord und einen Schmuckraub im Wert von einer Million Dollar. Ich schaffe es nicht allein. Kannst du mir helfen?«

Sein Vater strich sich über sein kantiges Kinn. »Na ja, der Gedanke, ›Circus‹ zu versäumen, ist natürlich schrecklich. Ich glaube, morgen gibt's eine neue Trapeznummer. Aber schließlich bist du mein Sohn. Wie könnte ich anders?«

»Danke, Sarge, ich weiß das zu würdigen«, sagte Trace.

»Und was wird aus mir?« jammerte Traces Mutter.

Trace und sein Vater sahen sich an. Beide hatten eine gute Antwort parat, wollten sie aber nicht sagen, obwohl sie lächelten. »Dir wird schon was einfallen«, meinte Trace. »Sarge, komm doch morgen früh so gegen zehn zu mir, dann sprechen wir mal über diese Sache.«

»Ich werde kommen. Los, Hildie. Ich muß ein paar Stunden schlafen. Wenn ich morgen fit sein will, kann ich nicht die ganze Nacht durchfeiern. Gut' Nacht, mein Sohn. Gut' Nacht, Chico.«

»Gute Nacht, Sarge. Gute Nacht, Mrs. Tracy«, sagte Chico.

Mrs. Tracy schniefte, und ihr Gatte zog sie zur Tür hinaus. Als sie draußen waren, meinte Chico: »Trace, ich liebe dich.«

»Aaaah, das sagst du ja nur, um meinen armen Körper zu martern.«

»Nein. Wirklich, ich liebe dich. Meistens bist du so ein Arschloch, und dann machst du plötzlich so was. Das ist der einzige Grund, warum ich bei dir bleibe, warum ich auf Ruhm, Glück und junge Männerkörper verzichte. Einzig und allein weil du, ab und zu, so was wirklich Nettes machst.«

»Wahrscheinlich bin ich doch ganz der Sohn meiner Mutter«, meinte Trace.

Trace und Chico lagen im Bett. Sie zündete eine Zigarette an und reichte sie ihm. »Hier. Als Belohnung für erwiesene Dienste.«

»Mein Gott, so weit bin ich schon gekommen, daß ich mich für eine Zigarette auf Gaunereien einlasse?«

»Ruhe, ich denke nach.«

Trace rauchte schweigend und blies große, fast unsichtbare Rauchringe gegen die Decke. Anfangs war die Decke, genau wie die Wände, weiß gewesen, aber ein Konsum von vier Päckchen Zigaretten täglich über drei Jahre hinweg hatte das ganze Apartment mit einem dünnen gelben Film überzogen. Trace wurde sich dessen immer erst bewußt, wenn Chico einmal ein Bild von der Wand nahm und darunter die weiße Tapete zum Vorschein kam. Das war eine von Chicos netten Eigenschaften. Sie rauchte zwar nicht, mekkerte aber auch nicht, wenn er rauchte. Wenn sie sich doch einmal darüber beklagte, dann nicht, weil es ihren Wänden und Möbeln schadete, sondern weil sie um seine Lungen fürchtete.

»Dieser Versicherungsdetektiv«, sagte sie jetzt, »Keiner weiß, wer es ist.«

»Stimmt.«

»Ich wette, Walter Marks weiß es.«

»Glaube ich auch«, erwiderte Trace.

»Warum hat er dann den ganzen Abend lang mit diesem Baron geredet? Du hast gesagt, sie hätten über den Fall gesprochen.«

»Klar.« In seinem Kopf begann es zu dämmern.

»Es hieß, der Versicherungsdetektiv werde jeden Tag erwartet, und gerade da kam dieser Baron Humbug oder wie er heißt in die Stadt. Wäre ein Baron nicht eine wunderbare Tarnung für so einen Versicherungsschnüffler, der sich mit einem Juwelendiebstahl befaßt?«

»Klar. Und das würde auch erklären, warum er so neugierige Fragen stellt«, meinte Trace.

»Denk mal drüber nach. Vielleicht ist er dein Mann«, sagte Chico.

»Ich brauche gar nicht drüber nachzudenken. Er ist es.«

»Das habe ich nicht gesagt. Es wäre nur eine Möglichkeit. Aber Marks war dauernd um ihn herum.«

»Genau, es fehlte bloß noch, daß er ihm die Schuhe putzte.

Er beschäftigte sich ständig mit dem Baron, wenn er nicht gerade Willie herumschikanierte.«

»Den Diener meines heimlichen italienischen Liebhabers?« fragte Chico.

»Genau der.«

»Ich habe mich mit ihm unterhalten. Er ist nett. Und sehr lustig.«

»Das Wort ›lustig‹ hätte ich auf Willie nie angewendet«, meinte Trace.

»Während ich mit ihm sprach, machte er die ganze Zeit Marks nach. Du weißt doch, wie Marks die Lippen kräuselt, wenn er versucht, wichtig daherzureden, und wie er dann wie ein verstopfter Richard Nixon klingt?«

»Mein Gott, natürlich weiß ich das. Ich höre es dauernd. Sogar im Schlaf!«

»Willie hat ihn ganz toll nachgemacht. Und er ist raffiniert. Er sagte nicht, daß er ihn nachmachte, aber er beobachtete mich die ganze Zeit, und als er merkte, daß ich es merkte, lachten wir beide.«

»Gut«, sagte Trace. »Wenn du das nächste Mal mit ihm plauderst, dann sag ihm, er solle die Augen nach Jarvis' Paß aufhalten. Felicia hat ihn nicht gefunden.«

»Vielleicht kann Sarge dir helfen«, sagte Chico.

»Vielleicht. Aber jetzt bitte ich um Ruhe. Es ist Zeit für meine Nachdenk-Zigarette. Kein Wort mehr.«

»Wer will sich mit dir schon unterhalten!« sagte Chico.

12

Nüchtern und ausgeruht erwachte Trace um halb neun Uhr morgens und geriet sofort in Panik. Mein Gott, dachte er, ich bin nüchtern und ausgeruht. Ich habe nicht das Gefühl, mich gleich übergeben zu müssen. So kann es nicht weitergehen.

»Was möchtest du zum Frühstück?« rief Chico aus der Küche.

»Ein Glas Brechwurztee! Ein großes Glas! Ich muß schnell wieder normal werden!«

»Bleib wie du bist! Dein Vater wird bald kommen!«

»Oje! Jetzt muß ich mir was für ihn ausdenken!«

»Mach dir keine Sorgen!«

Trace duschte, putzte sich die Zähne, ging in die Küche und nahm nach dem ersten Läuten den Hörer ab. Chico saß schon am Tisch und aß. Sie aß eigentlich immer. Diese zierliche Frau benahm sich wirklich wie eine Picknickameise, und manchmal fragte sich Trace, ob sie das, was sie alles in sich hineinstopfte, wirklich aufaß, oder ob sie sich etwas für den Winter zurückbehielt.

Bob Swenson war am Telefon.

»Na, wie lief's gestern abend?« fragte Trace.

»Schrecklich. Die schlimmste Nacht meines Lebens.«

»Das kann ich nicht glauben. Sie hat Ihnen doch aus der Hand gefressen!«

»Ich bin zu weit gegangen«, meinte Swenson. »Ich habe ihr so viele Rosinen in den Kopf gesetzt, daß ich's nicht für möglich gehalten hätte, daß sie alles glaubt. Ich bin ein geschlagener Mann. Ich habe mit einer Frau geschlafen, die sich ihren Lebensunterhalt mit Eseln verdient, und ich bin nicht reingekommen. Wenn das rauskommt, dann bin ich erledigt.«

»Na, na. Ich werde es niemandem erzählen«, beruhigte ihn Trace.

Swenson brummelte eine Weile vor sich hin und gab dann zu, daß er den Grund für seinen Anruf vergessen hatte. »Sagen Sie Chico, daß ich mit ihr zu Mittag essen will.«

Trace legte auf. »Swenson«, sagte er.

»Wie geht's ihm?« erkundigte sich Chico und steckte sich noch mehr Essen in den Mund, ohne eine Antwort abzuwarten.

»Er ist ziemlich unglücklich«, sagte Trace, setzte sich hin, nahm einen Schluck Kaffee und sah mutlos auf seinen Teller. Er enthielt ein Ei, ein Stück Schinken, eine halbe Scheibe Toast und einen Klecks Marmelade. Trace knabberte an dem Toast wie eine auf Diät gesetzte Maus.

»Er hat's genau richtig gemacht«, erläuterte Trace. »National Anthem hält ihn für einen warmherzigen, klugen, wundervollen Menschen. Seine Pläne für ihre Karriere haben sie wirklich beeindruckt. Sie sollte jetzt zielstrebig vorgehen und dran arbeiten, daß die Leute sie für eine ernst zu nehmende Schauspielerin halten. Wie lang kann man's mit Eseln treiben, ohne daß das Publikum sich allmählich langweilt?«

»Es dürfte ziemlich schwer sein, eine Beziehung zu einem Esel zu unterhalten und den Leuten weiszumachen, das sei etwas Bedeutungsvolles«, murmelte Chico mit vollem Mund. »Ich hab's selbst versucht, weiß Gott.«

»Halt den Mund, Weib. Er schleppt sie also auf sein Zimmer und redet immer noch seinen Unsinn daher. Spiel eine Rolle, die zu dir paßt. Laß dein gutes Herz durchscheinen. Laß die Unterhosen runter. Sie haben sich Rollen für sie ausgedacht, mit denen sie Karriere machen würde. Swenson dachte an Kleopatra. Wußtest du, daß sie's mit dem gesamten römischen Senat trieb?«

»Das habe ich nicht gewußt«, sagte Chico.

»Na ja, Swenson behauptet es jedenfalls, und er weiß über solche Sachen Bescheid. Jedenfalls denkt er also an Kleopatra oder Katharina die Große – die war auch etwas seltsam –, aber irgendwie setzt sich bei Nash der Gedanke an Jeanne d'Arc, die Jungfrau von Orleans, fest. Und dann möchte sie wie Stanislaswkij werden und mit ihren Rollen identisch sein. Nicht mehr betatscht werden, keine Schnulzen mehr. Keine Angriffe mehr auf ihre Rolle als Frau. Dann hat sie die Hände auf dem Bauch gefaltet und ist eingeschlafen. Und sie hat geschnarcht. Und heute morgen steht sie auf, zieht sich an, küßt Bob, als sei er ihr Pastor, und sagt ihm, er sei ein ganz besonderer Mann in ihrem Leben und geht. Und er brüllt an der Tür ›Ich will kein besonderer Mann in deinem Leben sein! Ich will dich ficken wie jeder andere auch!‹ Aber sie ist schon weg, und er fühlt sich elend. Nimm dich heute vor ihm in acht.«

»Ich werde meinen Keuschheitsgürtel anziehen«, sagte Chico.

»Er hätte sich Flamma warmhalten sollen. Die goldene Regel Nummer eins.«

»Wie heißt die?«

»Laß das, was du hast, nicht los, bevor du nicht verdammt sicher bist, daß du etwas anderes hast«, erklärte Chico. Trace knabberte wieder an seinem Toast. »Weißt du, manchmal tut essen gut.«

»Immer«, stimmte Chico zu und klaute sich seine einzige Scheibe Schinken.

In ihrem dunkelblauen Kostüm und ihrer roten Bluse sah sie sehr hübsch und sehr professionell aus. Sie war schon weg, als Sarge an der Haustür klingelte.

»Sergeant Tracy meldet sich zur Stelle, Sir«, sagte er und salutierte zackig. Er trug einen grauen Geschäftsanzug. Seine Schuhe hatten dicke Sohlen, waren auf Hochglanz poliert und sahen sehr bequem aus. Unterm Arm trug er einen Spiralblock mit rotem Deckel.

»Trinkst du eine Tasse Kaffee mit, Sarge? Wo ist Mutter?«

»Ich habe sie im Hotel gelassen, sie spielt Lotto. Das hat sie neu für sich entdeckt. Der Gedanke, für nur sieben Cents fünfundzwanzigtausend Dollar zu gewinnen, reizt sie.«

»Gut. Dann ist sie ja beschäftigt.«

»Was soll ich für dich tun?« fragte Sarge.

Sie saßen einander an dem kleinen Küchentisch gegenüber, und Trace schenkte Kaffee ein.

»Wofür ist der Notizblock?« fragte er.

»Für Notizen.«

»Gut«, sagte Trace. »Zuallererst einmal mußt du genaue Aufzeichnungen machen. Das ist wirklich sehr wichtig.«

»Aufzeichnungen von was?«

»Deinen Ausgaben natürlich. Aber sag niemand, wie hoch sie sind, nur mir allein. Höchstens mit Chico darfst du drüber sprechen, wenn du möchtest, aber vor allem mit mir. Und ich werde sie Groucho einreichen, und wenn er und ich lang genug darüber verhandelt haben, dann kriegst du wahrscheinlich dein ganzes Geld zurück, und vielleicht schaut sogar noch ein kleiner Gewinn dabei heraus.«

Trace nahm noch einen Schluck Kaffee und lehnte sich mit einem dermaßen zufriedenen Gesichtsausdruck zurück, als habe er gerade das Geheimnis der menschlichen Existenz gelöst. »Das ist alles«, sagte er.

»Ich finde, ich sollte ein bißchen mehr darüber wissen, was ich mit diesen Ausgaben überhaupt anfange«, meinte Sarge. »Zum Beispiel würde mich interessieren, worum es in diesem Fall überhaupt geht.«

»Okay. Ich sag's dir jetzt mal.« Trace erklärte zügig und genau den Schmuckdiebstahl und den Mord an Early Jarvis. Bevor er ein Resümee ziehen konnte, fragte sein Vater bereits: »Wo war der Paß von diesem Jarvis?«

»Sehr gut, Sarge«, meinte Trace. »Genau das frage ich

mich auch. Er brauchte einen Paß, um wieder ins Land hereinzukommen. Aber er hatte keinen bei sich, und gestern abend erzählte mir Felicia, daß sie ihn überall gesucht, aber nicht gefunden hätte.«

»Felicia?«

»Die Gräfin.«

»Oh, dieser Rotschopf von gestern abend. Ich wußte gar nicht, daß sich unter deinen Freundinnen Gräfinnen befinden«, sagte Sarge.

»Wer mich kennt, liebt mich. Also, der Paß. Ich wüßte gern, wo er ist. Hat er ihn verloren? Hat er ihn in ein Schließfach im Flughafen getan? Und wenn ja, warum zum Teufel noch mal? Was soll das alles? Fällt dir da irgendwas ein?«

»Ein bißchen was schon«, meinte Sarge. »Aber ich würde mich lieber erst mal umhorchen.«

»Wie fängst du an?« erkundigte sich Trace.

»Hast du ein Bild von Jarvis?«

Trace schüttelte den Kopf.

»Dein erster Fehler. Na gut. Ich schaue jetzt mal bei deinem Freund Rosado im Hauptquartier vorbei. Er wird ja wohl ein Bild von ihm haben, und das leihe ich mir für eine Weile aus. Dann gehe ich zum Flughafen und höre mich um, ob irgend jemand ihn gesehen hat, das Übliche eben. Ich kenne mich in solchen Sachen aus, mein Sohn.« Während er sprach, machte er sich auf seinem Notizblock eine ordentliche Liste von zu erledigenden Dingen. Trace überlegte, ob er ihn bitten sollte, eine Seite für seine Einkaufsliste freizulassen.

»Ich weiß, daß du dich in solchen Sachen auskennst«, meinte er, »aber wir sind hier nicht in New York.«

»Was meinst du damit?«

»In New York redet jeder. Mein Gott, man kann sich nicht mal eine Zeitung kaufen, ohne gleich irgend jemandes ganze Lebensgeschichte erzählt zu kriegen. Aber das ist in New York. Hier geht es anders zu. Hier ist jeder clever, oder hält sich zumindest dafür. Den Mund zu halten kann hier eine Lebensform sein. In Las Vegas spricht niemand, hier erzählt dir niemand irgendwas. Wenn du ihnen Geld gibst, dann vielleicht. Aber sie haben alle Angst, daß, wenn sie der falschen Person die falschen Informationen liefern, man sie am nächsten Tag in der Wüste finden wird, mit einem Kanarienvogel im Mund.«

»Mit mir werden sie sprechen«, sagte Sarge zuversichtlich.

»Wie das?«

»Weil ich vernünftig mit ihnen reden werde. Ich werde sehr höflich sein. Ich werde ihnen auseinandersetzen, daß es die Pflicht jedes Bürgers ist, mit der Polizei zu kooperieren, weil, wenn der Mensch in Gefahr ist, niemand sicher sein kann. Ich werde ihnen einen bewegenden Vortrag über die Pflichten eines guten Bürgers halten. Und dann, wenn sie immer noch nichts sagen wollen, werde ich ihnen Feuer unterm Hintern machen. Hast du einen Revolver?«

Einen Moment lang gab sich Trace der Vision des wie ausgestorben daliegenden Flughafens von Las Vegas hin, alles voller Leichen, und Sarge, der am Schalter der Golden West Airlines stand und in die Luft schoß und schrie: »Raus mit der Sprache! Verdammt noch mal! Raus mit der Sprache!«

»Ich glaube nicht, daß wir jetzt schon einen Revolver brauchen. Erst wenn wir der Sache näher kommen. Wenn du eine tödliche Waffe brauchst, nimm deine Hände.«

»Sehr witzig.«

»Außerdem darfst du hier sowieso keine Waffe mit dir herumtragen«, sagte Trace.

»Devlin, mein Junge, ich mag zwar im Ruhestand sein, aber ich bin noch nicht senil. In dieser Stadt hier trägt jeder eine Waffe mit sich herum. Oder andernfalls haben die hier alle riesige Geschwülste in der linken Achselhöhle.«

»Aus diesem Grund machen wir's ohne Waffen. Das erhöht die Herausforderung. Noch etwas. Erinnerst du dich an diesen Burschen, den du gestern abend kennengelernt hast, den Baron?«

»Wie hieß er doch gleich? Hubbell?«

»Hubbaker. Ich denke, er ist ein Geheimagent der Versicherungsfirma, bei der die Juwelen versichert waren. Laß es mich wissen, wenn er dir heute über den Weg läuft.«

»Gut.«

»Und es gibt hier einen Privatdetektiv namens Roberts, der auch an diesem Fall arbeitet. Er ist ein Gauner. Behalte ihn im Auge.«

»Ja.«

»Gut. Pack sie, Tiger!«

Sein Vater trank seine Tasse aus, notierte sich die Namen von Hubbaker und Roberts und klappte den Block zu.

»Vielleicht ist dies der Beginn einer neuen Karriere«, meinte Sarge. Er legte Trace seine schwere Pranke auf die Schulter. »Du und ich bei der Verbrechensbekämpfung. Patrick und Devlin Tracy. Vertrauliche Nachforschungen. Wir schlafen nie. Die Gangster werden zittern, wenn sie unsere Namen auch nur hören.«

»Oder wir könnten auf der anderen Seite arbeiten«, schlug Trace vor. »Wir könnten eine Buchhaltungsfirma aufmachen. Und stehlen.«

»Selbst das würde ich tun. Ich würde alles tun, um aus dem Haus zu kommen. So, und jetzt geh ich zu Rosado.«

»Gut. Wenn du irgendwelche Neuigkeiten für mich hast, kannst du sie mir über Chico auf der Tagung zukommen lassen. Andernfalls treffen wir uns dort um fünf Uhr wieder. Ich denke, um fünf gibt's da heute eine Cocktailparty.«

Nachdem Sarge weg war, rief Trace bei der Polizei an und sprach mit Rosado.

»Dan, mein Vater ist gerade auf dem Weg zu Ihnen. Er hilft mir bei den Ermittlungen im Fall Jarvis. Ich wäre Ihnen dankbar, wenn Sie ihm behilflich sein könnten, wenn er etwas braucht.«

»Aber ich gebe ihm keinen Waffenschein«, sagte Rosado.

»Mein Gott, nein, bloß keinen Waffenschein!«

»Ansonsten kriegt er alles, was er will. Wer will schon Streit mit jemandem, dessen Hände tödliche Waffen sind?«

»Danke, Dan. Er war früher ganz schön auf Draht, wissen Sie. Vielleicht kann er uns wirklich helfen.«

»Wir stecken in einer Sackgasse. Wir könnten wirklich jede Art von Hilfe brauchen.«

»Außerdem tut es ihm gut, wenn er sich wieder nützlich machen kann«, fügte Trace hinzu.

»Ist schon gut, Trace. Sie sprechen mit einem Freund. Gestern bin ich Ihrem Vater begegnet, erinnern Sie sich? Ich weiß, daß es ihn langsam verrückt macht, in dieser Stadt rumzuhängen und an Automaten zu spielen. Es ist nett von Ihnen, ihm Arbeit zu geben.«

»Aber verraten Sie ihm nicht, daß Sie's wissen«, bat Trace.

»Ich werde mich irgendwann revanchieren.«

»Sie können mir für meine Sammlung eine Bjoerling-Platte kaufen. Der *Troubadour* fehlt mir noch.«

»Ich möchte der Mittelmäßigkeit nicht auch noch Vorschub leisten«, meinte Trace.

»Scheren Sie sich zum Teufel!«

Trace hörte in Roberts Büro jemanden sprechen und wartete deshalb im Flur, an einer Stelle, wo Roberts ihn nicht durch die Milchglasscheiben der Tür sehen konnte.

»Das ist mir egal, verdammt noch mal, so liegen die Dinge eben!« hörte er Roberts sagen. Er telefonierte anscheinend, denn es war keine Antwort zu hören.

Dann sagte er noch lauter: »Mach, was sie sagt!« und Trace hörte, wie er den Hörer auf die Gabel schmiß.

Er wartete ein paar Sekunden, begann dann laut zu pfeifen und trat ins Büro, nachdem er einmal laut angeklopft hatte.

Roberts saß hinter seinem schmuddeligen Schreibtisch und sah auf.

»Hallo, Tracy.«

»Na, wie geht's, R. J.?« fragte Tracy mit geheuchelter Herzlichkeit.

»Mal so, mal so. Setzen Sie sich. Möchten Sie was trinken?«

»Danke, nein. Ich dachte, ich frag' Sie mal, ob Sie schon irgendwas über den Schmuck der Gräfin in Erfahrung bringen konnten.«

Roberts schüttelte den Kopf und faltete die Hände über

seinem Notizbuch. »Wie vom Erdboden verschwunden«, meinte er. »Ich hab mich überall umgehört, alles umsonst. Ich sag Ihnen noch mal, Trace: Der Dieb ist nicht aus der Stadt. Haben Sie was rausgefunden?«

»Noch nicht. Ich war gestern im Plotzo draußen und hab' mich umgeschaut. Nichts.«

»Haben Sie mit Spiro gesprochen?« erkundigte sich Roberts.

»Klar.«

»Was halten Sie von ihm? Ich habe mir überlegt, ob das Ganze vielleicht eine abgekartete Sache war.«

»Ich weiß nicht«, meinte Trace. »Kleine Diebe bleiben immer kleine Diebe. Sie kommen an größere Beträge ran, indem sie mehr kleine Diebstähle begehen, nicht durch einen großen. Bei ihnen macht's die Quantität, nicht die Qualität.«

»Woher wissen Sie, daß er ein Dieb ist?« fragte Roberts.

»Nur eine Vermutung«, sagte Trace.

»Er hat nicht viel auf dem Kerbholz. Kleinere Dinge. Hat vor etwa vier Jahren mal sechs Monate gesessen, dann hat er Autos frisiert und sich nichts mehr zuschulden kommen lassen. Er ist Grieche. Griechen begehen nie größere Diebstähle.«

Das war ein detektivischer Schluß, den Trace zum erstenmal hörte, aber er beschloß, nichts dazu zu sagen.

»Haben Sie irgendwas über andere Detektive hier in der Stadt gehört?« fragte er.

»Nein. Wen?«

»Keine Ahnung. Ich habe gehört, daß die Versicherungsfirma einen Top-Detektiv engagiert hat. Ich dachte, Sie seien ihm vielleicht begegnet.«

»Diese Dreckskerle! Sie haben mich engagiert, warum brauchen sie dann noch jemand anderes? Diese Dreckskerle!«

»Das ist jetzt Ihre Aufgabe!« meinte Trace fröhlich. »Diesen Kerl zu finden.«

»Wie heißt er?«

»Das weiß niemand. Er ist der geheimnisvolle Rächer, direkt aus dem Zeichentrickfilm am Samstagmorgen.«

»Dem werd' ich's zeigen! Finden Sie raus, wer das ist, Tracy, und sagen Sie's mir.«

»Klar«, log Trace. »Ich halte Sie über alles auf dem laufenden.«

Die Verkäuferin war sehr hübsch und sehr jung und hatte sehr wachsame Augen. Solche Augen findet man oft bei Leuten, die in einem Beruf mit hoher Raubüberfallquote arbeiten. Und erst recht bei Mädchen, die in der High School zur Schönheitskönigin gewählt wurden und nach Las Vegas kamen, um die Stadt im Sturm zu erobern, um schließlich nach wenigen Monaten als Verkäuferin in einem abseits gelegenen Schmuckgeschäft zu landen.

»Ich möchte Herman sprechen«, sagte Trace.

»Darf ich nach Ihrem Wunsch frage?«

»Sagen Sie ihm bitte, Trace sei da.«

Sie nickte, lächelte ihn aber an, als halte sie ihn für einen Zinswucherer, der überfällige Zahlungen eintreiben wollte, und verschwand im Hinterzimmer. Einen Moment später war sie wieder da, und diesmal lächelte sie wirklich herzlich. »Sie können zu ihm«, sagte sie.

Herman sah aus, als habe er keine Knochen. Sein Kopf glich einem wassergefüllten Ballon. Sein Körper war rund, seine Arme waren kurze dicke Ovale, und seine Finger sahen aus wie kleine Würste. Er hatte eine Juwelierslupe vor dem rechten Auge und brummte, als Trace das kleine Büro betrat.

Auf seinem Arbeitstisch lag ein Stück schwarzer Samt, auf dem ein paar Dutzend Diamanten glitzerten.

Trace ging zu einem Aktenschrank, öffnete die oberste Schublade und entnahm ihr ein Schachbrett. Dann ging er zum Arbeitstisch zurück, räumte eine Ecke davon frei und baute das Schachbrett auf.

Er bewegte eine der weißen Figuren und rief: »E2 E4!« Herman hielt gerade in einer winzigen Pinzette einen Diamanten und drehte ihn unter der Lupe hin und her. Ohne aufzuschauen sagte er: »Damenbauer schlägt Läufer auf der vierten Reihe.«

Trace machte Hermans Zug und dann seinen eigenen. »Königsspringer schlägt Läufer auf der dritten Reihe.«

Herman legte den Diamanten weg und nahm einen anderen auf. Immer noch ohne auf das Brett zu schauen, sagte er: »D3.«

Herman sortierte die Diamanten in zwei Häufchen. Trace gab ihm jeden Zug bekannt, den er machte, und der Juwelier antwortete sofort mit seinem Gegenzug, ohne aufs Spiel zu schauen. Nach acht Minuten war Herman mit der Untersuchung der Diamanten fertig. Er hatte vier ausgesondert. Jetzt schob er den schwarzen Samt beiseite und meinte: »Mist, alles Mist. Sie würden staunen, was für einen Mist wir manchmal kriegen. Hallo Trace.«

»Hallo Herman. Ich dachte, Diamanten seien unvergänglich.«

»Nein. Mist ist unvergänglich«, sagte Herman. »Was haben wir denn da?« Eer betrachtete das Schachbrett, wo Trace gerade einen Dame-, Springer- und Turm-Angriff auf Hermans rochierten König startete. Er brummt vor sich hin, opferte nach Traces nächstem Zug einen Läufer, um Traces König Schach zu bieten, und hatte drei Züge später Traces Königin gewonnen.

Trace drehte seinen König in die traditionelle Kapitulationsstellung. »Sie haben einen Fehler gemacht«, sagte er. »Sie haben aufs Brett geschaut.«

»Die Verheerungen des Alters«, meinte Herman. Er schaute immer noch auf das Schachbrett. »Sie greifen immer viel zu früh an. Sie spielen wie ein Ire.«

»Das alte Lied«, sagte Tracy. »Was stimmt mit den Steinen nicht?«

»Alles Dreck«, erwiderte Herman. »Sie stammen alle aus derselben verdammten Gegend, sind alle -zig Millionen Jahre alt, und in letzter Zeit kriege ich bloß noch Abfall. Zeug, das man für Bohrmaschinen verwenden sollte, nicht für Ringe.«

»Das hat man davon, wenn man in einer kontrollierten Marktwirtschaft lebt«, sagte Trace. »Diamanten sind nicht mehr gefragt, also stoßen diese genialen Industriellen

Schund ab, für den natürlich auch nur Schundpreise gezahlt werden. Und wenn die Nachfrage wieder steigt, gibt es auch wieder gute Steine, und dann tauchen sie wieder auf.«

»Sie sind wirklich schlau, Trace. Ich hab ein halbes Leben gebraucht, um das herauszufinden.«

»Das kommt daher, daß Sie Jude sind und ich nur Halbjude. Meine irische Hälfte deckt Verschwörungen und Komplotte auf, darin sind wir gut. Größtenteils taugen wir überhaupt nichts, aber wenn wir's mit einer richtigen Verschwörung zu tun bekommen, dann kann man auf uns zählen. Wissen Sie, warum ich hergekommen bin?«

»Eigentlich dachte ich, wegen Ihrer wöchentlichen Niederlage.«

»Diesmal nicht«, erwiderte Tracy. »Felicia Fallaci.«

»Ich habe gehört, daß sei Roberts' Fall«, sagte Herman.

»So könnte man sagen, ja. Ich befasse mich mit dem Mord, der damit zusammenhängt, aber seit Roberts das weiß, muß ich mich auch um den Schmuckdiebstahl kümmern.«

»Was kann ich für Sie tun?«

»Roberts sagte mir, von dem Schmuck sei noch nichts aufgetaucht. Stimmt das?«

»Ja.«

»Ich dachte, er lügt mich vielleicht an«, sagte Trace.

»Diesmal nicht.«

»Hat er mit Ihnen darüber gesprochen?« fragte Trace.

»Da haben wir's, Sie verhalten sich schon wieder wie ein typischer Ire. Keine Verschwörung. Seit dieser Sache mit dem jungen Jack sind Sie mein Freund. Klar hat Roberts mit mir gesprochen. Er bat mich, mich für ihn umzuhören, und er versprach mir sogar einen Teil der Belohnung, falls er überhaupt eine kriegt. Ich höre mich also für ihn um. Weder in der Stadt noch in ganz Kalifornien tut sich irgendwas.«

»Wie kann das irgend jemand wissen, verdammt nochmal?« fragte Trace. »Es gibt doch so viele Juweliere, so viele Diamantenhändler.«

»Und so viele Schwätzer«, fügte Herman hinzu. »Einer macht ein Geschäft und muß das unbedingt seinem Schwager erzählen, da sein Schwager ihn aber nicht leiden kann, erzählt er es irgend jemandem weiter, und eh man sich's versieht, weiß es die ganze Welt. Das ist widerlich, aber so läuft es in diesem Geschäft. Deshalb können wir ein Geschäft mit Handschlag besiegeln, weil jeder über jeden Bescheid weiß. Wenn irgend jemand plötzlich an einen Haufen Zeug rankommt, dann wissen es alle, und ich natürlich auch. Aber bis jetzt hat sich nichts getan.«

»New York?« fragte Trace.

Herman warf die Arme in die Luft, daß sein Speck wakkelte. »Mit New York ist es etwas anderes. Es ist, na ja, es ist eben New York. Da geht alles so rasch, da wechselt so viel Geld den Besitzer. Alle fünf Minuten werden in der Fortyseventh Street eine Million Dollar gewechselt. Und eine weitere Million geht bei irgendeinem Schwindel drauf. Aus New York hört man nichts.«

»Wenn Felicias Schmuck dort wäre, dann könnte er also einfach verschwinden?« fragte Trace.

»Auf Nimmerwiedersehen«, bestätigt Herman.

»Warum geht dann nicht jeder Diebstahl nach New York?« fragte Trace.

»Die guten tun das. Der Rest gerät in Panik. Die fürchten, daß ihr Koffer aufplatzt und die Steine herauskullern. Oder daß sie ausgeraubt werden, oder was weiß ich. Die meisten Diebe sind nicht besonders schlau.«

»Das müssen Sie mir erst noch beweisen«, sagte Trace. »Von diesem hier fehlt mir jedenfalls jede Spur.«

»Das kommt schon noch«, beruhigte ihn Herman. »Noch ein Spielchen?«

»Wo waren Sie bloß, als der Herrgott die Barmherzigkeit verteilte?« fragte Trace, stellte aber die Figuren noch einmal auf.

»Nehmen Sie mich eigentlich auf Band auf?« fragte Herman.

»Ja. Soll ich's ausmachen?«

»Nein, lassen Sie's nur an«, sagte Herman, »dann können Sie sich später Ihre Verzweiflungsschreie anhören.«

13

Spiro lebte in einem Zweifamilienhaus in einer alten Straße, die etwa einen halben Kilometer vom Geschäftsviertel der Stadt entfernt lag.

Trace lehnte sich gegen die Türklingel, und als nicht geöffnet wurde, drückte er auf die Klingel darunter, in der Annahme, daß der Hausbesitzer im ersten Stock wohnte. Falls die Frau, die jetzt die Tür öffnete, wirklich die Besitzerin war, schien sie sich in ihrer Rolle als Grundstückseigentümerin jedenfalls nicht besonders wohl zu fühlen.

Sie war klein und dick und war in Sporthosen und eine rosarote Jacke eingepackt. Ihr Haar verlieh dem Begriff ›leblos‹ eine ganz neue Dimension, und sie hatte eine Zigarette im Mundwinkel hängen, deren Rauch sie dauernd zum Blinzeln zwang.

»Was wollen Sie?« erkundigte sie sich.

»Immer mit der Ruhe«, erwiderte Trace. Er nahm ihr die Zigarette aus dem Mund und warf sie auf den zementierten Boden.

»He he! Was soll denn das?«

»Ich komme vom Gaswerk«, sagte Trace. »Mr. Spirakodopolous hat angerufen, weil anscheinend eine Leitung undicht ist.«

»Er ist nicht daheim«, sagte die Frau. Offenbar hatte es doch nicht am Rauch gelegen, daß sie dauernd zwinkerte, denn sie zwinkerte immer noch.

»Wahrscheinlich ist er abgehauen, bevor alles in die Luft fliegt«, meinte Trace. »Ich muß mich mal umsehen. Eine undichte Gasleitung kann sehr ernste Folgen haben.«

»Ich sagte Ihnen doch, er ist nicht daheim!«

»Und ich sagte Ihnen doch gerade, daß, wenn ich das nicht überprüfe, das ganze Haus in die Luft fliegen kann. Gehört es Ihnen?«

»Natürlich gehört es mir.«

»Und wo wohnt Mr. Spirakodopolous?«

»Oben, aber er ist nicht da.«

»Sein Leck in der Gasleitung ist aber da. Geben Sir mir den Schlüssel. Schnell, Frau, bevor wir hier alle eingeäschert werden.«

»Wer sind Sie eigentlich?«

»Ich hab's Ihnen doch schon gesagt, ich bin vom Gaswerk.«

»Können Sie sich ausweisen?«

»Ja. Ich heiße Reddy Kilowatt, und Ihnen macht's vielleicht Spaß hier rumzustehen und zu plaudern, aber ich will nicht in die Luft gehen. Ich gehe.«

»Gut. Warten Sie einen Moment«. Sie schlurfte kurz darauf mit einem Schlüssel zurück, den sie Trace gab. »Jetzt hören Sie mal gut zu, Ma'am. Während ich mich dort oben umsehe, bleiben Sie hier draußen stehen. Wir brauchen nicht gleich beide unser Leben zu riskieren.«

Anscheinend glaubte sie ihm jetzt. Sie schob sich an ihm vorbei und stellte sich auf den Gehweg.

»Warten Sie hier auf mich«, sagte Trace.

Rasch stieg er die Treppe hinauf und schloß Spiros Wohnung auf. Ein Blick genügte ihm, um zu wissen, daß er zu spät gekommen war. Die Wohnung hatte zwei Zimmer: eine kleine Küche und einen Allzweckraum mit einem ausziehbaren Bett. Die ganze Wohnung war auf den Kopf gestellt. Der Inhalt sämtlicher Schubladen lag auf dem Boden. Überall waren Zeitschriften verstreut. Ein großer Schrank im Wohnzimmer war durchwühlt worden. Kleidungsstücke lagen in einem Haufen davor auf dem Teppich.

Irgend jemand hatte vor Trace die Idee gehabt, Spiros Wohnung zu durchsuchen. Eins zu Null für Sherlock Holmes. Trace sah sich um und kam zu dem Schluß, daß es sinnlos war, nicht irgend etwas zu suchen. Wenn etwas dagewesen war, dann hatte es der andere bereits gefunden, und falls es jetzt noch irgendwo versteckt war, würde auch er es nicht finden.

Er schloß die Tür, und ging pfeifend die Treppe hinunter. Draußen gab er der Hauswirtin den Schlüssel zurück.

»Alles okay«, sagte er. »Keine Gefahr.«

»Was war denn los?«

»Seit es die Pipeline von Alaska gibt, ist das manchmal schwer zu sagen. Aber es ist alles in Ordnung. Sagen Sie, war heute schon irgend jemand hier?«

»Vom Gaswerk? Nein.«

»Aber sonst? Irgend jemand, der zu Mr. Spirakodopolous wollte?«

»Nein.«

»Waren Sie den ganzen Tag zu Hause?«

»Ja. Na ja, außer heute morgen, da war ich beim Friseur.«

»Sie haben wirklich eine tolle Frisur, Ma'am«, sagte Trace.

»Dein Vater hat angerufen«, sagte Chico.

»Was hat er gewollt?«

»Er hat gesagt, ihm sei in diesem Fall ein enormer Durchbruch gelungen. Und er wolle die Hälfte deines Lohns.«

»Was hast du ihm gesagt?«

»Er solle nicht unter zwei Dritteln anfangen. Ich habe teure Angewohnheiten, und er muß es sich etwas kosten lassen, mich von all dem wegzubringen.«

»Ist er immer noch am Flughafen?«

»Als er vor einer Stunde anrief, war er noch dort. Er wollte dich um vier Uhr treffen. In irgendeiner Bar, wo oft Bullen sind.«

»Hier in Las Vegas gibt es keine Bullenbars. Wir sind hier nicht in New York. In New York kann man sich nicht in der Nähe der Third Avenue und der Dreiundzwanzigsten Straße aufhalten, ohne dauernd über Bullen zu stolpern. Hat er gesagt, was er herausgefunden hat?«

»Nein. Er ruft noch mal an. Was soll ich ihm dann ausrichten?«

»Sag ihm, daß wir uns im Boggle's treffen.«

»Das ist eine Bar für den Pöbel«, meinte Chico.

»Mit dem einzigen Unterschied, daß sich die Leute in einer Bar für den Pöbel besser anziehen. Im Boggle's. Um vier.«

»Ich richte es ihm aus, wenn er anruft.«

»Hast du meine Mutter gesehen?«

»Heute noch nicht«, erwiderte Chico. Sie drehte sich nach der Bar um, und gab dem Barkeeper ein Zeichen, er solle ihr noch ein Glas Cola bringen.

»Nicht einmal beim Mittagessen?« fragte Trace.

»Nein.«

»Meine Mutter hat sich ein Gratis-Essen entgehen lassen?«

»Vielleicht hat sie gerade eine Glückssträhne beim Spielen.«

»Hoffentlich«, meinte Trace. »Wenn sie noch mal zehn Dollar verliert, dreht sie den Gashahn auf.«

»Dann kann sie Bob Swenson gleich mit hinübernehmen«, schlug Chico vor. »Der lief den ganzen Tag mit einer Trauermiene durch die Gegend.«

»Nur weil es mit National Anthem nicht geklappt hat?«

»Er lief herum und machte dunkle Andeutungen über manche Menschen, die kein Glück in der Liebe haben.«

»Na ja, du mußt zugeben, daß es hart für ihn war. Neben ihr zu liegen und erleben zu müssen, daß sie die Tugendhafte spielt.«

»Du würdest es gern mal mit ihr machen, stimmt's?« fragte Chico.

»Hör bitte auf! Ich bin nüchtern. Ich rauche kaum noch. Was verlangst du denn noch?«

»Totale Treue bis ans Lebensende. Du würdest es wirklich gern mal mit dieser dicken Kuh treiben, gib's doch zu! Bloß weil sie einen großen Busen hat.«

»Nicht nur deshalb. Es ist die Herausforderung. Tapfer da reinzugehen, wo bisher immer bloß Esel drinwaren.«

»Sag mal ehrlich, der Busen hat doch was damit zu tun, oder?«

»Ja. Eigentlich ja.«

»Ich hasse dich, wenn du auf den Busen anderer Frauer fixiert bist. Da arbeite ich mich mit meinen kleinen Titten für deine Versicherungsfirma ab, und –«

»Das zieht bei mir nicht, danke. Du arbeitest dich mit deinen ganz normal großen, hübschen, wundervollen Brüsten ab, weil du zweitausend Dollar dafür bekommst. Und warum nimmst du an, ich sei auf Busen fixiert, wenn doch du diejenige bist, die dauernd davon spricht?«

»Du meinst also, ich würde das auch tun, wenn ich es nicht für dich täte?« fragte sie.

»Für zweitausend Dollar? Klar.«

»Du bist ekelhaft, Trace.«

»Gestern nacht hast du gesagt, ich sei liebenswert.«

»Gestern nacht *warst* du auch liebenswert. Aber jetzt bist du wieder der alte, ekelhafte Nichtsnutz, den ich kenne und verachte.«

»Nur ein Narr wird von allen geliebt.«

»Und wie nennt man jemanden, den niemand liebt?« fauchte sie ihn an.

»Einen Versicherungsmenschen, nehme ich an«, sagte Trace. »Und da kommt auch schon Walter Marks, munteren Schritts, klaren Blicks . . .«

»Und mit leerem Kopf«, murmelte Chico und lächelte Marks strahlend an. »Guten Tag, Sir«, sagte sie.

»Ja. Na, Trace, tut sich was? Ich finde es nett, daß Sie sich's leisten können, auf Kosten der Firma hier herumzusitzen und zu trinken . . . wahrscheinlich ist das für Sie beide recht unterhaltsam, aber ich frage mich, was sich im Fall Jarvis tut.«

»Wir stehen kurz vor dem Durchbruch«, sagte Trace.

»Ach?«

»Ich nehme an, daß es ein Ritualmord war. Alle Zeichen sprechen dafür. Die Handschuhe. Der Schlag gegen den Schädel mit einem stumpfen Instrument. Der umgestürzte Baum und die überall verstreute Erde. Sogar die fehlenden Schmuckstücke und der Aschenbecher. Das alles trägt die Spuren eines weiteren Mords der auf das Konto der Rustinayle Terrororganisation aus Oberägypten geht. Sie dürfen das nicht mit Unterägypten durcheinanderbringen. Wenn Sie mal auf der Karte nachschauen, werden Sie sehen, daß Oberägypten im unteren Teil Ägyptens liegt und Unterägypten im oberen Teil. Das nennt man ein Paradox.«

»Hören Sie mir mit Ägypten auf«, sagte Marks. »Was ist das für eine Organisation?«

»Die Rustinayles. Nach den Thugs in Indien waren sie die schrecklichsten aller Gruppen. Seit kurzem finanzieren sie ihre schändlichen Aktivitäten mit Schmuckdiebstählen. Aber Sie können mir vertrauen, Groucho. Ich werde diese Burschen vor Gericht bringen, und wenn es meine letzte Tat ist. Das wird ein großer Triumph für uns. Für Sie vielleicht ein etwas kleinerer.«

»Die Rustinayles, sagten Sie?«

»Genau die«, bestätigte Trace.

Marks nickte und machte sich davon, als sei ihm gerade eine Verabredung eingefallen. Chico hatte mit dem Rücken zu ihnen gesessen, und als sie sich jetzt umwandte, sah Trace, daß sie sich eine Serviette in den Mund gestopft hatte. Sie zog sie heraus und sagte: »Du bist ein schrecklicher Mensch, Trace.«

»Jetzt warten wir mal ab. Wenn er direkt zum Telefon marschiert, dann wissen wir, daß er diesen mysteriösen Versicherungsdetektiv anruft und ihm sagt, er solle die Spur dieser Ägypter aufnehmen.«

»Die Rusty Nails (die rostigen Nägel). Du bist furchtbar«, sagte sie.

»Warte hier auf mich.« Trace ging und war eine Minute später wieder da. »Groucho ging schnurstracks zu einer Telefonkabine unten in der Halle. Er weiß also, wer der Versicherungsdetektiv ist.«

»Wenn dieser Bursche auch nur einigermaßen schlau ist, merkt er doch gleich, daß du Marks auf den Arm genommen hast.«

»Man kann nie wissen, oder?«

Chico trank ihre Cola aus und wollte sich zurückziehen, als Marks zurückkam.

Er versuchte zu kichern. »Die Rusty Nails, das war wirklich gut, Trace. Hi hi. Entschuldigen Sie, daß ich so rasch wegmußte. Also, jetzt sagen Sie mir mal die Wahrheit. Gibt's was Neues in diesem Fall?«

»Ich darf mich entschuldigen«, sagte Chico. »Ich muß mich beeilen.«

Trace küßte sie auf die Wange. »Sag Sarge, daß wir uns im

Boggle's treffen.« Sie nickte und lächelte Marks an, der sie ingnorierte.

Trace wandte sich ihm wieder zu. »Ich hab' Sie nicht auf den Arm genommen, Walter. Und Sie wissen ja, wenn ich Walter zu Ihnen sage, meine ich es ganz ernst.«

»Hören Sie mal, Sie glauben doch nicht, daß ich Ihnen diesen Unsinn abnehme?«

»Wenn ich den Täter habe, werden Sie ja sehen«, meinte Trace.

»Eine detektivische Großtat. Ich überlege mir, ob ich mein Hirn bei der Polizei als tödliche Waffe registrieren lassen soll.«

»Oder als Opfer des Alkoholmißbrauchs«, schnauzte Marks ihn an.

»Das auch«, erwiderte Trace.

»Ich weiß nicht recht«, meinte Sarge. »Dafür, daß es 'ne Bullenbar ist, hat's ziemlich viele Italiener hier.«

Er saß mit Trace an einem Tisch in einer dunklen Ecke bei Boggle's. Boggle's war eine Cocktailbar in der Desert Inn Road, aber weit entfernt von den üblichen Touristenpfaden, auf denen mit den Preisen und mit dem Air-Conditioning maßlos übertrieben wurde.

»Außer uns sehe ich hier keine Iren«, sagte Sarge. »Sind in Las Vegas alle Bullen Italiener?«

»Das sind eigentlich keine Bullen, Sarge.«

»Gangster, stimmt's?« sagte Sarge. »Revolverhelden? Das hab' ich gleich beim Reinkommen gerochen. Billiges Rasierwasser! Fünf Liter für einen Dollar. Warum lassen wir diese Spelunke hier nicht einfach auffliegen?«

»Weil sie eigentlich nichts verbrochen haben. Und weil die meisten von ihnen meine Freunde sind.«

»Na ja, dann lassen wir's wohl lieber«, meinte Sarge widerwillig.

»Jetzt weihe mich mal in deine große Entdeckung ein«, bat Trace.

»Kein Job für Amateure, mein Sohn.«

Ein Mann, der an der Bar hockte, schaute in ihre Richtung. Sein Blick ruhte ein wenig zu lang auf Traces Vater, und Sarge stand mit finsterer Miene auf. Als der Mann schließlich wegsah, setzte sich Sarge und nickte zufrieden. »Man muß diese Leute in die Schranken weisen«, meinte er.

»Was war heute am Flughafen?«

»Niemand hat sich bei American Airlines an Jarvis erinnert. Ich habe mit ein paar Leuten gesprochen, die dort arbeiten, und es sind noch zwei übrig. Heute abend geh' ich noch mal hin.«

»Und das soll die große Enthüllung sein?«

»Ich komme gleich darauf. Du hast da draußen auf dem Flughafen ein paar gute Freunde«, meinte Sarge. »Dieser Sergeant Murray, der rothaarige Bursche, sagte, daß er dir zu Dank verpflichtet sei.«

»Ich habe ihm mal einen Gefallen erwiesen.«

»So wie er das sagte, muß es mehr als ein Gefallen gewesen sein. Du hast verhindert, daß sein Sohn in den Knast kam.«

»Sie hatten den Falschen erwischt. Nur ein Versehen. Was hat Murray gemacht?«

»Wir sind zu zweit herumgelaufen und haben alle möglichen Schließfächer durchsucht. Kein Paß. Wen muß man kennen, um hier an einen Drink zu kommen?«

»Mich«, sagte Trace. Er winkte einer Kellnerin in einem Matrosenanzug zu, die rasch an ihren Tisch kam.

»Debbie, das ist mein Vater.«

»Was möchten Sie trinken, Sir?« fragte sie.

»Das gleiche wie er«, meinte Sarge.

»Ich nehme Mineralwasser«, sagte Trace.

»Na gut«, meinte Sarge. »Ich nehme ein Bier.«

Sarge wartete, bis die Kellnerin weg war, dann öffnete er sein rotes Notizbuch und entnahm ihm ein Foto von Jarvis, die Vergrößerung eines tpyischen, aber klaren Schnappschusses.

»Das hab ich herumgezeigt«, sagte Sarge.

»Und?«

»Dieser Jarvis ist ganz schön viel gereist.«

Trace spürte, wie sehr sein Vater die Situation genoß, und er wußte, daß Sarge sich für seinen Bericht soviel Zeit nehmen würde, wie er wollte. Na gut, wenn es ihm Spaß machte. Trace zündete sich eine Zigarette an und saß ruhig da, um sich die Fortsetzung anzuhören.

»Tja, ganz schön viel herumgereist.« wiederholte Sarge.

»Das wußte ich noch gar nicht.«

»Das dachte ich mir. Und ich nehme an, daß du auch noch nicht weiß, daß er vor seinem Tod an drei aufeinanderfolgenden Donnerstagen nach New York flog. An drei aufeinanderfolgenden Donnerstagen.«

»Nein, das wußte ich auch noch nicht.«

»Am Ticket-Schalter fand ich ein Mädchen, die ihm seine Flugtickets verkauft hat. Sie erkannte ihn auf dem Foto. Aber weißt du was?« Er unterbrach sich, als Debbie die Drinks brachte. »Ich sag's dir nachher. Vielleicht hört sie zu, weißt du.«

Debbie stellte die Drinks ab, lächelte und ging.

»Also?« drängte Trace.

»Der Name Jarvis kam dem Mädchen nicht im mindesten bekannt vor. Sie erkannte zwar das Foto, aber der Name sagte ihr nichts. Also bat ich sie, im Passagierverzeichnis nachzusehen. Und da fand sich dreimal der Name Edward Stark. Sagt dir das irgendwas?«

»Nein.«

»Mir auch nicht«, meinte Sarge. »aber das kriege ich schon noch raus. Warum flog er dreimal hintereinander nach New York, und auch noch unter falschem Namen?«

»Eine Geliebte? Vielleicht war er verliebt? Geschäfte? Ich weiß es nicht.«

»Komische Art von Geschäftsreise, weil mir nämlich das Mädchen sagte, er sei jedesmal am selben Tag zurückgekommen. Er flog nach New York und kam jedesmal sofort wieder zurück. Das gibt doch überhaupt keinen Sinn!«

»Na ja, zumindest schließt es die Theorie mit der Geliebten aus, es sei denn, Jarvis war auf schnelle Nummern aus. Hast du irgendeine Idee?«

»Ich denke noch darüber nach«, sagte Sarge.

»Das macht alles noch viel komplizierter, wie?«

»Das Leben ist nun mal kompliziert, mein Sohn. Je mehr du dich mit den Dingen beschäftigst, desto komplizierter werden sie. In unserem Metier sind einfache Antworten fast immer die falschen. Ich glaube wirklich, daß dieser Bursche da drüben dauernd zu uns herüberstarrt.« Er ließ seine Knöchel knacksen. Es hörte sich an, als würden in der dunklen, stillen Bar Stöckchen zerbrochen.

Trace warf einen Blick zur Bar, sah den Mann, der in der Tat zu ihnen herüberstarrte und winkte ihm zu. »Mach dir keine Sorgen, Sarge. Er ist mein Buchmacher.«

»Und ich dachte schon, wir müßten uns unseren Weg zur Tür mit Gewalt freimachen«, sagte Sarge.

»Nein. Bloß die Rechnung bezahlen, wie wir es sonst meistens auch tun.«

»Ich habe zwar nichts über den fehlenden Paß rausgefunden, aber das mit den New York-Reisen ist doch ein ziemlicher Hammer.« Trace nickte. »Ich werde mich mit der Gräfin darüber unterhalten. Das war gute Arbeit, Sarge.«

»Und wie war dein Tag? Hast du irgendwas herausgekriegt?«

»Nur, daß dieser verdammte Schmuck nicht hier in der Gegend ist. Wer auch immer ihn gestohlen hat, er hat ihn nicht hier verkauft.«

»Du hast mir doch gesagt, in dieser Stadt gäbe es nur schlaue Burschen«, meinte Sarge. »'ne Menge Leute könnten das Zeug aufgekauft haben, ohne daß du es erfahren würdest.«

»Irgend jemand würde schon davon erfahren. Das ist eine Menge Geld, und Geld redet immer. Roberts hat ebenfalls noch nichts gehört.«

»Wer ist Roberts?«

»Der Privatdetektiv, von dem ich dir erzählt habe. Er hat gute Verbindungen, aber trotzdem weiß er noch nichts.«

»Glaubst du ihm?«

»Ich habe ihn mit Hilfe von jemandem, der ihn kennt, überprüft. Und demjenigen vertraue ich. Keine Spur von dem Schmuck.«

»Wann befragst du diese Gräfin?« erkundigte sich Sarge.
»Ich weiß nicht. Wahrscheinlich noch heute.«
»Ich habe noch nie mit einer Gräfin gesprochen,« meinte Sarge versonnen.
»Dein Leben ist ja noch nicht vorbei«, beruhigte ihn Trace.
»Ich muß mit ihr auch noch über etwas anderes sprechen.«
»Okay, ich überlaß das dir. Ich gehe heute abend noch mal zum Flughafen. Die Nachtschichtler befragen, vielleicht haben die Jarvis gesehen.«
Trace sah auf die Uhr. »Hört sich gut an. Ich frage mich, wie es Mutter geht.«
»Du verstehst es wirklich, einem einen Nachmittag zu verderben. Dieser Frau geht es immer gut.« Plötzlich fragte er: »Wirst du Chico heiraten?«
»Ich weiß nicht. Wahrscheinlich nicht«, antwortete Trace.
»Warum?«
»Tu's nicht«, riet Sarge.
»Auch nicht, wenn ich sie liebe?« fragte Trace.
»Dann erst recht nicht«, sagte Sarge. »Bevor wir geheiratet haben, waren deine Mutter und ich befreundet, wie ihr beide. Aber dann heirateten wir, und plötzlich hat deine Mutter die Maske der Freundin fallenlassen, und zum Vorschein kam die Ehefrau.«
»Sie liebt dich, Paps. Und das weißt du auch.«
»Klar liebt sie mich. Wie eine Frau. Aber sie mag mich nicht mal. Nicht wie eine Freundin. Glaub mir, Devlin. Wenn du eine Frau heiratest, machst du sie dir zu deinem lebenslangen Feind.«
»Ich weiß nicht, ob Chico eine typische Ehefrau sein könnte«, meinte Trace. »Und ich habe bestimmt nichts von einem Ehemann an mir. Das hab' ich in meiner letzten Ehe herausgefunden.«
»Wenn das mit Chico stimmt, dann laß sie nicht gehen«, sagte Sarge.
»Sarge, du weißt ja, wie sie ihren Lebensunterhalt verdient. Trotzdem?«
»Trotz allem«, sagte Sarge.

»Felicia, hier ist Trace.«

»Hallo, mein Lieber. Wo ist mein Geld?«

»Ich bin dahinter her. Hatte Jarvis einen freien Tag?«

»Ja. Immer donnerstags.«

»Und was hat er an diesem Tag gemacht?«

»Keine Ahnung. Wir haben nie darüber gesprochen. Spielen Sie etwa *cherchez la femme?* Soll ihn vielleicht ein betrogener Liebhaber ermordet haben? Was ist los?«

»Was wäre, wenn ich Ihnen sagte, daß Jarvis jeden Donnerstag nach New York und zurück flog?«

»Dann wäre ich baff.«

»Das war tatsächlich so. Warum, glauben Sie, hat er das getan?«

»Ich weiß nicht. Vielleicht hatte er dort eine Freundin?«

»Er ist aber nie über Nacht geblieben. Nur hin und zurück.«

»Platonisch«, meinte sie. »Plato lebt.«

»Ja, aber er dürfte jetzt wohl im Ruhestand sein. Sagt Ihnen der Name ›Edward Stark‹ etwas?«

»Nein. Wieso?«

»Unter diesem Namen flog er nach New York.«

»Trace, ich weiß wirklich nicht, was das alles soll.« Sie lachte.

»Was ist daran so komisch?«

»Jarvis hat jahrelang bei mir gewohnt. Und in den wenigen Wochen nach seinem Tod habe ich mehr über ihn erfahren, als in all den Jahren vorher.«

»Wie lange war Jarvis bei Ihnen?« fragte Trace.

»Fünfzehn Jahre«, antwortete Felicia. »Ich begegnete ihm in Italien, kurz nachdem ich mich von meinem Mann getrennt hatte. Ich brauchte jemanden, und Jarvis brauchte Arbeit.«

»Als Sie ihn einstellten wußten Sie nichts über ihn?«

»Ich weiß immer noch nichts über ihn«, sagte Felicia. »Jarvis hat nie über sich gesprochen. Er sagte, er hätte keine Familie, aber ich weiß nicht, aus welcher Stadt er stammt oder wo er in die Schule ging und so weiter. Ich wußte nicht einmal, daß er eine Versicherung abgeschlossen hatte und daß ich die Begünstigte war, bis dieser Versicherungsagent, der die Police ausgestellt hatte, mir schrieb. Und jetzt erzählen Sie mir, daß er irgendwohin geflogen ist. Warum unter diesem Namen? Warum Stark? Warum nach New York?«

»Ich weiß es nicht. Leider«, sagte Trace.

»Ich wüßte es auch gern, weil ich dann mein Geld von Ihrer Gesellschaft kriegen würde.«

»Ich würde gern mal zu Ihnen rausfahren und mir Jarvis' Zimmer anschauen. Das vergaß ich bei meinem letzten Besuch«, sagte Trace.

»Kommen Sie morgen. Dann schicke ich alle nach Hause, und wir sind ungestört.«

»Vielen Dank. Aber ich möchte lieber heute abend kommen.«

»Geben Sie mir schon wieder einen Korb?« fragte sie.

»Nein. Ich versuche nur, Ihnen Ihr Geld zurückzuholen«, sagte Trace.

»Kommen Sie, wann Sie wollen«, sagte sie. »Und bringen Sie einen Scheck mit.«

14

Auf der Rückfahrt zu seiner Wohnung fühlte Trace sich zufrieden. Seit langem hatte er seinen Vater nicht mehr so glücklich erlebt, und daß er das mit Jarvis' New York-Flügen herausgefunden hatte, war wirklich ein Erfolg. Irgend etwas hatte das zu bedeuten, und es machte ihm nichts aus, daß er momentan noch keine Ahnung hatte, was.

Er hatte die Lösung eines Falls immer damit verglichen, daß ein Hund einen Knochen durchbeißt. Man nehme den kleinsten Hund und gebe ihm den größten Knochen, und wenn man ihm genügend Zeit läßt, dann wird er sich schon durchbeißen. Trace hatte Zeit, und wenn er weiter knabberte und kratzte, dann würde der Knochen – in diesem Fall der geheimnisvolle Mord an Jarvis – über kurz oder lang auseinanderbrechen. Es hatte schon immer so funktioniert, und auch diesmal würde es funktionieren, da war sich Trace sicher.

Alles lief gut, und er war ziemlich zufrieden.

Bis er in seiner Wohnung ankam.

»Schau dir das an!« sagte Chico. Sie erwartete ihn, die Hände an den Hüften, mit blitzenden Augen hinter der Tür. Trace hatte noch keinen Menschen erlebt, der seine Wut dadurch ausdrückt, daß er die Hände in die Seiten stemmt. Bisher hatte er geglaubt, das gebe es nur in Comic strips und in Filmen.

»Was zum Teufel ist denn hier passiert?« fragte Trace.

»Was würdest du sagen?«

»Entweder wurde eingebrochen oder wir sind einem amoklaufenden Innenarchitekten zum Opfer gefallen.«

Er sah sich in dem großen Wohnzimmer um. Die beiden Sofas, die in der Mitte des Raums in L-Form zusammengestanden hatten, waren nun Seite an Seite gegen die Wand gerückt. Die Sofatischchen standen so exakt in einer Reihe davor, als habe ein Ingenieur sie hingestellt. Sie waren so nahe an den Sofas, daß man sich nicht hinsetzen konnte, ohne sich die Knie aufzuschürfen.

Alle Lampen standen in einer Zimmerecke aufgereiht und beleuchteten sich gegenseitig. Der Eßtisch, der an einem Ende des langgestreckten Raums gestanden hatte, stand jetzt mitten im Zimmer. Das wäre vielleicht gar keine so üble Idee gewesen, wenn nicht dicht hinter der einen Seite des Tischs die Couchtische gestanden hätten. Setzte sich also jemand an diese Seite des Eßtischs, würde man die Couchtische weiter nach hinten schieben müssen, was wiederum zur Folge hätte, daß die, die gerade auf der Couch säßen, aufstehen müßten. Die Wohnung war in eine Serie von kurz bevorstehenden Unfällen verwandelt worden. Mit zitterndem Finger wies Chico auf eine Wand.

Eins ihrer Bilder, es stellte einen alten Mönch dar und war von dem Künstler Ivan Le Lorraine Albright signiert, war abgehängt worden. Statt dessen hing dort ein weißes Lavabo, ein Pseudo-Becken, in dem Pseudo-Wasser stand, damit sich Pseudo-Menschen ihre Pseudo-Hände waschen können.

»Was ist das für ein Scheißding?« fragte Chico.

»Ein Lavabo. Das kommt vom Lateinischen. ›Ich werde mich waschen.‹ «

»Verschon mich mit deinem Bildungs-Mist! Ich hab mehr Latein vergessen, als du je konntest! Ich weiß, daß es ein Lavabo ist, aber ich weiß nicht, was es an dieser Wand soll!«

»Wer war das?«

»Dreimal darfst du raten!«

Trace hatte ein mulmiges Gefühl im Magen. »Nein, das kann nicht sein. Nicht diese süße alte Dame. Dazu wäre sie gar nicht fähig . . .«

»Aber ja. Sie hat überall Spuren hinterlassen. Meine ganze Küche ist voll davon. Ich muß jetzt erst suchen, wenn ich ein Messer will. Meine Messerschublade hat ihr nie gefallen. Brauchst du einen Mixbecher? Ich kann dir sagen, wo er ist. Unterm Ausguß, ganz hinten, wo ihn bloß dieser verdammte E. T. finden würde. Die Gläser sind jetzt nach Größen geordnet. Die kleinen vorne. Für diese Frau ergibt das wahrscheinlich einen Sinn, nur daß wir eben meistens große Gläser verwenden. Wenn du jetzt ein großes Glas herausholst, mußt du erst mal acht kleine rausschmeißen.«

»Wie ist sie denn reingekommen?« fragte er.

»So wie sie alles anpackt. Sie fragte sich zum Hausmeister durch. Und dann brachte sie ihn auch noch dazu, ihr die Wohnung aufzuschließen, weil sie angeblich ihren Schlüssel verlegt hätte. Wenn du dieser Frau einen Schlüssel gibst, findest du deine Kleider im Flur, Trace. Und dann machte sie sich fröhlich ans Werk und ruinierte meine Wohnung. Schau dich doch um! Hier sieht's aus wie in einer gottverdammten australischen Missionsstation. Wer kann so schon leben?«

Trace öffnete den Mund, aber Chico war noch nicht fertig.

»Du glaubst, sie habe keine Spuren hinterlassen? Ich zeig' dir eine. Komm.« Sie zog ihn ins Schlafzimmer.

»Gute Idee«, sagte er. »Wir halten uns im Arm, bis der Schmerz nachläßt.«

»Halt die Klappe! Da, schau!« sagte Chico.

Und Trace schaute. Auf dem Bett lagen vier Tapetenmuster, die von grauenhaft bis scheußlich reichten. Und da lag ein Zettel:

»Ich finde deine weißen Wände furchtbar. Sie sind sehr häßlich und außerdem gelb vom Zigarettenqualm. Bevor ich abreise, werde ich dieses Zimmer neu tapezieren. Jetzt, wo dein Vater beschäftigt ist, habe ich nichts anderes zu tun, weil ich ja schließlich auch nicht dauernd Geld für Spielautomaten verbrauchen kann, die trotz gegenteiliger Versprechungen nie was auswerfen. Außerdem finde ich, daß du in einer schönen Wohnung leben solltest, und es ist offensichtlich, daß hier die Hand einer Frau fehlt. Bitte, such dir die Tapete aus, die dir am besten gefällt.«

Sie hatte mit ›Hilda Tracy‹ unterschrieben.

Trace hielt den Zettel ins Licht.

»Es ist ihre Handschrift, ja. Das erkenne ich an den zusammengequetschten ›e‹s.«

»Was wirst du jetzt tun?«

»Ich werde mit ihr reden«, erwiderte Trace.

»Wenn reden was nützen würde, dann hätte ich es schon längst getan«, sagte Chico. »Mit dieser Frau kann man nicht reden. Das ist, als spräche man mit einem Obelisken mit Hut.«

»Auf mich wird sie hören«, versicherte Trace, obwohl er wußte, daß das nicht stimmte.

»Nein, sie wird nicht auf dich hören«, meinte Chico. »Diese Frau reagiert nur auf Gewalt. Na gut, wenn sie das will, dann kriegt sie's auch.«

Sie nahm den Telefonhörer ab und wählte eine dreistellige Nummer.

»Hallo, Harold? Ja, hier ist Miss Mangini von 317. Wenn dieses Weib morgen wiederkommt, beachten Sie folgendes: Schießen Sie, sobald sie in Sichtweite ist. Genau zwischen die Augen . . . Keine Angst, ich besorge Ihnen einen Revolver. Sie können nicht auf sie schießen? Sie können auf niemanden schießen? Okay. Zerschneiden Sie ihr mit einem scharfen Messer die Achillessehnen. Es gibt Leute, die auf diese Weise noch wochenlang dahingesiecht sind, bevor sie starben. Sie kann dann noch zum Friedhof kriechen ... Nein? Okay. Wenn sie zu Ihnen kommt, rufen Sie die Polizei und lassen Sie sie wegen Hausfriedensbruchs festnehmen. Oder vielleicht auch wegen Einbruchs, wenn Sie möchten, Diebstahl. Ich glaube, sie hat mir ein Paar meiner verzierten Eßstäbchen gestohlen ... Natürlich werde ich versuchen, die Miete zu drücken. Und Trace auch. Ich warne Sie. Wenn Sie sie morgen hereinlassen, stirbt sie, und Sie werde ich beim Mieterschutzbund verklagen ... Sie glauben, Sie haben jetzt Probleme? Ich mache Ihnen noch mehr. Wenn ich mit Ihnen fertig bin, werden Sie nur noch sterben wollen.«

Sie schmiß den Hörer auf die Gabel.

Trace warf die Tapetenmuster in den Papierkorb und sich selbst aufs Bett. Er verschränkte die Arme hinterm Kopf.

»Und wie ging's dir heute?« fragte er fröhlich. »Hattest du einen guten Tag?«

»Rutsch mir den Buckel runter«, sagte Chico. »Ich vergesse deinen Schuldanteil bei dieser Sache durchaus nicht.«

»Welche Schuld?« erkundigte er sich.

»Du könntest doch auch weise sein!« Sie stapfte aus dem Zimmer, und ein paar Augenblicke später hörte Trace sie vor Anstrengung ächzen. Er wußte, daß er sich jetzt entscheiden mußte, zu wem er hielt, oder er würde es sich auf immer mit ihr verderben. Er stand auf, ging hinüber und half ihr, die Möbel wieder an ihren alten Platz zu rücken.

»Weißt du eigentlich, daß ich sogar schon von ihr träume?« fragte sie, während sie sich ächzend gegen das schwere Sofa stemmte.

»Ich träume nie«, erwiderte er.

»Du Glücklicher. Aber ich träume jedenfalls. Sie kommt auf mich zu. Ich weiß immer, daß es ein Traum ist, weil sie mit mir spricht, und im wirklichen Leben spricht sie ja nie mit mir. Sie sagt: ›Ich habe ein Klavier für die Wohnung meines Sohnes.‹ Ich sage: ›Wir haben schon ein Klavier.‹ Dann sagt sie: ›Wieviel hat es gekostet?‹ Und ich antworte: ›Sechstausend Dollar.‹ Sie geht. ›Hah! Eintausendfünfhundert Dollar, ein herrliches Stück!‹ «

»Und was passiert dann?« fragte Trace.

»Ich weiß nicht. Ich wache immer schweißgebadet auf. Du kennst doch deine Mutter. Fünfzehnhundert Dollar. Sie hat es im ›Piano Center‹ gekauft, und es sind gelbe Blümchen draufgemalt. Sie kauft alles in irgendeinem Center. Lebensmittel-Center. Schuh-Center. Einbalsamiert im Beerdigungs-Center. Sie bringt mich noch mal ins Irren-Center.«

»An deinem Ende etwas mehr nach vorn«, dirigierte Trace. »So ist es gut. Du solltest dich nicht über sie aufregen. In ein paar Tagen ist sie weg. Und du machst einfach zwei Tage länger Kopfstand.«

»So? Das glaubst du vielleicht. Sag das mal zu einer, die wirklich auf dem Kopf steht. Nach drei Stunden staut sich das Blut in deinem Kopf, und deine Füße fangen an, abzusterben. Nach zwei Tagen fallen dir die Zehen ab. Ich werde nie mehr tanzen. Dein Vater muß mich beim Tanzen halten, und deine Mutter kann mich huckepack tragen.«

»Du kannst zum Tanzen ins Knöchel-Center gehen«, sagte Trace.

»Meine Mutter hat einen Discountausweis.«

»Oder wir gehen alle ins Irren-Center«, schlug Chico vor.

»Alle zusammen. Wir mieten uns einen Bus beim Bus-Center, ich dein Vater und diese Frau. Sie hat den Führerschein. Wir können unsere Lippen bibbeln –«

»Bibbeln? Unsere Lippen bibbeln?«

»Na ja, du weißt doch: bibibibibibibibbeln«, sagte Chico und fuhr sich ein paar Mal hintereinander rasch mit dem Finger über die Unterlippe. »Wir können alle unsere Lippen bibbeln und uns in die Hosen machen. Dann kriegen wir alle zusammen ein Zimmer im Haha-Haus. Deine Mutter darf's einrichten. Sie darf die Wände mit Dreck beschmieren.«

Jetzt hatten sie die Couch an Ort und Stelle, und Trace drängte Chico sanft zum Sitzen. »Setz dich«, sagte er und küßte sie auf den Mund. »Ich kann sowieso nicht begreifen, warum sich ein so hübsches Mädchen wie du überhaupt je mit diesem Wanderzirkus eingelassen hat«, sagte er.

Während sie dasaß, schob Trace die Sofatischchen an ihren früheren Platz zurück. Er hörte Chico kichern und wußte, daß das Schlimmste vorbei war.

»Diese Frechheit!« sagte Chico. »Trace, diese Frau ist ein Phänomen. Immer wenn ich glaube, daß ihr jetzt nichts mehr einfällt, um mich auf die Palme zu bringen, findet sie wieder was Neues. Wie soll man das einigermaßen normal überstehen?«

»Das war nicht leicht, Kleines«, sagte er und setzte sich neben sie. Sie schlang ihm die Arme um den Nacken und gab ihm einen Kuß auf die Stirn.

»Du Ärmster«, sagte sie. »Erinnere mich demnächst daran, daß ich dir in Zukunft etwas mehr Mitgefühl entgegenbringe.«

»Bestimmt. Du kannst dich drauf verlassen.«

»Weißt du«, sagte Chico, »meine Mutter läuft wie eine Geisha herum, mit den Händen in den Ärmeln ihres Kimonos. Aber das einzige, was sie mir je antat, war, daß sie mit Selbstmord drohte, wenn ihr mein Rock zu kurz vorkam. Aber nichts Derartiges. Das ist ja, als würde man vergewaltigt.«

»Wenn wir schon davon sprechen«, meinte Trace.

»Tut mir leid. Die Pflicht ruft«, sagte sie.

»Ich könnte ganz schnell machen«, drängte er.

»Ich nicht.« Sie lachte erneut.

»Was ist denn daran so komisch?« erkundigte er sich.

»Wir haben etwas vergessen.«

Sie deutete auf das weiße Lavabo. Trace nickte, stand auf, riß das blöde Ding von der Wand und trug es ins Schlafzimmer. Dort fand er im Schrank das Bild, das an der Wand gehangen hatte, trug es ins Wohnzimmer zurück und hängte es wieder auf. Dann setzte er sich hin.

»Was hast du damit gemacht?« fragte sie.

»Abfall-Center«, sagte er.

15

In Jarvis' Zimmer war nichts zu sehen als ordentlich aufgehängte Kleider und blankpolierte Möbel.

»Ich habe Ihretwegen geputzt«, sagte Felicia strahlend.

»Das wollte ich gerade nicht«, meinte Trace. »Ich wollte im Dreck rumwühlen und mich schmutzig machen. Unordnung kann sehr informativ sein. Fragen Sie Henry Kissinger.«

»Draußen vor der Küchentür stehen ein paar Mülleimer«, sagte Felicia. »Von mir aus können Sie in denen rumwühlen. Zum Beispiel sehen Sie dann, was wir zum Frühstück hatten. Ich habe nichts weggeworfen, sondern nur ein bißchen aufgeräumt, damit Sie's leichter haben.«

»Hatte er nichts? Adreßbücher? Notizen? Papiere?«

»Nein, nichts«, antwortete Felicia. »Ich habe nichts gefunden.«

»Dann bin ich umsonst hergekommen«, meinte Trace. »Ich hätte genausogut daheimbleiben können.«

»Zu mir kommt man nicht umsonst. Wenn Sie daheimgeblieben wären, könnten Sie mich dann etwa am Handgelenk packen und mich schreiend in mein Schlafzimmer zerren – es ist zwei Türen weiter – und mich aufs Bett werfen und mir die Kleider vom Leib reißen? Hm? Könnten Sie das tun, wenn Sie daheimgeblieben wären?«

»Felicia, eines Tages werde ich auf Ihr Angebot eingehen, dann werden Sie eine Überraschung erleben.«

»Oder Sie«, meinte Felicia. »Wenn Sie merken, was Ihnen entgangen ist, werden Sie bereuen, daß Sie soviel Zeit verloren haben.«

»Hatte er denn kein Scheckheft? Ein Scheckheft hat doch jeder.«

»Wenn er eins hatte, weiß ich jedenfalls nicht, wo er's aufbewahrte. Hier ist es nicht«, meinte sie. »Kommen Sie schon, Trace, gehen wir rüber in mein Schlafzimmer und vögeln.«

Trace sah sie an. Sie trug weiße Shorts, die ihre langen,

sonnengebräunten Beine zeigten und noch etwas mehr. Sie hatte sich ein Männerhemd um die Taille geschlungen, und man sah ihren Nabel und ihren flachen kleinen Bauch. Die Knöpfe des Hemds waren offen, und wenn sie sich bewegte, hüpften ihre Brüste mit.

Er ging auf sie zu, umarmte sie und küßte sie heftig. Ihre Zunge glitt so glatt in seinen Mund wie ein Wagen in seine Garage.

»Zwei Türen in welche Richtung?« erkundigte er sich.

»Ist das Ihr Ernst?« fragte sie zurück.

»Bei etwas Wichtigem spaße ich nie«, erklärte er.

»Dann wollen wir es auch wirklich zu etwas Wichtigem machen«, sagte sie und führte ihn über den Flur in ihr Schlafzimmer. Während sie sich auszog, griff Trace unter sein Hemd, riß das Leukoplast, an dem sein Kassettenrecorder befestigt war, von seiner Taille und steckte das Gerät in seine Jackentasche. Er hing sie so über die Türklinke, daß das Mikrophon auf Felicias Bett gerichtet war.

Sie hatte eine wundervolle Silhouette, wie sie da vor dem dämmrigen Fenster stand. Dann kam sie auf ihn zu.

»Ich helfe dir beim Ausziehen«, sagte sie.

»Ja.«

Sie lagen nebeneinander im Bett. Durch das offene Fenster hörte Trace die Geräusche des Hauses, Gesprächsfetzen, Gläserklirren und ab und zu der idiotische Schrei des einen Papageien: »Polly will eins drauf! Polly will eins drauf!«

»Und?« sagte Felicia.

»Ich mag Frauen, die ihre Versprechen halten«, meinte Trace.

»Es war wirklich großartig.«

Das war eine Lüge. Es war ein reiner Routineakt gewesen, eine sehr ausgefeilte Routine mit ungefähr genausoviel Gefühl, wie wenn man sich am Nacken kratzt. Es hätte nur noch gefehlt, daß jemand hereingesprungen wäre und zwei Schilder hochgehalten hätte: 9.9 für technische Perfektion, 9.1 für die künstlerische Vollendung.

»Ich wußte doch, daß ich dich eines Tages in mein Bett kriege«, sagte Felicia. »Komisch ist nur, daß erst ein Mord passieren mußte.«

»Manchmal sind die Dinge eben kompliziert«, meinte Trace gleichgültig, und wartete ab, ob sie ihn nun ausfragen würde. Und das machte sie tatsächlich.

Sie kuschelte ihren Kopf an seine Schulter und küßte seinen Nacken.

»Hast du schon was herausgefunden?« fragte sie sanft.

»Nein. Eigentlich nicht. Keine Spur von dem Schmuck, nichts.«

»Und dieser Detektiv Roberts? Weiß er auch noch nichts?«

»Nein, ich glaube nicht.«

»Komisch«, sagte sie. »Ich habe eigentlich damit gerechnet, daß jemand Kontakt zu mir aufnehmen würde.«

»Wieso zu dir?« fragte Trace.

»Ach, ich weiß nicht. Ich dachte nur, ich weiß auch nicht warum, daß vielleicht der Dieb . . . ich weiß nicht.«

»Aber es hat sich niemand bei dir gemeldet«, meinte er.

»Nein. Außer dir.« Sie lachte leise in dem verdunkelten Zimmer. »Ich glaube, wir sind gerade sogar in sehr engen Kontakt miteinander getreten.«

»Enger geht's gar nicht«, sagte Trace und fragte sich, wie lange er aus Höflichkeit noch liegenbleiben mußte.

Felicia schien es in seinen Armen zu gefallen. »Meinst du, du kriegst den Mörder?«

»Wahrscheinlich«, erwiderte er. »Ich bin schlauer als ich aussehe.«

»Und den Schmuck?«

»Damit bin ich eigentlich nicht befaßt«, meinte Trace. »Wenn du mich fragst, würde ich sagen, daß man ihn nicht mehr finden wird.«

»Glaubst du, daß Spiro irgendwas damit zu tun hat?« fragte sie.

»Nein.«

»Aber wer wußte denn, wo der Safe war? Wer konnte denn wissen, daß Schmuck darin lag?«

»Du wirst es kaum glauben: alle deine Freunde. Hier ein

bißchen Klatsch, da ein bißchen Klatsch. Alle Welt klatscht, und ehe du dich's versiehst, weiß irgend jemand, den du nicht mal kennst, alles über dein Haus.«

»Das versuche ich zu verhindern«, meinte sie. »Ich gehe grundsätzlich nicht auf Wohltätigkeitsbälle und solche Dinge. Jetzt lebe ich ein Jahr lang in dieser Stadt, und ich glaube, ich war noch kein einziges Mal bei irgendeiner Veranstaltung. Ich sage alles ab, weil ich nicht will, daß ein Haufen Leute hier herumlungern und alles ausspionieren.«

»Na ja, irgend jemand ist das doch gelungen«, meinte Trace. Er hielt sie noch zehn Minuten im Arm, dann stand er auf und stolperte über etwas im Dunkeln.

»Was zum Teufel ist denn das?« knurrte er.

»Ach, mein Gepäck. Ich hab noch nicht ausgepackt. Ich brauche ein neues Dienstmädchen. Wirf mir bitte meine Kleider vom Stuhl herüber«, sagte sie.

Nachdem sie sich angezogen hatten, gingen sie zu Felicias Gästen hinunter, die unter rauchenden Petroleumlampen beim Swimmingpool saßen.

Felicia holte Trace einen Drink, und Trace setzte sich zu Baron Hubbaker, der heute ein weißes Polohemd und weiße Hosen trug.

»Sie haben wohl nichts von meiner Theorie über die Rustinayles gehalten?« fragte Trace.

»Wie bitte?«

»Als Walter Marks Sie heute anrief. Nachdem ich ihm sagte, daß ich der Meinung sei, bei dem Mord an Jarvis handele es sich um einen Ritualmord«, erklärte Trace.

»Oh. Sie haben ihn ein bißchen auf den Arm genommen, nicht wahr?«

»Ja«, sagte Trace. »Er hat es geradezu herausgefordert.«

»Sie haben ihm das wirklich weisgemacht«, meinte Hubbaker.

»Warum hat er Sie angerufen?«

»Keine Ahnung«, meinte der Baron. »Vielleicht spinnt er etwas. Ich spiele genauso gern Detektiv wie andere auch, aber Walter Marks kann einem wirklich auf die Nerven gehen.« Ferrara saß an der anderen Ecke des Swimmingpools.

»Willie!« brüllte er, und Parmenter kam zu ihm her. »Ich will gehen«, sagte Ferrara. »Diese Nachbarschaft behagt mir nicht.«

Er sah zu Trace hinüber, der ihm antwortete: »Seien Sie nicht so garstig. Das Leben ist viel zu kurz, um nachtragend zu sein.«

»In Ihrem Fall hoffe ich, daß es kurz ist«, meinte Ferrara und ging aufs Haus zu.

»Nicht gerade ein besonderer Freund von Ihnen, wie?« bemerkte Hubbaker.

»Ich würde ihn nicht anrufen, wenn mir nachts mein Auto kaputtginge«, meinte Trace. »Was halten Sie von Spiro?«

»Ein miserabler Koch«, sagte Hubbaker. »Heute abend hat er irgendwas mit Pfeffer und Reis gekocht, das wie Gips schmeckte.«

»Ich meinte, im Zusammenhang mit diesem Fall«, sagte Trace.

»Der Schmuckdiebstahl? Jarvis? Ich weiß nicht. Ich glaube, er ist harmlos. Warum fragen Sie?«

»Ich wollte nur wissen, ob Sie sich eine Meinung gebildet haben«, sagte Trace.

»Überhaupt keine«, erwiderte Hubbaker.

Felicia kam und reichte Trace einen großen Wodka Tonic.

Trace trank ihn schnell aus und ging in die Küche, um sich einen neuen zu holen.

Spiro war beim Abwasch. Leise war in einer Ecke der Fernseher angestellt. »Hallo, Mr. Tracy.«

»Wie geht's, Spiro?«

»Gut.«

»Ist in letzter Zeit irgendwas gewesen?«

»Nein.« Spiro zuckte die Achseln. »Warum?«

»Ich weiß nicht. Ein paar Leute haben im Zusammenhang mit diesem Fall Ihren Namen erwähnt. Ich habe mich gefragt, ob Sie vielleicht Schwierigkeiten hatten, zum Beispiel, daß Sie beschattet wurden oder so.«

Spiro schüttelte den Kopf. »Mein Gott, ich glaube nicht. Mir wird das doch keiner anhängen wollen, oder, Mr. Tracy?«

»Sie haben's also nicht getan?«

»Ich schwöre es bei Gott! Ich weiß nur, was ich Ihnen schon erzählt habe.«

»Dann brauchen Sie sich keine Sorgen zu machen«, beruhigte ihn Trace.

»Sie haben gut reden«, sagte Spiro und wandte sich wieder seinem Abwasch zu.

Chico war schon daheim, als Trace eintraf. Wie er befürchtet hatte, lag sie schon im Bett, mit einem Ausdruck in den Augen, den man mit ›verführerisch‹ nur schwach umschreiben kann.

»Komm rein und faß mich ein bißchen an«, bat sie ihn.

Wie kamen Frauen nur immer auf so wahnsinnig ungünstige Zeitpunkte? fragte sich Trace. Wochenlang hatte er mit keiner anderen Frau geschlafen, und Chico hatte ihm kaum mehr Beachtung geschenkt, als einem Rasenmäher. Und da betrügt er sie ein einziges Mal, und ausgerechnet an diesem Abend will sie mit ihm schlafen.

»Gern«, sagte er. »Ausgezeichnete Idee.«

»Red nicht drum herum, sondern tu es«, befahl sie.

»Mach ich ja gleich«, meinte er. »Ich werde es ganz wild mit dir treiben. Ich werde mich für die unzähligen Zurückweisungen rächen. Du wirst nichts sein als ein Gefäß für meine aufgestaute Leidenschaft.«

»Heute abend hat dich eine rumgekriegt, stimmt's?«

»Du bist gemein«, sagte er. »Wirklich gemein. Ich komme müde von der Arbeit nach Hause, und da liegst du mit deiner dreckigen kleinen orientalisch-sizilianischen Phantasie im Bett und denkst dir widerliche Sachen aus!«

»Wer war's? Ich wette, es war diese Kuh mit den riesigen Eutern.«

»Diese Bemerkung würdige ich keiner Antwort«, sagte er.

Es war gut, daß sie auf die verkehrte Frau tippte. Jetzt konnte er sich mit ihr streiten, sich ihre ganzen Vorwürfe anhören und ihr dann mit vor Ehrlichkeit und Ernst triefenden Worten versichern, daß er ganz gewiß nicht mit National

Anthem geschlafen habe und daß er jetzt von ihrem krankhaften Mißtrauen wirklich die Nase voll habe. Wenn er es richtig anstellte, brachte er es vielleicht sogar fertig, daß sie sich schuldig fühlte. Es war alles eine Frage des Zeitpunkts. Der Trick bestand darin, es nicht jetzt gleich zu sagen, sondern es sich erst einmal in ihrem Kopf festsetzen zu lassen, daß es sich tatsächlich um National Anthem handelte.

»War sie gut? War sie so gut wie ich?«

»Niemand ist so gut wie du«, antwortete er. Sehr clever, dachte er. Genau die richtige Antwort. Sie war unverbindlich, und er hatte nichts abgestritten.

»Ich dachte, sie treibt's bloß mit Eseln«, meinte Chico.

»Das hat man mir auch gesagt«, versetzte Trace kühl.

»Natürlich, natürlich, da ist sie ja bei dir richtig. Zwar ähnelst du mehr einem Maultier als einem Esel, aber sie wird den Unterschied kaum bemerkt haben.«

»Ich würde gern aufhören, mit dir über dieses Thema zu streiten«, sagte er würdevoll. »Du regst dich wegen nichts und wieder nichts auf.«

»Nichts? Diese Amazone, diese Kuh nennst du nichts? Wo habt ihr's gemacht?«

»Ich weiß wirklich nicht, wovon du sprichst. Wirklich, ich kann es nicht ausstehen, wenn du so bist!«

»Macht sie's wie andere Frauen auch? Wart ihr in einem Hotel, oder hast du einen Stall gemietet? Sag's mir, du irisch-jüdischer Bastard. Gesteh deine Sünden!«

»Es gibt nichts zu gestehen. Wie kommt es eigentlich, daß du schon so früh daheim bist?«

»Bleib gefälligst beim Thema, du Mistkerl! Ich bin so früh nach Hause gegangen, weil ich diese ganzen Versicherungstypen statt habe. Ich wollte den Abend mit dir verbringen. Ich habe nach deinem Körper gelechzt – nein, mich gesehnt. Ich wollte mit dir schlafen. Und was machst du? Du treibst es mit so einer Idiotin! Ich schäme mich für dich.«

»Der Tag wird kommen, an dem du dich dafür bei mir entschuldigen wirst«, sagte Trace.

»Lieber sterbe ich! Du bist nicht mal meiner Verachtung

würdig. Hundert Generationen meiner japanischen Ahnen verfluchen dich!«

»Das mag ja sein, aber trotzdem bin ich unschuldig.«

»Ich will jetzt, daß du ins Bett kommst und mir alles erzählst. Ich möchte wissen, wie sie es gemacht hat. Beschreib es ganz genau. Vielleicht kann ich was für meinen Job dazulernen.«

»Das ist deiner nicht würdig, so was zu sagen«, meinte Trace.

»Ich habe keine Lust hier zu stehen und zuzuhören, wie du dich in den Dreck ziehst.«

Zufrieden mit sich selbst ging er ins Wohnzimmer hinüber. Jetzt war sie überzeugt, daß er mit National Anthem geschlafen hatte. Jetzt war der Moment gekommen, wo er ihr sehr ernst, sehr ehrlich die absolute Wahrheit sagen konnte. Er hatte nicht mit National Anthem geschlafen. Und er würde sie überzeugen können, weil die Wahrheit und das Recht auf seiner Seite waren.

»Hast du's aufgenommen?« rief sie aus dem Schlafzimmer. »Ich will das Band abhören. Schreit sie eeeeyou, wenn du ihn ihr reinsteckst?«

»Ich weiß es nicht«, rief er zurück. »Schlaf jetzt bitte. Es gibt nichts Schlimmeres als eine vorwurfsvolle Frau, die sich in etwas völlig Unsinniges hineinsteigert.«

»Ich bestehe darauf, daß du mir das Band vorspielst! Ich bestehe unbedingt darauf!«

»Offenbar läßt du mich heute abend nicht zur Ruhe kommen, wie? Du möchtest darüber reden. Okay. Wir sprechen darüber, wenn ich wieder ins Bett komme. Aber jetzt muß ich erst ein paar Dinge erledigen.«

»Hoffentlich ist eins davon zu sterben! Verrecke, du Mistkerl! Verroste und verrecke! Hoffentlich hast du dich bei ihr mit Eselsfieber angesteckt! Dann kriegst du erst riesige Ohren, und dann platzen dir die Eier!«

»Da sieht man, wie wenig du weißt. Es ist eine wohlbekannte Tatsache, daß Porno-Stars die saubersten Menschen der Welt sind!« Er nahm die Felicia-Kassette aus dem Gerät und versteckte sie im Regal.

»Eine wohlbekannte Tatsache!« schimpfte sie. »Wieso bist du dann der einzige, dem sie bekannt ist?«

»Denk doch mal nach. Wer würde schon jemanden für einen Pornofilm anheuern, wenn zu befürchten steht, daß alle anderen angesteckt werden?«

»Der Viehbestand eingeschlossen!« schrie sie.

»Es würde die Filmindustrie ruinieren. Ich versichere dir, Sauberkeit ist da das Allerwichtigste. Natürlich weiß ich das nicht aus persönlicher Erfahrung, weil ich mit solchen Leuten nichts zu tun habe, aber ich habe es von Leuten erfahren, die sich in solchen Dingen auskennen.«

»Du lügst, du Dreckskerl!«

»Wir reden später drüber, wenn ich zu dir komme. Ich habe keine Lust, mich von dir über eine Entfernung von zwei Zimmern anbrüllen zu lassen. Ich gehe jetzt auf nichts mehr ein. Und denk inzwischen mal drüber nach, daß ich mich vollkommen im Recht fühle.« Jetzt, wo er die Kassette versteckt hatte, war ihm bedeutend wohler.

Das Telefon läutete und Trace nahm rasch ab. Es war sein Vater.

»Wie geht's, Sarge?«

»Mal so, mal so, meistens schlecht. Ich bin in der Sache mit dem Paß nicht weitergekommen, das war also eine Sackgasse. Dafür habe ich aber die Frau gefunden, die an jenem Abend am Autoverleih-Schalter Dienst hatte. Sie erinnerte sich an Jarvis, als ich ihr das Bild zeigte. Ich habe eine Kopie des Vertrags.«

»Okay. Das ist gut.«

»Wie war dein Abend?« erkundigte sich Sarge.

»Ein ziemlicher Reinfall. In Jarvis' Zimmer war nichts zu finden, und die Gräfin weiß nichts davon, daß er nach New York geflogen ist.«

»Ich kümmere mich darum«, meinte Sarge. »Mir gehen da ein paar Ideen durch den Kopf.«

»Gut.«

»Morgen früh um zehn?« fragte Sarge.

»Klar. Versuch ein bißchen zu schlafen. Übrigens, hast du mit Mutter gesprochen?«

»Den ganzen Tag nicht.«

»Wenn sich mal eine günstige Gelegenheit ergibt, kannst du ihr sagen, daß ich nicht will, daß sie meine Wohnung neu einrichtet.«

»Diese Gelegenheit wird sich nie ergeben«, sagte sein Vater.

Kaum hatte Trace aufgelegt, läutete es schon wieder. Diesmal war es Bob Swenson.

»Trace, ich hab' ein Problem.«

»Was ist passiert?«

»Es ist alles Ihre Schuld, weil Sie mich mit dieser National Anthem zusammengebracht haben.«

»Was hat sie denn damit zu tun?« fragte Trace.

»Alles. Es ist deren Schuld und Ihre, Trace.«

»Sie sollten sich deutlicher ausdrücken«, meinte Trace. »Allmählich verliere ich die Geduld, wenn man mir den ganzen Abend unberechtigte Vorwürfe macht.«

»Hah!« war Chico aus dem Schlafzimmer zu vernehmen.

»Ich hab Ihnen ja erzählt, wie ich die Nacht verbracht habe«, sagte Swenson. »Jungfräulich und rein, neben dieser Frau.«

»Ich habe Sie um Ihre Beherrschung beneidet«, meinte Trace.

»Klar. Aber diesen Fehler wollte ich heute nacht nicht noch mal machen. Deshalb las ich mir unten in der Bar eine Nutte auf.«

»Wieviel hat sie gekriegt?« fragte Trace.

»Dreitausend Dollar in Kasino-Chips. Ich hatte sie in einer Socke aufbewahrt, und die stahl sie, während ich im Bad war.«

»Kennen Sie ihren Namen?« fragte Trace. »Was hatte sie an? Wie sah sie aus?«

»Sie trug einen enganliegenden Hosenanzug mit Zebramuster. Eine große Blondine. Ich lief runter und fragte den Barkeeper, aber er tat so, als habe er sie noch nie gesehen.«

»Schon gut«, meinte Trace. »Ich kenne sie.«

»Toll.«

»Und Sie wollen Ihre dreitausend Dollar zurück«, sagte Trace.

»Nein, ich will meine Socke zurück. Es ist ein besonders schönes Stück, von schottischen Bauern aus Torfmoos gewoben. Natürlich will ich meine dreitausend Dollar zurück!«

»Aber Sie haben nicht die Bullen alarmiert oder sonstwas Dummes gemacht?« fragte Trace.

»Trace, bin ich denn ein Idiot? Meinen Sie, ich will meinen Namen in der Zeitung finden? Direktor einer Versicherungsgesellschaft von Nutte betrogen. Wenn das meine Frau sieht, bin ich ein toter Mann. Ich hoffe natürlich auf Ihre Diskretion.«

»Ich kümmere mich drum«, sagte Trace.

»Danke. Ich wußte ja, daß ich auf Sie zählen kann. Ich möchte, daß Sie wissen, daß Sie bei der Garrison Fidelity immer einen Job haben werden, egal wie sehr Walter Marks' unbekannter Detektiv Sie blamiert . . . vorausgesetzt, Sie bringen mir mein Geld zurück.«

»Ich werde mein Bestes tun«, versprach Trace.

»Das reicht nicht«, sagte Swenson. »Sie müssen es schaffen.«

»Bob?« sagte Trace.

»Was?«

»Bitte geben Sie sich nicht mehr mit den Nutten an der Bar ab.«

»Ich verspreche es Ihnen. Ich geh jetzt gleich zu Bett. Allein.«

Trace legte auf und zog das Telefonbuch heraus. Es stand nur die Büronummer von R. J. Roberts drin, also wählte er sie. Eigentlich erwartete er einen Anrufbeantworter, aber Roberts nahm selbst ab.

»R. J. Roberts«, meldete er sich.

»Hier ist Devlin Tracy«, sagte Trace. »Sind Sie im Büro?«

»Haben Sie die Büronummer gewählt?« fragte Roberts.

»Ja.«

»Dann bin ich natürlich im Büro. Ich habe doch abgenommen, nicht wahr?«

»Warum sind heute abend nur alle Leute dermaßen

schlagfertig?« fragte Trace. »Warten Sie auf mich. Ich muß mit Ihnen reden.«

»Das hört sich ja wichtig an«, meinte Roberts.

»Ist es auch. Warten Sie auf mich.«

Trace legte auf und ging ins Schlafzimmer.

»Ich ignoriere dich«, sagte Chico.

»Warum?«

»Als Kind hatte ich immer Angst, es könnten Gespenster im Zimmer sein. Meine Mutter riet mir dann immer, ich solle sie einfach ignorieren, dann gingen sie von allein.«

»Hat das funktioniert?«

»Mit den Geistern nicht, aber hoffentlich funktioniert es mit dir«, sagte Chico.

»Wenn du willst, daß ich gehe, dann gehe ich eben«, meinte Trace.

»Gut.«

Er zog sein Jackett an.

»Wo gehst du hin? Muß die Kuh noch mal gemolken werden?«

»Nein. Ich muß mit Roberts sprechen, und es ist alles deine Schuld.«

»Warum meine?«

»Wenn du heute abend dort geblieben wärst, statt deinen niedrigen Instinkten nachzugehen, hättest du Swenson vielleicht vor dieser Sache bewahrt. Aber nein, du mußtest hierher kommen und mich quälen, und deshalb hatte er Zeit, sich mit einer Nutte einzulassen, die ihn um drei Tausender erleichterte.«

»Oh, Scheiße«, sagte Chico. »Weißt du, wer es war?«

»Klar. Eines von Roberts' Mädchen. Sobald ich das Geld habe, komme ich zurück. Dann unterhalten wir uns.«

»Dann werde ich schon schlafen. Weck mich ja nicht auf. Wir haben nichts miteinander zu besprechen«, meinte Chico.

»Aber dann wirst du's ja nie erfahren«, sagte Trace.

»Ich hasse dich, Trace.«

»Ich liebe dich, Chico.«

»Sie sehen nicht gerade glücklich aus«, bemerkte Roberts. »Kann ja sein, daß Ihnen diese späte Arbeitszeit liegt, mir jedenfalls liegt sie nicht. Ich brauche meinen Schlaf«, sagte Trace.

»Dann schlafen Sie doch. Wer hält Sie davon ab?«

»Sie. Jetzt hören Sie mir mal gut zu, Roberts. Ich erkläre Ihnen das ein einziges Mal. Ich habe keine Lust zu verhandeln, und ich werde nicht Katz' und Maus mit Ihnen spielen. Ich werde Ihnen sagen, was ich will, und Sie geben es mir.«

»Ich glaube nicht, daß mir dieser Ton gefällt«, meinte Roberts.

»Warten Sie's ab«, sagte Trace. »Es geht um Ihre Nutte, Lip Service, die heute abend im Araby einen Freier bestohlen hat. Dreitausend Dollar in Kasino-Chips. Es ist ein sehr wichtiger Mann, und ich möchte sein Geld für ihn zurückholen. Keine Erpressungsdrohungen oder sonst was. Ich will nur dreitausend Dollar.«

»Wollen Sie damit sagen, daß meine . . .«

»Da haben wir's«, unterbrach ihn Trace. »Jetzt wollen Sie leugnen, daß Sie mit Nutten arbeiten. Sie vergeuden meine Zeit, und ich drehe durch und gebe Ihnen einen Arschtritt. Dreitausend Dollar. Dann wollen wir diese unerfreuliche Sache abschließen.«

»Ich habe nicht vor . . .«

»Nein. Dreitausend. Keine Widerrede. Ich bin sehr müde. Es war ein anstrengender Tag.«

Roberts sah ihn fünf Sekunden lang an, bevor er antwortete. »Glauben Sie etwa, daß ich hier dreitausend Dollar in bar rumliegen habe?«

»R. J., alter Knabe, mir reicht auch ein Scheck. Weil ich weiß, wo Sie zu finden sind.«

Roberts sah ihn noch einmal an, nickte dann und zog ein Scheckbuch aus der Schublade.

»Na gut«, sagte er. »Auf wen soll ich ihn ausstellen?«

»Auf mich. Devlin Tracy. Ich sorge dafür, daß mein Mann das Geld bekommt.«

Roberts stellte den Scheck aus und gab ihn Trace.

»Danke.«

»Würden Sie jetzt gehen?« sagte Roberts.
»Klar«, sagte Trace.

Als Trace ins Bett kam und unter die leichte Decke schlüpfte, stellte Chico sich schlafend.

Er tat so, als glaubte er daran, rollte sich zu ihr hinüber und flüsterte ihr ins Ohr: »Gute Nacht, Chico. Ich habe dich sehr lieb.«

»Du weiß doch, daß ich wach bin, oder?«

»Ich dachte, du schläfst. Ehrlich.«

»Sag mir die Wahrheit, Trace. Rein berufliche Neugier, weil ich ja weiß, daß wir nichts miteinander haben. War sie gut?«

»Wer?«

»Miss Stars and Stripes Forever«, sagte Chico.

»Chico, ich möchte, daß du weißt, wie weh du mir heute abend getan hast. Laß dir eins gesagt sein: ich habe nicht mit National Anthem geschlafen. Ich habe sie nicht einmal angefaßt.« Chico drehte sich um und schien im Dunkeln in seinem Gesicht zu forschen. »Hey«, meinte sie dann. »Du sagst wirklich die Wahrheit, ja?«

»Ich war nie aufrichtiger«, erwiderte Trace.

»Es tut mir leid, Trace.«

»Schon gut. Vergiß es.«

»Ich kann es nicht einfach vergessen. Wie kann ich das nur wieder gutmachen?«

»Dir wird schon was einfallen«, sagte er.

16

Traces Bericht:

Bandaufnahme Nummer Zwei, 5.30 Uhr morgens, Mittwoch, betrifft den Fall Early Jarvis, gestorben in Las Vegas.

Ich, Devlin Tracy, werde allmählich verrückt. Ich habe einen Assistenten. Meinen Vater. Wenn ich also so schlau bin und so viel Unterstützung habe, warum stehe ich dann um 5.30 Uhr morgens auf und spreche in dieses idiotische Gerät, während Chico schläft?

Ich weiß schon warum, und ich behalte es für mich, aber morgen bringe ich Chico Blumen. Frauen sind verrückt nach Blumen. Gebt mir genügend Blumen, und ich habe überall Erfolg. Vielleicht schicke ich National Anthem auch welche.

Oder lieber Heu.

Ich mußte Paps diesen Job geben. Mein Gott, auf Polizeistationen gehen und sich mit Bullen unterhalten! Es muß einem schon sehr schlecht gehen, wenn man den Wunsch hat, mit Bullen zu reden. Ich habe heute viel Zeit und viele Kassetten vergeudet, und bin trotzdem nicht weitergekommen. Na ja, ein wenig vielleicht schon. Zum Beispiel daß Groucho, als ich ihm diesen Quatsch erzählte, schnurstracks zum Telefon lief und Hubbaker anrief. Der Versicherungsdetektiv ist also der Baron. Er schnüffelt also überall herum, und wahrscheinlich ist er auch in Spiros Wohnung eingebrochen, während diese Hauswirtin beim Friseur war.

Roberts sagte, er hätte nichts über den Schmuck in Erfahrung gebracht, und Herman hat es bestätigt. Herman traue ich. Wie könnte man einem Schachspieler nicht trauen? Aber er hat recht: Wenn dieser Schmuck in New York landet, dann ist er für immer verschwunden. Spurlos.

Na ja, das ist nicht mein Problem. Mein Problem ist der Mord. Ich wünschte, ich wüßte, wo Jarvis' Paß ist. Felicia konnte ihn nicht finden, und vielleicht muß ich, wenn auch widerwillig, ihrer Theorie zustimmen, daß der Dieb ihn gestohlen hat. Aber das haut nicht hin. Wenn ich Schmuck im Wert von einer Million in der Hand hätte, würde ich mich dann wegen eines Passes aufhalten? Und wegen eines Aschenbechers? Das gibt wenig Sinn.

Ich frage mich, ob der Baron jetzt im Plotzo sitzt und dieselben blöden Fragen auf seinen Kassettenrecorder spricht, die ich immer stelle.

Aaah, zum Teufel mit dem Baron! Zurück zum Geschäftlichen. Ich habe Roberts also dazu gebracht, sich über Spiros Polizeiakte zu informieren, und er ist ein für allemal ein kleiner Fisch, man kann ihn also vergessen. Aber trotzdem wurde seine Wohnung durchsucht, und das heißt, daß der Baron nach dem Schmuck sucht. Als ich mich heute abend mit Spiro unterhielt, hat er mich bestimmt nicht angelogen. Er weiß nicht mehr, als er gesagt hat. Ich sehe sofort, wenn jemand lügt. Außerdem glaube ich nicht, daß er schon zu Hause gewesen war und gesehen hatte, was passiert war. Vielleicht denkt er auch, die Hauswirtin habe Großputz gemacht.

Jarvis flog also vor seinem Tod jeden Donnerstag nach New York, und zwar unter dem Namen Edward Stark. Warum wohl? Übrigens hat Sarge da eine gute Entdeckung gemacht. Was immer ich ihm später auch zahle, allein schon damit hat er es verdient. Jarvis fliegt also nach New York und kehrt noch am selben Tag zurück. Warum? Und außerdem fand Sarge die Frau, bei der Jarvis den Wagen mietete. Das ist zwar nichts Aufregendes, aber immerhin weiß man es jetzt genau. Jarvis ruft also Spiro an und sagt ›Holen Sie mich ab‹ und mietet dann einen Wagen. Warum? Noch ein unlogischer Punkt. Wieso ist nicht die ganze Welt so logisch wie ich?

In Jarvis' Zimmer war nichts zu finden. Felicia sagte, sie habe für mich saubergemacht, und das war dumm von ihr. Hätte lieber ihr eigenes Zimmer aufräumen sollen, weil mir immer noch der Zeh weh tut, mit dem ich gegen ihr blödes Gepäck stieß. Stellen Sie gefälligst ein Dienstmädchen ein, Gräfin. Warum erwartete Felicia, daß der Schmuckdieb sie anrufen würde? Das hörte sich irgendwie komisch an, aber ich weiß auch nicht genau warum.

Ich weiß vieles nicht, nur, daß Jarvis ein Girokonto gehabt haben muß. Das hat doch heutzutage jeder.

Das wär's also. Außer Sarges Erfolg war dieser Tag ein ziemlicher Reinfall. Und ich habe Bob Swenson einen persönlichen Gefallen erwiesen, aber darüber rede ich nicht, weil irgend jemand das Band abhören könnte, aber ich darf nicht vergessen, morgen früh zur Bank zu gehen.

Das war also mein heutiger Tag. Ich sage nichts darüber, daß meine Mutter versucht hat, unsere Wohnung neu einzurichten. Sie hat damit nur erreicht, daß Chico schlechte Laune hatte und daß sie heute abend mir gegenüber ungerecht war. Hörst du zu, Chico? Du solltest dich schuldig fühlen. Wirklich.

Ausgaben. Meine üblichen hundertfünfzig Dollar. Später werde ich noch Sarges Auslagen dazurechnen. Aber das hat noch Zeit. Ich bin froh, daß ich ihn von meiner Mutter erlöst habe. Wenn ich jetzt nur auch mich noch von meiner Mutter befreien könnte. Mein Gott, nur noch ein Tag, dann bin ich vierzig!

Jetzt gehe ich zurück ins Bett.

17

Trace schlief lange, und wurde durch einen Anruf des Pförtners geweckt.

Nackt tappte er zur Sprechanlage in der Küche.

»Hier ist ein Mann, der sagt, er sei Ihr Vater.«

»Das ist er auch. Schicken Sie ihn rauf.«

»Ich wollte ganz sichergehen, nach dem, was gestern passiert ist«, sagte der Pförtner.

»Schauen Sie ihn sich noch mal genau an. Ist es bestimmt nicht meine Mutter in irgendeiner Verkleidung?«

»Nein. Es ist ein Mann.«

»Dann schicken Sie ihn rauf.«

Er zog seinen Bademantel an und fand auf Chicos Kissen einen Zettel: »Lieber Trace, verzeih mir, daß ich dir nicht geglaubt habe. Ich liebe dich, Chico.«

Toll. Genau das, was er für den Tagesbeginn brauchte. Noch mehr Schuld.

Chico hatte die Kaffeemaschine bereits gefüllt. Trace drückte auf den An-Knopf, öffnete dann die Wohnungstür für seinen Vater und ging ins Bad, um zu duschen. Ihm wurde quälend bewußt, daß es heute gar nichts für seinen Vater zu tun gab. Eigentlich gab es auch für ihn selbst nichts zu tun. Sarge hatte gestern auf dem Flughafen so gute Arbeit geleistet, was blieb da heute noch übrig?

»Dev, ich bin da!« rief Sarge.

»Der Kaffee läuft gerade durch. Ich dusche noch!«

Später saß er mit seinem Vater beim Kaffee in der Küche, und Sarge gab ihm eine Kopie des Mietvertrages, den Jarvis am Flughafen unterschrieben hatte, als er den Wagen mietete.

»Seine eigene American Express-Karte«, sagte Sarge. »Und die Passagierliste für jenen Abend, an dem er in die Stadt kam, kriege ich auch noch. American Airlines. Aber sein Name wird nicht draufstehen.«

»Bist du dir sicher?«

»Klar«, meinte Sarge. »Ich denke, er flog inkognito. Und nach dem Grund mußt du dich selber fragen.«

»Das habe ich mich schon gefragt.«

»Es gibt eigentlich nur einen Grund, warum jemand unter falschem Namen fliegt. Damit man, wenn die Buchungslisten überprüft werden, seinen Namen nicht findet. Wahrscheinlich werden wir Edward Stark finden, aber nicht Jarvis.«

»Aber warum sollte niemand wissen, daß er nach Las Vegas zurückflog?« fragte Trace. »Er lebte doch hier. Es ist doch kein großes Geheimnis, wenn man zurückkommt, oder?«

»Ich habe nicht die leiseste Ahnung, mein Sohn.«

Sarge hatte sein großes rotes Notizbuch vor sich liegen. Trace erinnerte sich daran, daß Roberts genau das gleiche besaß, und da hatte er eine Idee.

»Ich möchte, daß du heute diesen Detektiv Roberts aufsuchst«, sagte er. »Versuch herauszufinden, ob er uns irgendwas verheimlicht.«

»Kann ich offen mit ihm reden?« fragte Sarge

»Nicht zu sehr. Ich will nicht, daß er mit aller Welt darüber schwatzt. Du darfst nicht erwarten, daß er über dein Erscheinen allzu glücklich ist.«

»Wieso?«

»Er ist zwar ein Detektiv, wie du weißt, aber eigentlich ist er mehr ein Dieb. Ein Zuhälter. Gestern abend stahl eine seiner Nutten einem Freund von mir dreitausend Dollar. Ich hab' ihn gezwungen, sie mir zurückzugeben.«

»Jetzt verstehe ich, daß er auf dich nicht gut zu sprechen ist«, sagte Sarge. »Ich bring' das hinter mich, und dann hab' ich auch noch ein paar andere Sachen zu erledigen.«

»Okay. Hast du eine Gelegenheit gefunden, heute mit Mutter zu sprechen?«

Sarge sah sich in der Wohnung um. »Sie sagte, sie hätte nur ein bißchen aufgeräumt. Aber ich sehe eigentlich nichts.«

»Wir haben alles zurückgestellt«, sagte Trace.

»Oh. Na ja, ich habe ihr jedenfalls ausgerichtet, daß du das nicht mehr willst.«

»Und was hat sie gesagt?«

»Sie sagte: Quatsch. Wofür hat man denn eine Mutter?«

»Tatsächlich, wofür eigentlich«, meinte Trace.

Sarge trank noch eine Tasse Kaffee und machte sich dann auf den Weg zu Roberts. Trace warf einen Blick auf den Mietvertrag, den Jarvis am Flughafen unterschrieben hatte.

Darin lag vielleicht der Schlüssel zu allem. Warum nur mietete Jarvis einen Wagen und fuhr selbst zum Haus, wo er doch kurz zuvor Spiro angerufen hatte? Okay. Ganz einfach. Er wollte Spiro aus dem Haus haben. Aber warum? Was hatte das alles für einen Sinn? Und warum parkte er auf der Straße, statt die Einfahrt hinaufzufahren?

Trace zog sich in aller Ruhe an, hängte sich seinen Kassettenrecorder um, und gerade, als er das Haus verlassen wollte, läutete das Telefon.

Sarges Stimme klang aufgeregt und heiser.

»Ich nehme an, du hast gestern abend das Geld von diesem Typen wirklich zurückgekriegt, wie?« fragte er.

»Wovon sprichst du überhaupt?«

»Du glaubst nicht, daß du vielleicht die Beherrschung verloren hast?«

»Nein, warum?«

»Weil Roberts tot ist. Es hat ihm jemand die Kehle durchgeschnitten«, sagte Sarge. »Du warst es nicht?«

»Natürlich nicht. Was hast du gemacht?«

»Ich kam her und klopfte. Als keine Antwort kam, ging ich rein, weil das Licht brannte. Die Tür war nicht verschlossen, und Roberts lag mit dem Kopf auf dem Schreibtisch. Erst dachte ich, er schläft, aber dann sah ich das Blut. Von einem Ohr zum anderen.«

»Hast du schon die Polizei gerufen?«

»Nein.«

»Gut. Warte auf mich. Schließ die Tür ab und warte, bis ich komme. Faß nichts an.«

»Wie lange wirst du brauchen?«

»Zehn Minuten.«

»Okay.«

»Nein, sagen wir fünfzehn. Ich muß erst zur Bank und den Scheck einreichen.«

Trace hatte selten mit Leichen zu tun. Der Großteil seiner Arbeit bestand darin, daß er die Todesursache und -umstände bei Leuten feststellen mußte, die schon seit einiger Zeit tot waren. Deshalb hatte er ein ungewohnt flaues Gefühl im Magen, als er das Büro betrat und den blutüberströmten Detektiv sah, der über seinem Notizbuch zusammengebrochen war.

Sarge jedoch sah aus, als könne er angesichts des Todes seelenruhig ein Sandwich verdrücken.

»Du hast bestimmt nichts angerührt, nicht?«

»Nein. Was ist denn los? Du siehst so komisch aus.«

»Sarge, du hast mich auf eine Buchhalterschule geschickt. Du hast deinen Jungen nicht zum Soldaten ausbilden lassen. Blut am frühen Morgen finde ich nicht gerade angenehm.«

»Du wirst dich schon noch dran gewöhnen«, meinte Sarge.

»Mein Gott, hoffentlich nicht.«

Trace sah sich auf dem Schreibtisch um, wobei er sich bemühte, den Körper nicht zu berühren, aber er fand nichts

Besonderes. Wonach suchte er auch? Nach einer Botschaft, die jemand mit blutigem Fingernagel geschrieben hatte? ›Der Mörder ist . . .‹

»Ich hab' auch nichts entdeckt«, bemerkte Sarge.

»Keine Waffe?«

»Nein.«

Trace wickelte sich ein Taschentuch um die Hand und öffnete das rote Notizbuch. Es enthielt nur eine Seite mit Zahlen und Daten, aber keine Namen. Die Zahlen waren alle zwischen drei- und vierhundert und alle durch zehn teilbar. Trace hatte den Verdacht, daß es sich dabei um die nächtlichen Einnahmen von Roberts' wenigen Nutten handelte. Das letzte Datum war der vorhergehende Tag.

Wahrscheinlich hatte der Detektiv nach Traces Besuch das Büro nicht mehr verlassen. Zumindest hatte er immer noch die selben Kleidungsstücke an. Immer noch mit dem Taschentuch um die Hand öffnete Trace den Aktenschrank und fand einen Ordner mit der Aufschrift ›Jarvis‹.

Er öffnete ihn. Er enthielt noch die beiden gelben Blätter, die Roberts ihm damals gezeigt hatte. Und den Zeitungsausschnitt, der Felicia mit ihrem Schmuck zeigte. Ganz unten jedoch lag ein kleines weißes Stück Papier. Mit Bleistift stand darauf geschrieben: »Register«.

Was zum Teufel sollte das heißen?

»Hast du was gefunden?« fragte Sarge. »Wonach suchst du?«

»Sein Jarvis-Ordner. Es ist das gleiche drin wie damals. Außer dem hier.« Er zeigte Sarge das Stück Papier.

»Aufzeichnungen. Was bedeutet das?« fragte Sarge.

»Keine Ahnung.« Trace legte alles in den Ordner zurück und stellte ihn wieder in den Aktenschrank. »Ich glaube, wir rufen lieber mal Rosado an.«

»Das brauchen wir doch nicht«, meinte Sarge.

»Wieso?«

»Wir könnten doch einfach gehen und nicht mehr dran denken. Niemand wird je erfahren, daß wir die Leiche gefunden haben. Überlaß das doch der Putzfrau.« Er sah sich in dem verdreckten Büro um. »Schätze, daß sie ungefähr im

Dezember wieder mal vorbeikommen wird. Inzwischen können mir mal zu seiner Wohnung fahren und ein bißchen drin herumstöbern. Vielleicht werden wir fündig.«

»Das geht nicht«, meinte Trace. »Wie ich mich kenne, geht das garantiert schief.«

»War nur so ein Gedanke«, sagte Sarge.

Trace nahm mit dem Taschentuch den Telefonhörer ab. »Sarge, hast du mich von hier aus angerufen?«

»Klar.«

»Sind deine Fingerabdrücke auf dem Telefon?«

»Ich hab' ein Taschentuch benutzt, du Blödmann, genau wie du.«

»Okay.«

Trace rief Dan Rosado im Polizeihauptquartier an.

»Hallo, Trace. Wie geht's Ihnen?«

»Mir geht's gut. R. J. Roberts allerdings weniger.«

»Wieso?«

»Ich bin in seinem Büro. Jemand hat ihm die Kehle durchgeschnitten.«

»Ist er tot?«

»Ja.«

»Ich bin gleich da. Fassen Sie nichts an!«

Trace legte auf und sagte zu seinem Vater: »Machen wir's ganz unkompliziert, Sarge. Wenn sie kommen, sagen wir ihnen die Wahrheit. Du kamst her, um mit Roberts zu reden, fandest die Leiche, riefst mich an und ich kam und alarmierte die Bullen.«

»Wahrscheinlich sind die der Meinung, ich hätte sie gleich selber anrufen sollen.«

»Sag ihnen einfach, daß ich das nicht wollte. Du bist hier fremd in der Stadt. Ich sage ihnen, daß ich angenommen hätte, bei dir läge eine senile Wahnvorstellung vor. Wenn sie wütend werden, dann auf mich. Und Dan bleibt sowieso nie lange wütend.«

»Sie verdammter irischer Idiot, Trace, warum haben Sie uns nicht gleich angerufen?« Rosados Gesicht war puterrot und die Adern an seinem Hals pulsierten. Er erinnerte an eine Schlange, die gerade etwas hinunterwürgt.

»Siehst du, Sarge«, meinte Trace, »ich hab' dir ja gesagt, daß er nicht wütend wird.«

»Sie sollten sich schämen, Mr. Tracy«, sagte Rosado. »Bei Trace wundert es mich nicht, weil er ja nichts im Kopf hat, aber Sie waren doch früher Polizist! Sie hätten eigentlich wissen müssen, wie man sich in dieser Situation zu verhalten hat!«

»Statt hier meinen Sohn anzubrüllen, sollten Sie sich lieber um den Mörder kümmern«, schlug Sarge vor.

»Geben Sie mir seinen Namen und seine Anschrift, dann holen ihn meine Männer nach dem Mittagessen ab.«

»Geben Sie mir etwas Zeit, dann tue ich vielleicht genau das«, fuhr Sarge ihn an.

»Ich gebe Ihnen Zeit. Ich würde Ihnen gern beiden Zeit geben. Drei bis fünf Jahre wegen unbefugter Einmischung.«

»Dan, ich glaube, jetzt gehen Sie etwas zu weit«, mahnte Trace.

»Glauben Sie wirklich?«

»Ja.«

»Okay. Dann werde ich mal versuchen, mich wieder in den Griff zu kriegen.« Rosado starrte auf einen imaginären Punkt in der Ferne, als wolle er sich auf irgendeine geheimnisvolle spirituelle Energie konzentrieren. »So«, sagte er ruhig. »Alles wieder in Ordnung.«

»Gut«, meinte Trace.

»Sie hätten trotzdem einen Arschtritt verdient!« brüllte Rosado.

18

»Na, schön, Trace. Sie wissen, ich bin Ihr Freund. Und Sie wissen auch, daß ich nur ungern gegen Sie vorgehen würde.«

»Das weiß ich, Dan. Ihre Freundschaft ist eine der wenigen Konstanten in meinem Leben. Es wäre nur schön, wenn Sie endlich aufhören könnten, mich anzuschreien.«

»Ich versuche es ja. Ich versuche es wirklich. Aber es ist manchmal schwer, wenn man entdeckt, daß jemand, den man kennt, dem man vertraut und den man fast als Bruder betrachtet hat, einen so offensichtlich anlügt.«

»Kommen Sie, Dan. Sie wissen doch, daß ich ihn nicht umgebracht habe.«

»Ich weiß es und Sie auch. Wahrscheinlich weiß es jeder, der Sie kennt. Aber wie ist es mit dem Staatsanwalt? Und mit den Geschworenen? Sehen Sie, in diesem Job gibt es eine Menge unberechenbare Faktoren. Warum also hat Ihnen Roberts diesen Dreitausend-Dollar-Scheck ausgestellt?«

»Weil er mir Geld schuldete«, sagte Trace. »Das habe ich Ihnen doch schon gesagt.«

»Und wann haben Sie ihn aufgesucht?«

»Um ein Uhr nachts. Ich habe ihm das Geld am Montag bar geliehen. Er sagte, er brauche es nur für einen Tag, es hatte irgendwas mit Informationen im Fall Jarvis zu tun. Und er versprach mir, es mir Montagabend zurückzugeben. Als er aber am Montagabend nicht anrief, rief ich ihn gestern an und kam um ein Uhr nachts her. Er behauptete, das Geld nicht in bar da zu haben und gab mir statt dessen einen Scheck, und dann ging ich.«

»Und Sie wissen nicht, wofür er das Geld brauchte?«

»Nein«, sagte Trace.

»Hätten Sie ihn das nicht fragen sollen? Sie haben doch beide am gleichen Fall gearbeitet, und da wollte er plötzlich dreitausend Dollar, um einen Informanten zu bezahlen. Wäre es nicht logisch gewesen, wenn Sie ihn gefragt hätten, was er mit dem Geld gemacht hat?« fragte Rosado.

»Wahrscheinlich wäre es tatsächlich logisch gewesen«, erwiderte Trace, »aber gestern nacht war mir nicht nach Logik zumute. Ich hatte Streit mit Chico. Ich war emotional nicht auf der Höhe, wahrscheinlich hatte ich gerade einen kritischen Punkt in meinem Biorhythmus. Sie wissen nicht zufällig, wie man den Biorhythmus berechnet? Dann könnten wir's nämlich überprüfen.«

»Verdammt noch mal, Trace, Ihr Biorhythmus ist mir ganz egal.«

»Ich wette, Sie sind gerade auch in einer kritischen Phase. Es würde mich nicht überraschen, wenn wir die gleichen Kurven hätten. Heute ist jedenfalls ganz bestimmt nicht einer Ihrer besten Tage.«

»Er hat Ihnen also den Scheck ausgestellt, und dann gingen Sie?«

»Genau so war's.«

»Und wo ist der Scheck?«

»Ich habe ihn heute morgen auf die Bank gebracht.«

»Bevor Sie von Roberts' Tod wußten oder danach?« erkundigte sich Rosado.

»Danach. Sarge sagte es mir am Telefon, und auf dem Weg hierher fuhr ich bei der Bank vorbei. Dann ging ich in Roberts' Büro und rief Sie sofort an.«

»Das ist die dümmste Geschichte, die ich je gehört habe«, sagte Rosado.

»Das kommt daher, daß Sie mir nicht die kleinste Chance gaben, mich vorzubereiten. Ich hätte Ihnen eine gute Story auftischen können, wenn Sie mir genug Zeit gelassen hätten – dunkle Andeutungen, die mir Roberts gemacht hat, Gekicher in nächtlichen Telefongesprächen. Bedeutungsvolles Gekicher natürlich. Andeutungen, daß irgendwelche dunklen Gestalten im Flur lauerten, wenn ich in sein Büro ging. Ich weiß nicht. Ich hätte Ihnen allerlei erzählen können. Statt dessen habe ich Ihnen die schlichte, nackte Wahrheit gesagt.«

Rosado stellte den Kassettenrecorder ab, der auf seinem Schreibtisch stand. Sie saßen in seinem Büro und tranken Kaffee.

»Okay. Sie wissen also nicht, womit Roberts im Fall Jarvis befaßt war?« erkundigte sich Rosado.

»Eigentlich hatte er mit dem Mord nichts zu tun, Dan. Er war von der Versicherungsgesellschaft auf den Schmuckdiebstahl angesetzt. Er versuchte, in Erfahrung zu bringen, wo die Steine auf dem Markt auftauchten. Mir sagte er, sie seien noch nicht aufgetaucht.«

»Und Sie nahmen ihm das ab?«

»Er hatte keinen Grund, mich zu belügen, weil ich ihm gesagt hatte, daß er mir von seinem Honorar nichts abgeben müßte«, sagte Trace.

Rosado schob ihm über den Tisch ein Manila-Kuvert zu, das Trace öffnete.

»Das ist Roberts Akte über den Fall Jarvis«, erklärte Rosado.

Trace nickte und betrachtete die vertrauten Papiere.

»Die gelben Blätter enthalten nur Fakten, Daten, Ortsangaben und so weiter. Aber was bedeutet dieses kleine weiße Blatt? Es steht ›Register‹ drauf.«

Trace schüttelte den Kopf. »Ich habe keine Ahnung.«

»Hat er nie mit Ihnen darüber gesprochen? Hat er nie gesagt, um welche Art von Register es sich handelt?«

»Nein«, erwiderte Trace wahrheitsgemäß.

»Na gut«, sagte der Polizist und seufzte. »Ich werde alles versuchen, Sie da herauszuhalten. Wirklich, ich werde es versuchen. Es gibt keinen Grund, Sie des Mordes zu verdächtigen, und ich werde mich bemühen, den Staatsanwalt zu überzeugen, daß es kein böser Wille war, daß Sie Ihren Vater nicht sofort die Polizei verständigen ließen, sondern daß das nur ein Ausrutscher war.«

»Das schluckt er bestimmt«, meinte Trace. »Staatsanwälten passieren ja selber dauernd irgendwelche Ausrutscher.«

»Aber ich hoffe, daß wir den Mörder trotzdem schnell erwischen. Das entschärft die Sache. Sie wissen ja, wie Staatsanwälte sind. Man bringt sie auf eine Spur, und dann verhaften sie alles, was sich bewegt. Ich möchte nicht, daß Sie in so was verwickelt werden.«

»Danke, Dan. Ich weiß, Sie wollen nur mein Bestes«, sagte Trace. »Kann ich jetzt gehen?«

»Ja. Und wenn Sie was herauskriegen, lassen Sie's mich wissen.«

»Sie haben mein Wort, Dan«, sagte Trace. Nachdrücklich. Mit Gefühl.

Trace überlegte, wo Sarge stecken mochte, aber sein Vater erwartete ihn bereits vor der Polizeiwache in seinem Mietwagen. Die Augusthitze drückte, und als Trace in den Wagen stieg, zuckte er zusammen und sagte: »Aua!«

»Du brauchst dich nicht über heiße Autositze zu beklagen«, meinte Sarge. »Schließlich hast du dich ja freiwillig entschieden, hier zu leben.«

»Es liegt nicht am Wetter«, erwiderte Trace. »Die Autofirma hat dich übers Ohr gehauen. Euch Touristen geben sie immer Wagen mit schwarzer Polsterung. Da wird die ganze Hitze absorbiert. Nächstes Mal läßt du dir einen Wagen mit weißen Sitzen geben.«

»Diese Schweinehunde«, sagte Sarge. »Na, wie ging's dir da drin?«

»Na ja, sagen wir mal, ich brauche jetzt was zu trinken«, meinte Trace. »Die Dreitausend?«

»Genau darum ging's ihm.«

»Und was hast du ihm gesagt?« fragte Sarge.

»Daß ich sie Roberts geliehen hätte und er sie mir per Scheck zurückgezahlt hat. Ich konnte Swenson doch nicht bloßstellen, oder?«

»Nein. Ich hab' ihnen gesagt, ich wisse nichts von den Dreitausend. Ich sei nur gekommen, um mich mit Roberts über diesen Schmuckraub zu unterhalten. Und als ich die Leiche fand, sei ich nervös geworden, weil ich kein Blut sehen kann. Jeder weiß, daß ich senil bin, und deshalb rief ich versehentlich dich an, statt die Polizei. Ich sagte ihnen, du hättest sie nicht gleich alarmiert, weil du dachtest, ich träume und weil du sichergehen wolltest, daß es diese Leiche auch tatsächlich gibt.«

»Sehr gut gelogen«, meinte Trace. »Ich glaube, damit kommen wir durch.«

»Ich war fünfundzwanzig Jahre Polizist und habe einen Großteil dieser Zeit mit Lügen verbracht. Ich habe was dabei gelernt.«

Trace sah, daß Sarge grinste, während er den Motor anließ und in Richtung Innenstadt fuhr, wo jetzt reger Berufsverkehr herrschte.

»Dafür, daß dein einziger Sohn gerade haarscharf der Verhaftung entgangen ist, siehst du recht fröhlich aus«, meinte Trace. »Warum grinst du?«

»Hältst du mich wirklich für senil?« fragte Sarge.

»Klar. Dich. Mich. Und Chico auch. Uns alle. Wir sind alle reif für die Klapsmühle, wo wir dann aus Zigarettenstummeln Untersetzer basteln. Warum grinst du denn die ganze Zeit?«

»Weil ich glaube, den Mörder gefunden zu haben«, sagte Sarge.

»Und wer ist es?«

»Ich glaube, es ist der Baron, wie immer er auch heißen mag.«

»Hubbaker?«

»Genau der«, sagte Sarge.

Sie saßen im Boggle's. Sarge widmete sich einem Riesen-Cheeseburger und einer Flasche Bier, und Trace trank einen doppelten Wodka und liebäugelte mit den Essiggurken auf Sarges Teller.

»Diese Stadt ist krank«, meinte Sarge. »Laß gefälligst die Gurke liegen!«

»Entschuldige. Natürlich ist die Stadt krank. Sie wurde von Kriminellen für Idioten aufgebaut. Was hast du denn erwartet – einen Chor an jeder Straßenecke, der ›halleluja‹ singt?«

»Hier gibt es den ganzen Tag über Huren auf der Straße. Woanders sieht man sie nur bei Nacht. Hier begegnest du ihnen schon am frühen Vormittag. Kannst du dir vorstellen, wie heiß es denen sein muß?«

»Die Leute spielen vierundzwanzig Stunden am Tag. Und wenn sie mit Spielen fertig sind, werden sie geil. Vor allem, wenn sie gewonnen haben«, sagte Trace. »Das muß irgendwas mit Macht zu tun haben. Jetzt hast du mich lang genug hingehalten. Erzähl mir was über den Baron.«

»Gegenüber von Roberts' Büro ist doch dieses Restaurant, das die ganze Nacht geöffnet hat«, begann Sarge.

»Dort würde ich lieber nicht essen. Die haben ein Spezialrezept für Kaffee. Einen Löffel Kaffee und ein Pfund Schweineschmalz.«

»Dort essen? Dort würde ich nicht mal atmen wollen! Jedenfalls bekam ich von dem Manager die Namen der Leute, die nachts dort arbeiten. Bolling Widentsky. Kennst du ihn?«

»Nein.«

»Er ist der Kassierer. Du weißt ja, Kassierer sitzen am Fenster, und so kann er direkt zu Roberts' Haus hinüberschauen. Ich bekam eine ganze Liste von Namen, aber ich brauchte sie nicht, weil dieser Widentsky direkt in der Nähe wohnt, und ich ging zu ihm hin und unterhielt mich mit ihm.«

»Und?«

»Wir redeten eine Weile, und schließlich erinnerte er sich, daß er so etwa um vier Uhr morgens jemanden aus Roberts' Haus kommen sah. Er schilderte ihn, und es war eindeutig Hubbaker. Groß, drahtig, dünn wie eine Bohnenstange. Fährt er einen Jeep?«

»Ich weiß nicht«, sagte Trace. »Doch, warte mal, vor dem Haus der Gräfin steht immer ein Jeep. Warum?«

»Okay. Widentsky erinnerte sich an diesen Burschen, weil er beobachtete, wie er vorfuhr und parkte. Es war ein weißer Jeep, wie er sagte.«

»Felicias Jeep ist weiß.«

»Gut. Er parkte also und ging ins Haus. Widentsky sagt, er sei schon nach wenigen Minuten wieder herausgekommen. Er sei zwar nicht gerannt, habe es aber sehr eilig gehabt, wieder in seinen Jeep zu steigen und wegzufahren.«

»Etwa um vier Uhr?«

»Das hat er gesagt.«

»Haben die Bullen nicht mit diesem Widentsky gesprochen? Sind Rosados Bullen so blöd, daß sie so was nicht rauskriegen?«

»Doch, sie haben mit ihm gesprochen. Sie waren vor mir da, aber er hat ihnen nichts gesagt.«

»Warum nicht?«

»Er erinnerte sich nicht daran.«

»Und warum hat er sich dann bei dir erinnert?« fragt Trace. »Er wollte eigentlich nicht.«

»Nein? Sag mal, Sarge, du hast noch nicht – ? Was hast du gemacht?«

»Keine Angst. Ich hab' ihn nicht verprügelt oder so was. Mein Gott, du bist aber plötzlich zimperlich!«

»Was hast du also gemacht?«

»Ich hab' ihm erzählt, ich sei Rosados Onkel. Und wenn er mir keine Informationen liefert, würde ich ihm eine Kugel durch den Kopf jagen. Es ist wirklich erstaunlich, wie oft das dem Gedächtnis auf die Sprünge hilft. Los, iß die Gurke. Ich will sie nicht.«

»Ich will sie auch nicht mehr. Hubbaker. Das begreife ich nicht.«

»Liest du denn nie englische Kriminalromane?« fragte Sarge. »Diese Barone sind immer Schwindler. Sie sind immer die Mörder. Obwohl sie normalerweise keine Messer benützen.«

»Er ist Detektiv«, sagte Trace. »Warum zum Teufel sollte er einen anderen Detektiv ermorden, der am selben Fall arbeitet?«

»Du hast von Anfang an gewußt, daß das keine leichte Arbeit wird, mein Sohn. Wenn sie leicht wäre, könnte ja jeder sie übernehmen. Das ist eines der Probleme, die wir lösen müssen.«

»Mir fällt kein besserer Weg ein«, sagte Trace. »Gehen wir doch einfach zum Baron und unterhalten uns mit ihm.«

»Sehr gut«, meinte Sarge. »Ich war noch nie im Schloß einer Gräfin. Erzähl es aber nicht deiner Mutter.«

»Ist es hier?« fragte Sarge. Sie fuhren die lange Straße entlang, die zum Haus der Gräfin führte. Sarge klang empört. »Das soll ein Schloß sein?«

»Ich fürchte, ja.«

»Das ist doch kein Schloß! Das sieht ja aus wie die Villen auf Long Island, nur daß es hier weniger Sand gibt. In Queens hab ich größere Häuser gesehen.«

»Für die Gegend hier ist es schon ziemlich groß«, meinte

Trace. »Hör mal, Sarge. Diese Leute hier sind ein bißchen seltsam.«

»In welcher Hinsicht?«

»Sie sind drogenabhängig. Sie halten sich Papageien. Reg dich nicht auf, wenn sie schnüffeln, rauchen oder irgendwelche Tabletten schlucken.«

»Hältst du mich für ein kleines Kind? Wenn sie meinen, mit Chemie lebt sich's besser, dann ist das doch ihre Sache.«

Sie parkten den Wagen und gingen durch das wie immer weit offene Tor zum Swimmingpool, woher Stimmen klangen.

»Du hast mir aber nicht gesagt, daß sie nichts anhaben«, flüsterte Sarge.

»Versuch es zu ignorieren«, riet ihm Trace.

»Ach, wenn man doch nochmal sechzig wäre!«

»Bitte. Ich werde morgen vierzig. Keine Gespräche übers Alter.«

Wie gewöhnlich machte National Anthem auch heute an der anderen Seite des Pools nackt ihre Gymnastikübungen. Und wie immer saß Willie Parmenter neben ihr auf einem Stuhl.

Die Neddlemans lagen an derselben Stelle wie sonst auch, nebeneinander, schweigend und reglos, und die Gräfin und Ferrara saßen an einem kleinen Tisch unter einem Sonnenschirm. Felicia, oben ohne, sah Trace und winkte ihm zu. Ferrara trug ein langärmeliges weißes Hemd und weiße Hosen. Seine Miene verdüsterte sich, als er Trace erblickte.

Sie gingen hinüber, und Trace sah, daß Ferrara ein kleines Klümpchen knetete, das aussah wie Teer.

»Felicia, das ist mein Vater. Ihr habt euch wahrscheinlich neulich abends schon kennengelernt«, sagte Trace.

Sie nickte und Sarge beugte sich vor, um ihre Hand zu küssen.

»Mit guten Manieren kommt man weit im Leben«, meinte Felicia mit herzlichem Lächeln.

»Hoffentlich weg von dieser Familie«, murmelte Ferrara. Dann bot er Sarge das schwarze Klümpchen an. »Wollen Sie Hasch?«

»Nein danke. Wir haben gerade zu Mittag gegessen«, antwortete Sarge.

»Sehr komisch.«

»Er hat das gar nicht komisch gemeint«, sagte Trace.

»Es ist komisch, afghanischen Haschisch auszuschlagen. Schauen Sie sich das Zeug doch an. Haben Sie je schon mal so was gesehen?« fragte Ferrara.

»Ich hatte mal einen Hund, der nicht stubenrein war«, meinte Sarge. »Der hinterließ mir überall solche Dinger.«

»Wußten Sie, daß man Opium verwendet, um dieses Zeug zusammenzuhalten?« fragte Ferrara. »Rohopium. Im weiterverarbeiteten Zustand wird das Opium zu körnig. Aber so hält das Zeug wie Gummi.«

»Ich dachte, man nimmt Lammfett«, meinte Sarge.

Ferrara zog erstaunt die Augenbrauen hoch. »Sehr gut«, sagte er. »Wir sind hier scheint's nur von gebildeten Leuten umgeben.«

»Ach, hör schon auf, Paolo!« sagte Felicia. »Du bist abscheulich.«

»Sarge, was weißt du darüber?« fragte Trace.

»Ich bin bestens informiert. Die Afghanen benützen Lammfett, um ihr Haschisch zu binden.«

»Deshalb ist das hier ja so was Besonderes«, bemerkte Ferrara. »Sogar das Bindemittel macht einen high. Oh, Schönheit, dein Name ist Cannabis!«

»Oh, Ferrara, Ihr Name ist ›Scheißdreck‹«, sagte Trace. »Felicia, wir müssen mit dem Baron sprechen. Ist er hier?«

»Ich hörte gerade, daß er duschen gegangen ist. Er kommt gleich. Wollt ihr einen Drink?«

»Nein danke, wir gehen gleich wieder. Darf ich Sarge mal den Safe zeigen?«

»Klar. Ihr könnt alles machen, wenn ihr mir nur mein Geld beschafft«, sagte sie.

Trace und Sarge gingen aufs Haus zu. National Anthem winkte, Parmenter nickte ihnen zu.

»Junge, Junge«, sagte Sarge, »kann diese Frau winken! Wer sind denn all die Leute? Ich habe sie neulich abends zwar alle gesehen, mir aber keine Namen gemerkt.«

»Die beiden Statuen auf dem Liegestuhl dort sind die Neddlemans. Sie behaupten, sie seien Kaufleute, aber ich glaube eher, sie verkaufen ihre Körper an jeden, der sie will. Ferrara dort ist eine Art Drogenhändler, und dieser mausgraue Kerl dort drüben ist sein Bediensteter. Felicia kennst du. Das Mädchen mit den dicken Möpsen ist National Anthem. Sie spielt in Pornofilmen mit.«

»Widerlich«, sagte Sarge. »Wo werden die gezeigt?«

»Ihr erster Film ist noch nicht ganz fertig«, erwiderte Trace.

»Ich sag's dir dann, und wir gehen zusammen rein.«

»Sind das alle Gäste?«

»Bis auf den Baron«, sagte Trace. »Felicia nennt sie einen Schwarm von Parasiten.«

»Das glaube ich.«

»Woher weißt du denn soviel über Drogen?« erkundigte sich Trace.

»Keine Ahnung. Ich habe viel darüber gelesen. Das ist der Bursche, den du neulich abends fast zusammengeschlagen hättest?«

»Ja.«

»Du hättest es wirklich tun sollen«, meinte Sarge.

»Wahrscheinlich hol' ich das noch nach, bevor er die Stadt verläßt. Schau, hier hat man Jarvis gefunden. Hat Rosado dir die Bilder gezeigt?«

»Ja«, sagte Sarge. »Meine Güte, ist das Wasser schmutzig! Wie können da drin denn Goldfische leben?«

»Keine Ahnung.«

»Erinnerst du dich an das Aquarium, das du als Kind hattest?« fragte Sarge.

»Ja. Die Fische krepierten dauernd.«

»Das war meine Schuld. Ich hab sie immer getötet«, gestand Sarge. »Ich hatte mir manchmal heimlich einen Drink eingeschenkt, und wenn dann deine Mutter kam, goß ich ihn ins Aquarium, damit sie mich nicht erwischte. Und der verdammte Alkohol brachte die Fische um.«

»Irgendwo liegt da eine tiefe Wahrheit drin verborgen«, meinte Trace.

»Ja. Fische sollten nicht saufen«, erwiderte Sarge.

»Und hier hat er sich nach Meinung des Leichenbeschauers den Kopf angeschlagen«, sagte Trace und berührte den Keramikfisch mit der Zehe. Dann führte er seinen Vater in den Wohnraum und zeigte ihm die verschiebbare Platte, hinter der sich der Safe verbarg.

»Wie hat der Dieb ihn aufgekriegt?« erkundigte sich Sarge.

»Keine Ahnung. Erst hat er gebohrt, aber dann hat er seine Meinung geändert.«

»Er muß ihn mit der Kombination geöffnet haben«, meinte Sarge.

»Genau. Aber wenn er die Kombination gewußt hätte, dann hätte er doch nicht erst bohren müssen, stimmt's?«

»Nein«, erwiderte Sarge. »Er begann zu bohren, und dann bekam er die Kombination. Und der einzige Grund dafür ist der, daß Jarvis heimkam.«

»Du meinst, er bekam sie von Jarvis«, sagte Trace. »Aber warum sollte Jarvis ihm die Kombination verraten?«

»Vielleicht arbeiteten sie zusammen? Oder er hatte eine Waffe und zwang Jarvis dazu.«

»Mag sein«, meinte Trace. »Ich weiß es nicht.«

Der Baron kam durch die offenen Türen aus dem Innenhof ins Wohnzimmer herein.

»Felicia sagte mir, daß Sie mich sprechen wollen.«

»Hallo, Baron«, begrüßte ihn Trace. »Ja, wir wollten uns mal mit Ihnen unterhalten. Das ist mein Vater. Patrick Tracy, Baron Hubbaker.«

»Sagen Sie Ed zu mir«, schlug der Baron vor.

Sarge trat einen Schritt vor, schüttelte dem großen, hageren Mann herzlich die Hand, und trat dann, wie zufällig, hinter ihn.

»Es ist nichts Offizielles«, sagte Trace.

»Na, ja, das freut mich«, sagte der Baron mit feinem Lächeln.

»Darf ich mich setzen? Dann braucht Ihr Vater mich nicht von hinten zu beobachten.«

»Setzen Sie sich ruhig«, meinte Trace.

Das Lächeln verschwand von Hubbakers Gesicht.
»Sie wissen es?« fragte er.
»Ja«, erwiderte Trace. »Wir fanden Zeugen, die aussagten, daß Sie in den frühen Morgenstunden hineingegangen sind und nach kurzer Zeit wieder herauskamen.«
»Der Mann in dem Restaurant gegenüber?«
Trace nickte.
»Ich dachte mir schon, daß er mich gesehen hat. Ich hatte zwar gehofft, daß nicht, aber im Grunde wußte ich's.«
»Ja, er hat Sie gesehen. Möchten Sie uns erzählen, was passiert ist?«
»Klar. Einen Moment mal. Glauben Sie etwa, daß ich ihn umgebracht habe?«
»Es ist relativ wahrscheinlich«, meinte Trace.
»Nein, nein, nein, nein! Er war schon tot, als ich hinkam. Jemand hatte ihm die Kehle durchgeschnitten.«
»Wir haben die Leiche gesehen«, sagte Trace. »Vielleicht könnten Sie von vorn anfangen und uns genau erzählen, was passiert ist. Woher kannten Sie Roberts?«
»Ich kannte ihn ja gar nicht. Ich bin dem Mann nie begegnet«, antwortete Hubbaker.
»Also hören Sie mal, Sie kannten ihn nicht, aber Sie gingen um vier Uhr morgens zu im ins Büro?«
»Genauso war es«, sagte Hubbaker. »Gleich nachdem Sie gestern abend weg waren, rief Roberts an. Wir schauten uns gerade Sexfilme an. Ich wußte nicht mal, wer er war. Er sagt mir, er müsse mit mir über den Scheck reden. Etwas, das anscheinend sehr wichtig für ihn sei, er müsse mich unbedingt sehen. Erst hielt ich den Mann für verrückt. Aber er war sehr beharrlich. Vage, aber sehr beharrlich, und schließlich sagte ich zu.« – »Wer gab die Zeit an?« fragte Trace.
»Er eigentlich nicht. Er sagte mir nur, daß er den Abend über meistens nicht im Büro sei, aber ich solle es sehr spät versuchen. Ich meinte, ich könne ihn doch genausogut morgen, also heute, treffen, aber das lehnte er ab. Ganz schön unverfroren.«
»Warum gingen Sie also um vier Uhr hin?« erkundigte sich Trace.

»Ich schlief ein, weil ich etwas zuviel getrunken hatte. Als ich dann erwachte, war es fast drei. Ich rief ihn an, und er sagte, ich solle herüberkommen, er werde auf mich warten. Ich wußte immer noch nicht, was er von mir wollte. Als ich hinkam, stand seine Bürotür offen, und er war tot.«

»Warum haben Sie nicht die Polizei angerufen?«

Hubbaker zuckte die Achseln. »Das war wohl dumm von mir. Aber ich war mir klar, in welcher Situation ich mich befand. Würde mir die Polizei glauben? Ich meine, daß ich um vier Uhr morgens einen Mann aufsuche, den ich gar nicht kenne? Klingt das glaubhaft?«

»Nein«, sagte Trace. »Offengestanden nicht.«

»Und aus diesem Grund habe ich auch nicht die Polizei gerufen. Ich hatte nichts berührt. Ich ging bloß hinein und sah die Leiche. Keine Ahnung, was er mit mir besprechen wollte. Die Polizei – nun ja, ich wäre keine Hilfe für sie gewesen. Deshalb ging ich einfach, fuhr hierher zurück und legte mich schlafen. Ich brauche Ihnen wohl nicht zu sagen, daß ich ziemlich schlecht schlief.«

»Roberts schlief wie ein Toter«, bemerkte Trace.

»Sie glauben doch nicht etwa, daß ich –«

»Es ist nicht meine Sache, etwas zu glauben oder nicht zu glauben«, meinte Trace. »Das ist Sache der Polizisten. Wenn die etwas über Ihren Hintergrund herausfinden –«

Hubbaker unterbrach ihn. »Was meinen Sie damit?«

»Ihre Arbeit für die Versicherungsfirmen«, erklärte Trace. »Sie hatten einen sehr guten Grund, mit Roberts zu sprechen.«

»Würde mir bitte jemand erklären, worüber hier gesprochen wird?« fragte Hubbaker. Er sah Trace und dann Sarge hilfesuchend an. Sarge zuckte die Achseln. Hubbaker sagte: »Alle reden so, als ob ich irgend etwas mit Versicherungen zu tun hätte. Sie und dieser lächerliche Zwerg, für den Sie arbeiten. Was geht hier eigentlich vor?«

»Ja, arbeiten Sie denn nicht für eine Versicherungsgesellschaft?«

»Natürlich nicht. Im Grunde arbeite ich überhaupt nicht«, sagte Hubbaker. »Geht es also darum? Denkt Marks, ich sei für eine Versicherungsfirma tätig? Hat er mich deshalb neulich angerufen, um mir Ihre idiotische Theorie zu erzählen?«

Trace nickte.

»Also, ich arbeite nicht für eine Versicherungsfirma.«

»Zu dumm«, sagte Trace.

»Warum?«

»Die Bullen würden Ihnen den Mord weniger zutrauen, wenn Sie Detektiv wären.«

»Ich nehme an, Sie müssen denen sagen, daß ich dort war?« fragte Hubbaker.

»Genau. Der Polizei Informationen vorzuenthalten ist eine sehr ernste Sache. Es ist etwas, das ich unter keinen Umständen billigen kann«, sagte Trace.

»Amen«, fügte Sarge hinzu.

19

»Sagen Sie mal«, fragte Trace. »Weiß hier irgend jemand, daß Sie zu Roberts gehen wollten? Haben Sie's irgend jemandem erzählt?«

Hubbaker dachte einen Moment lang nach und sagte dann langsam: »Ja. Eigentlich wissen es alle.«

»Alle hier im Haus?«

»Ja. Und Spiro. Er servierte gerade Drinks. Er hat es wohl auch gehört.«

»Gut«, sagte Trace. »Ich muß jetzt Dan Rosado anrufen. Sie machen keinen Fluchtversuch, Baron, nicht wahr?«

»Wohin sollte ich denn fliehen? In die Wüste, um dort als Einsiedler zu leben? Wasser aus Kaktuswurzeln saugen? Natürlich bleibe ich hier.«

Trace ging zum Küchentelefon und ließ seinen Vater zur Beaufsichtigung Hubbakers zurück. Er rief Rosado an.

»Hier spricht Trace. Sind Sie immer noch wütend auf mich?«

»Da können Sie Gift drauf nehmen!« sagte Rosado. »Was wollen Sie?«

»Ich möchte alle meine Fehler wieder gutmachen«, antwortete Trace.

»Das würde viel zu lange dauern. Was wollen Sie also?«

»Sarge und ich haben einen Zeugen gefunden, der gesehen hat, wie Roberts' Büro um vier Uhr morgens von jemandem verlassen wurde.«

»Tatsächlich? Und wer war es?«

»Ich sage Ihnen alles, wenn Sie hier sind.«

»Was heißt hier?«

»Ich bin bei Felicia.«

»Was tun Sie da?«

»Wir haben den Burschen gefunden, der dabei beobachtet wurde, wie er aus dem Haus kam.«

»Und Sie haben zuerst mit ihm geredet?« fuhr Rosado ihn durchs Telefon an. »Sie tun es ja schon wieder!«

»Nein. Wir sind nur hergefahren, um sicherzugehen, daß es wirklich der gleiche Kerl ist. Wir glaubten den Beschriebenen zu kennen, aber wir wollten keinen Unschuldigen in Verdacht bringen. Er gesteht es übrigens.«

»Auch den Mord?« fragte Rosado.

»Nein.«

»Ich bin gleich da. Wissen Sie was, Trace?«

»Nein, was?«

»Früher, als Sie sich noch nicht in meine Angelegenheiten einmischten, mochte ich Sie lieber.«

»Ich weiß«, sagte Trace. »Das ist auch das letzte Mal. Ich komme Ihnen nie mehr in die Quere.«

»Ich bin gleich da. Und Sie sollten mir auch sagen, wer dieser Zeuge ist. Ich verstehe nicht, wie meine Männer ihn übersehen konnten.«

»Sie haben ihn nicht übersehen«, erwiderte Trace. »Nur – Sarge hatte mehr Überzeugungskraft.«

»Die Polizei kommt in ein paar Minuten«, sagte Trace zu Hubbaker.

»Wissen Sie, das ist wirklich furchtbar«, meinte der Baron. »Die werden mir den Tod in die Schuhe schieben, und ich hab's doch wirklich nicht getan.«

»Dann wird man's Ihnen auch nicht anhängen«, sagte Trace.

»Ich wollte, ich wäre genauso zuversichtlich wie Sie«, sagte Hubbaker. »Darf der Verurteilte noch eine letzte Schwimmrunde drehen?«

»Natürlich«, erwiderte Trace. »Nur, versuchen Sie ja nicht, aus der Stadt hinauszuschwimmen.«

Der Baron stand auf, zog Hemd und Shorts aus und sprang in den Pool. Mit ruhigen, kraftvollen Stößen schwamm er auf und ab.

»Ich glaube, ich sollte Felicia schützen«, meinte Trace.

Sarge sah ihn fragend an. »Die Drogen«, erklärte Trace.

Er ging zu Felicia hinüber, die sich immer noch mit Ferrara unterhielt. National Anthem lag auf der anderen Seite nackt in der Sonne, und wenn solch ein Anblick Hunger zu stillen vermochte, hätte Willie Parmenter sich nie mehr ums Essen zu kümmern brauchen.

»Felicia, die Polizei ist auf dem Weg hierher. Sie möchten mit dem Baron sprachen.«

»Ach? Irgend etwas, das ich wissen sollte«, fragte sie.

»Nicht direkt«, meinte Trace. »Ich dachte nur, es wäre vielleicht klüger, dieses Zeug hier verschwinden zu lassen.«

»Sie wollen doch nicht sagen, daß die Polizei hier ohne einen Durchsuchungsbefehl einbricht und überall herumschnüffelt?« sagte Ferrara. »Das ist illegal!«

»Was soll's«, meinte Trace. »Ich wollte es Ihnen nur sagen.«

»Danke, Trace«, erwiderte Felicia.

Ferrara kräuselte die Lippen. »Polizisten sind dumm«, sagte er und strich zärtlich mit dem Finger über seinen Haschischklumpen. »Eigentlich alle Detektive.«

Sarge klopfte Trace auf die Schulter. »Warum hast du ihn nicht verprügelt, als du die Chance dazu hattest?«

»Mein besseres Ich hat mich davon abgehalten«, sagte Trace.

»Außerdem stand die Woche unter dem Motto: ›Seid nett zu Idioten!‹«

»Ich jedenfalls werde nicht den gleichen Fehler machen«, meinte Sarge. Er langte über den Tisch, schnappte sich den Haschischklumpen und warf ihn ins Wasser.

»Sie . . .!« Ferrara sprang auf. Er schien rasch zu überlegen, was für ihn dabei herauskommen mochte, wenn er sich mit Sarge anlegte, denn plötzlich brüllte er: »Willie, holen Sie das raus!«

»Holen Sie's doch selber«, schlug Sarge vor. Er packte Ferrara am Kragen und stieß ihn ebenfalls ins Wasser.

»Schlecht in Form«, sagte Trace.

»Ich bin aus der Übung«, erwiderte Sarge.

Ferrara platschte herum und schrie nach Parmenter. Felicia lachte laut. »Er ist der einzige hier, der mit Drogen handelt. Wenn ihn die Bullen mitnehmen, was soll's?«

»Hoffentlich hinterläßt er in deinem Pool keinen Ölfilm.« sagte Trace.

Ferrara kletterte die Leiter an der anderen Seite des Beckens hinauf. Parmenter half ihm und Ferrara sagte: »Holen Sie mir mein Hasch.«

»Ja, Sir«, erwiderte Parmenter.

Ferrara stapfte in Richtung Haus. Parmenter betrachtete den kleinen Klumpen im Wasser und holte ein Netz, um ihn herauszufischen. Aber der Baron, der gerade vorbeischwamm, tauchte und legte Parmenter das Haschisch zu Füßen.

»Danke«, meinte Parmenter.

Hubbaker nickte, zog sich hoch, kam aus dem Becken und ließ sich seufzend in einen Sessel neben Felicia fallen.

»Was haben Sie denn getan, daß sich die Polizei für Sie interessiert?« fragte sie.

»Ich war zur falschen Zeit am falschen Ort. Alles ein Irrtum. Nichts Schlimmes«, beruhigte Hubbaker sie.

»Felicia«, sagte Trace, »solltet ihr beide, Nash und Sie, euch nicht was anziehen?«

»Ach ja. Gute Idee. Ich weiß zwar nicht, ob Nash irgendwas zum Anziehen hat, aber ich kann ihr ja was leihen.« Sie ging ins Haus, gefolgt von National Anthem, die etwas verwirrt dreinschaute.

Nach wenigen Minuten kamen sie in langen Frotteekleidern zurück. »Als sie noch nicht wußten, daß die Polizei kommt, gefielen Sie mir besser«, bemerkte Sarge.

»Still, du verdorbener alter Mann. Weiß du nicht, daß du ein Vorbild für mich sein solltest?« fragte Trace.

Als Rosado ankam, wartete Trace vor dem Haus auf ihn und erklärte ihm rasch, wer Hubbaker beobachtet hatte. »Natürlich ist er noch nicht ganz sicher identifiziert«, sagte Trace. »Aber er gibt zu, daß er dort war. Ich überlasse ihn jetzt ganz Ihnen.«

»Trace, gehen Sie mir aus den Augen!«

Rosado unterhielt sich eine Weile mit Hubbaker und bat ihn dann, ihn für die offizielle Befragung in die Stadt zu begleiten. Als er ging, sagte er zu Sarge: »Das war gute Arbeit, Mr. Tracy.«

»Was passiert jetzt mit ihm?« erkundigte sich Sarge.

»Er wird verhört, und dann sehen wir weiter«, gab Rosado zur Antwort.

Beim Abschied lud Felicia Sarge ein, vor seiner Rückreise doch einmal zu ihr zum Abendessen zu kommen, und als sie im Auto nach Las Vegas zurückfuhren, meinte Sarge, er werde die Einladung vielleicht annehmen.

»Da kriegst du bloß Schwierigkeiten«, riet Trace ab.

»Nur wenn du was anzettelst.«

»Das würde ich nie tun. Weißt du, Hubbaker bringt mich wirklich durcheinander«, meinte Trace.

»Wieso denn?«

»Ich hätte schwören können, daß er der Versicherungsdetektiv ist.«

»Du hast mir gesagt, der Detektiv sei inkognito hier.«

»Das stimmt.«

»Vielleicht ist Hubbaker doch der Detektiv und will es uns nur nicht sagen, weil er sonst keine Tarnung mehr hat. Vielleicht verrät er es Rosado, wenn er muß.«

»Das wäre möglich«, erwiderte Trace, und je mehr er darüber nachdachte, desto mehr Sinn ergab es.

Sarge seufzte tief, als er seinen Sohn an dem Parkplatz absetzte, wo dieser seinen weißen Mazda stehengelassen hatte.

»Gehst du jetzt zurück in dein Hotel?« fragte Trace.

»Noch nicht. Ich muß erst noch was erledigen.«

»Im Araby gibt es heute noch einen Empfang. Ich dachte, ich schau vielleicht mal vorbei, wie sich Chico hält. Warum kommst du nicht einfach rüber, wenn du fertig bist? Bring Mutter mit. Das Essen ist umsonst.«

»Vielleicht. Sie wäre mir bestimmt böse, wenn ich sie um ein Gratisessen brächte.«

»Sie ist dir ja sowieso böse«, meinte Trace. »Ach, übrigens, Sarge, du hast heute wirklich was geleistet.« Als Trace das Funkeln in den Augen seines Vaters bemerkte, fügte er hinzu: »Ich wußte gar nicht, w i e gut du bist!«

»Ich war immer recht gut«, sagte Sarge.

»Du bist es noch«, meinte Trace. »Du kannst jederzeit mit mir zusammenarbeiten. Vielleicht machen wir eine Agentur auf. Du übernimmst die Ostküste, ich den Westen.«

»Mir wär's umgekehrt lieber. Dann käme ich öfters von zu Hause weg.«

»Das überlegen wir uns wirklich«, versprach Trace. Er schlug dem alten Mann auf die Schulter und stieg aus dem Wagen. Pfeifend fuhr sein Vater an.

»Also, wie ist der letzte Bericht von der Front?« fragte Trace. Er unterhielt sich in der Gästesuite der Garrison Fidelity mit Chico. Sie hatten gerade erst geöffnet, und doch war es schon voller als am Abend zuvor. Und es waren mehr Frauen da, vor allem mehr hübsche Frauen, woraus Trace schloß, daß die Junggesellen unter den Tagungsteilnehmern Glück gehabt hatten.

»Ziemlich friedlich heute«, meinte Chico. »Keiner hat sich ausgesperrt, keiner hat seine Frau verloren, niemand wurde von irgendwelchen Nutten oder Gaunern übers Ohr gehauen. Hast du meinen Brief gelesen?«

»Entschuldigung akzeptiert. Vergessen wir's. Ich hab's schon vergessen«, sagte Trace.

»Du bis heute aber sehr großmütig«, bemerkte Chico. »Was ist denn passiert?«

»Na ja, Sarge hat eine Leiche gefunden, und danach ging es bergab.«

»Gut für ihn«, meinte sie. Trace wunderte sich über ihre Reaktion. »Das muß für ihn ja ein tolles Gefühl gewesen sein. Jemand, den ich kenne?«

»R. J. Roberts«, sagte Trace. Er faßte für sie die Ereignisse des Tages kurz zusammen, aber als er fertig war, kicherte sie.

»Also wirklich, Chico, ich glaube kaum, daß das zum Lachen ist. Mord. Polizeiverhör. Dan böse auf mich. Da gibt's nichts zu kichern.«

»Ich denke nur an den armen Walter Marks«, sagte sie. »Sein großer Detektiv steht mit einem Bein im Gefängnis. Das verdirbt ihm die ganze Woche. Wann erzählst du's ihm?«

»Das soll er selber rausfinden.«

»Gut für dich«, sagte sie. »Trink doch was.«

»Ich kann nicht glauben, daß du das wirklich gesagt hast.«

»Was wäre der Feierabend ohne einen Drink? Bediene dich. Ich muß die charmante Hosteß spielen. Cio-Cio San, unsele Nummel eins, die allen Amelikaneln hilft, die unsele komische Stadt besuchen.« Dabei legte sie vor dem Körper die Hände zusammen und wackelte mit dem Kopf hin und her, als sei sie eine Geisha.

»Später mußt du mich dran erinnern, daß ich dir erzähle, wie Sarge deinen italienischen Liebhaber in den Swimmingpool gestoßen hat.«

»Herrlich«, sagte Chico. »Wirklich herrlich.«

Während Trace sich an der Bar einen Drink holte, gesellte sich Bob Swenson zu ihm.

»Ich habe heute morgen Ihren Anruf erwartet«, sagte Swenson.

»Weshalb?«

»Um mir mitzuteilen, daß Ihre Mission beendet ist«, meinte Swenson.

»Ich rufe grundsätzlich nur an, wenn die Mission nicht erfüllt wurde.«

»Gut. Sie haben also meine dreitausend Dollar zurückbekommen?«

»Sie bekommen sie, sobald die Bank den Scheck auf mein Konto überweist«, sagte Trace.

»Was, Sie haben von einer Nutte einen Scheck genommen?« fragte Swenson.

»Nein, es ist etwas kompliziert. Ich bekam den Scheck von dem Burschen, für den sie arbeitet.«

»Wenn der Scheck nicht gedeckt ist, dann verklagen wir den Mistkerl. Kann man einen Zuhälter verklagen?«

»Eigentlich war er kein Zuhälter«, erklärte Trace. »Er war ein Detektiv, und außerdem kann man ihn nicht mehr verklagen.«

»Warum nicht?«

»Ihm wurde die Kehle durchgeschnitten«, sagte Trace.

»Das hätten Sie aber nicht tun müssen. Nicht mal für dreitausend Dollar!«

»Ich habe es auch nicht getan«, erwiderte Trace, »aber die Bullen wollten das zuerst nicht glauben. Sie wollten wissen, warum er mir gerade erst einen Scheck über drei Tausender ausgestellt hatte und kurz darauf umgebracht wurde.«

»Und was haben Sie ihnen erzählt?«

»Daß ich ihm das Geld geliehen hätte und er es mir auf diese Art zurückzahlte.«

»Trace, Sie sind einfach ein Prachtkerl! Ich werde also bestimmt nicht mit da hineingezogen?«

»Bestimmt nicht.«

»Erinnern Sie mich daran, daß Sie von mir eine Gehaltserhöhung kriegen.«

»Ich werde Sie dran erinnern, wenn Sie wieder nüchtern sind. Aber tun Sie mir einen Gefallen«, sagte Trace. »Lesen Sie keine Nutten mehr an der Bar auf. Fragen Sie mich. Oder sonst jemanden, der sich auskennt. Oder kaufen Sie sich auf der Straße eine Zeitung und rufen Sie eine Agentur an. Aber keine Nutten von der Bar.«

»Ich war einen Moment lang nicht ganz bei Trost, Trace. Ich tu's bestimmt nie wieder.«

»Nein?« fragte Trace.

»Nein. National Velvet – «

»Anthem«, korrigierte Trace.

»Stimmt. National Anthem und ich essen heute gemeinsam zu Abend. Und heute werde ich Erfolg haben. Wo es Esel schaffen, warum sollte ich da versagen?«

»Es ist nicht ruhmvoll, Esel auszustechen«, sagte Trace.

»Ich weiß genau, das ist irgendeine obskure literarische Anspielung aus Ihrer vergeudeten Jugendzeit.«

»Martial, ein römischer Dichter.«

»Zum Teufel mit dem, was wußte er schon? Er hat National Anthem nicht gesehen«, sagte Swenson.

Kurz nach sechs Uhr abends sagte Chico plötzlich: »Das Schiff *Fürchtenichts* ist gerade vor Anker gegangen.« Trace sah Sarge und Mrs. Tracy am Eingang stehen. Seine Mutter preßte die Lippen fest zusammen.

»Ihrer Miene nach zu urteilen, könnte sie heute wieder versucht haben, in unsere Wohnung einzudringen«, meinte Trace.

»Oh, hab' ich dir das nicht gesagt?« fragte Chico süß. »Sie hat es in der Tat versucht. Ich dachte, ich hätte es dir erzählt.«

»Nein. Und was ist passiert?«

»Die Hausmeisterin hat sie weggeschickt.«

»Woher weißt du das?«

»Deine Mutter kam zum Mittagessen hierher, weil sie hoffte, sie würde dich treffen.«

»Schade, daß ich nicht da war«, meinte Trace.

»Ich war jedenfalls da«, fuhr Chico fort. »Du kannst dir ausmalen, wie verzweifelt sie gewesen sein muß, wenn sie sich sogar dazu herabließ, mit mir, dem kleinen Asiatenmädchen, zu reden.«

»Was hast du ihr gesagt?«

»Ich hab' ihr gesagt, wir hätten hinter der Tür Minen vergraben und wir wüßten ihre Versuche, unsere Wohnung einzurichten, absolut nicht zu schätzen. Neu einrichten nennt sie das nämlich. Und wenn sie noch mal käme, dann würde ich sie wegen Hausfriedensbruch verhaften lassen und du würdest die Klage ebenfalls unterstützen.«

Trace kicherte. »Kleine Schelmin«, sagte er. »Also, was hast du ihr wirklich gesagt?«

»Tut mir leid, mein Lieber. Ich hab ihr *das* wirklich gesagt. Und noch vieles mehr.«

»Was?«

»Zum Beispiel, daß du ihr Lavabo in den Abfall geworfen hast. Lavabo. Ich werde waschen. Ihr Lavabo. Ich werde kotzen. Und ich hab' sie darauf aufmerksam gemacht, daß sie diesen billigen Schund über einen 1000-Dollar-Druck gehängt hat, den du persönlich bei Christie gekauft hast. Hörst du mir überhaupt zu?«

»Ich hänge an deinen Lippen. Wirklich.«

»Ich wollte nur sichergehen«, sagte sie. »Dann sagte ich ihr, daß das Verbrechen, dieses weiße Monstrum an unsere Wand zu hängen, genauso schlimm zu bewerten sei, wie das der Fall wäre, wenn man einen Apothekenkalender an die Decke der Sixtinischen Kapelle hinge.«

»Und was hatte sie zu all dem zu sagen?«

»Sie benahm sich eigentlich ganz gut. Sie sagte nur, sie hätte mal einen Fernkurs in Innenarchitektur belegt, und ich hätte keinen Geschmack.

»Und?« fragte Trace.

»Ich sagte, ich hätte gar nicht gewußt, daß Bette Midler eine Schule für Innenarchitektur geleitet hätte.«

»Chico«, meinte Trace, »ich glaube nicht, daß meine Mutter dich je mit offenen Armen in der Familie willkommen heißen wird.«

»Ich nehm's auch mit geschlossenen Armen auf«, erwiderte sie.

»Hallo, Chico«, sagte Sarge.

»Hallo, Sarge. Ich hab' gehört, Sie hatten heute einen großen Tag.«

»Na ja. Sohn, deine Mutter möchte mit euch sprechen.«

»Ich nehme eher an, daß sie nur mit mir reden will, nicht mit mir und Chico.«

»Ich glaube, da hast du recht«, sagte Sarge. »Und wenn du sie entschärft hast, dann sollten wir mal übers Geschäft reden. Ich möchte dir erzählen, was ich vorhabe.«

»Ja. Aber es kann eine Weile dauern«, meinte Trace und ging in den angrenzenden Raum, wo seine Mutter kampflustig in einer Ecke stand und wie ein Farmer, der Heuschrekken zählt, den Raum überwachte.

»Hallo, Mutter. Ich muß mit dir reden.«

»Ich hätte es nicht für möglich gehalten, daß du Zeit für mich hast, Devlin. Warum auch? Schließlich bin ich nur deine Mutter, und du und dein Vater, ihr seid ja den ganzen Tag damit beschäftigt, durch die Stadt zu rennen und Räuber und Gendarm zu spielen.«

»Darüber wollte ich ja gerade mit dir reden, Mam. Er macht mich noch wahnsinnig. Ich kann nichts arbeiten, ohne daß er sich einmischt. Mein berufliches Leben leidet darunter, mein Privatleben liegt in Scherben. Wenn du ihn nicht wieder zurücknimmst, weiß ich einfach nicht mehr, was ich tun soll.«

»Aber es scheint ihm zu gefallen«, sagte sie mißtrauisch.

»Kein Wunder! Er stellt was an, und ich kann's wieder in Ordnung bringen«, sagte Trace. »Ich weiß wirklich nicht, wie du es all die Jahre mit ihm ausgehalten hast. Es ist . . . na ja, es ist mehr, als ich ertragen kann.«

»Manchmal war es nicht einfach«, gestand sie.

»Du hast die Geduld einer Heiligen. Aber du mußt ihn wieder zurücknehmen.«

»Weißt du, das ist der erste Urlaub in all den Jahren, das erstemal, daß ich nicht wie ein Kindermädchen auf ihn aufpassen muß«, sagte sie. »Meinst du nicht, daß auch ich ein wenig Rücksicht verdiene?«

»Ach Mom. Ich –«

»Nein. Du denkst immer nur an dich selbst. Sicher, du willst, daß er zur mir zurückkommt. Damit du und diese Frau . . . na ja, tut, was ihr wollt. Das Problem ist, Devlin, daß du noch nie verstanden hast, daß es familiäre Verpflichtungen gibt. Du hast solche Verpflichtungen mir gegenüber. Und auch deiner Frau und deinen Kindern gegenüber.«

»Mutter, ich flehe dich an . . .«

»Ich glaube, es ist ganz gut, daß Patrick mal mit dir zusammen sein kann. Natürlich, er ist eine furchtbare Last. Ich hab' ihn die ganze Zeit, aber glaubst du nicht, daß du ihn wenigstens einige Tage im Jahr ertragen könntest?«

Trace seufzte. »Wahrscheinlich hast du recht.«

»Natürlich habe ich recht. Genau wie ich auch mit eurer gräßlichen Wohnung recht hatte. Es ist, als lebtet ihr in einem Aschenbecher.«

»Weißt du, woran es lag, Mutter?«

»Du wirst es mir sicher sagen.«

»Du weißt, daß meine Wohnung gräßlich ist, und ich weiß es auch. Nur konnte ich Chico lange Zeit nicht davon überzeugen. Und gerade letzte Woche ist es mir endlich gelungen, und ich habe einen Innenarchitekten bestellt. Es war schwer, Chico so weit zu kriegen. Und als du es dann machtest, war sie eben eingeschnappt. Es war einfach zuviel für sie. Was meinst du, wieviel Mühe es mich kostete, bis sie Moe Ginzburg akzeptierte.«

»Moe Ginzburg?«

»Moe Ginzburg. Der Innenarchitekt der Stars. Er hat Wayne Newtons Stallungen entworfen. Er ist einer der größten Profis Amerikas und kommt nächste Woche. Weißt du, wenn wir dafür bezahlen müssen, dann bleibt Chico nichts übrig, als sich seinen Entwürfen zu fügen. Manchmal ist es eben etwas schwierig, na ja, sie ist schließlich Orientalin. Du weißt ja, die können sehr dickköpfig sein.«

»Und ob ich das weiß«, erwiderte seine Mutter. »Hast du das Lavabo wirklich weggeworfen?«

»Natürlich nicht«, sagte Trace. »Ich hab nur so getan, als ob. Aber ich hab es im Kleiderschrank versteckt. Ich bin sicher, daß Moe gerade dieses Lavabo noch gefehlt hat. Und wenn *er* es aufhängt, dann wird Chico nichts mehr sagen können.«

»Ich weiß wirklich nicht, warum du sie bei dir hast«, sagte Mrs. Tracy.

»Wahrscheinlich nicht mehr lange«, antwortete Trace. »Ihr heutiges Verhalten brachte das Faß zum Überlaufen.«

»Ja, es wird wirklich Zeit.«

»Du kennst mich doch, Mutter. Ich fälle Entscheidungen und Urteile nicht ganz so rasch wie du, aber allmählich bin ich ganz auf deiner Linie. Ich meine, du hast doch recht gehabt.«

»Ich möchte, daß dein Vater weiter mit dir zusammenarbeitet.«

Trace seufzte. »Na gut. Du weißt, daß ich morgen Geburtstag habe?«

»*Deinen* Geburtstag würde ich nie vergessen.«

»Weißt du, was ich an meinem Geburtstag tun werde?«

»Nein. Was denn?«

»Ich komm zu dir hinüber und hole dich morgens ab, und dann zeige ich dir einen Spielautomaten, der wirklich was ausspuckt«, sagte Trace.

»Ich hab' heute schon wieder zehn Dollar verloren«, beklagte sich seine Mutter.

»Alles in Ordnung«, sagte Trace.

»Du, Sarge, kannst weiterhin mit mir zusammenarbeiten. Und sie wird nicht mehr versuchen, unsere Wohnung zu renovieren, Chico. Also, was wolltest du mir erzählen, Sarge?«

Chico formte mit den Fingern ein T. »Zu spät«, sagte sie. »Wie hast du denn dieses Wunder bewirkt?«

»Ich habe vernünftig mit ihr geredet«, sagte Trace.

Chico sah von ihm zu Sarge. »Glauben Sie ihm?«

»Er ist der reinste Märchenonkel«, sagte Sarge.

»Wenn ihr beiden damit fertig seid, auf mir rumzuhacken, dann können wir vielleicht doch noch übers Geschäft reden«, meinte Trace.

»Okay. Ich fahre heute abend zum Flughafen, um die Bestätigung von Jarvis' Rückflug zu kriegen. Ich schätze, daß er unter falschem Namen auf der Liste steht«, sagte Sarge.

»Darüber reden wir noch«, meinte Trace. »Sonst noch was?«

»Und außerdem habe ich heute ein paar Telefongespräche nach New York geführt. Ich hab' vielleicht schon bald interessante Neuigkeiten.«

»Was für Telefonate waren das?«

»Das sage ich dir, wenn sie was genützt haben«, meinte Sarge.

»Ich hasse Geheimnisse«, erwiderte Trace.

»Ich liebe sie«, sagte Chico.

»Ihr zwei seid einander wert«, meinte Trace.

»Das wissen wir auch«, sagte Chico.

20

Bevor sie die Cocktailparty verließen, sprach Trace noch mit Walter Marks.

»Hallo, Groucho. Sie sehen heute abend ganz besonders adrett aus. Haben Sie sich den Anzug bei einer Musikkapelle ausgeliehen?«

»Sehr witzig. Was tut sich im Fall Jarvis?«

»Es ergibt sich ständig etwas Neues. Wahrscheinlich ist es nur noch eine Frage von Stunden, bis die Ermittlungen erfolgreich abgeschlossen sind. Es ist allerdings schade – «

»Was ist schade?« fragte Marks.

»Daß der arme R. J. Roberts nicht dabeisein und am Ruhm teilhaben kann.«

»Wieso nicht?«

»Haben Sie es denn nicht gehört?« fragte Trace. »Heißt das, Sie wissen es noch gar nicht? Heißt das, ich habe hier den ganzen Abend mit Leuten geplaudert, die mir gleichgültig sind, und Sie wissen es noch nicht?«

»Was soll ich wissen? Was soll ich gehört haben? Verdammt noch mal, Trace, sagen Sie's doch endlich!«

»Roberts ist tot.«

»Wie ist das passiert?« fragte Marks.

»Mord. Jemand hat ihm die Kehle durchgeschnitten, von einem Ohr zum anderen.«

»Das ist eine besonders widerliche Methode. Wer war's ?«

»Wir sind noch nicht sicher«, erwiderte Trace.

»Hat es was mit dem Schmuckraub zu tun?«

»Zweifellos.«

»Und wann ist es passiert?«

»Im Laufe der Nacht.«

»Meine Güte!« sagte Marks. »Das scheint ja wirklich zu einer ganz großen Sache zu werden. Danke, daß Sie mir's mitgeteilt haben.«

»Ist doch klar«, sagte Trace. Er entfernte sich einige Schritte, dann kam er zurück.

»Ach übrigens«, sagte er, »falls Sie vorhaben, Ihren Freund, den Baron, anzurufen, er ist nicht daheim.«

»Nicht? Wo ist er denn?«

»Auf der Polizeiwache. Er wird zum Fall Roberts verhört«, sagte Trace. Er ging wieder, und diesmal kam er nicht zurück.

In der Halle trafen er und Chico mit Bob Swenson zusammen. Er war in Begleitung National Anthems, die ein rotes Seidenkleid trug, das fast bis zum Nabel ausgeschnitten war.

Die beiden Paare begrüßten sich.

»Chico, ich glaube, du hast Miss Anthem noch nicht kennengelernt«, sagte Trace. »National, das ist Chico.«

»Eeeeyou!« rief Chico. »Was für ein herrlicher Name! Freut mich sehr!« Sie zog die Wangen ein, als kaue sie Kaugummi.

»Danke, Darling«, sagte National in einer schauerlichen Nachahmung Tallulah Bankheads.

»Nash und ich werden heute abend über ihre Karriere sprechen«, sagte Swenson und blinzelte Trace lüstern zu. »Ich hab' da doch diese Filmidee. Sie wäre geradezu ideal dafür.«

»*Unter Mauleseln?*« erkundigte sich Chico mit süßer Stimme.

»Nein. *Große Sexgöttinnen der Filmgeschichte*«, sagte Swenson.

»Eeeeyou!« quiekte Chico. »Sie eigenen sich ideal für diese Rolle, ganz bestimmt, ganz bestimmt!«

Trace kniff sie heimlich in den Hintern. »Hört sich toll an«, sagte er.

»Ja«, stimmte Swenson zu. »Wir haben über verschiedene Filmprojekte gesprochen. Neulich sogar über ein religiöses Drama, aber ich glaube, man darf Nash nicht so einschränken. Sie muß die Chance bekommen, ihre Vielseitigkeit zu zeigen.«

»Eeeeyou!« pflichtete Chico bei. »Ich glaube, Miss Anthem wird ihre Vielseitigkeit wundervoll zur Geltung bringen!«

»Ja, Darling«, sagte Nash. »Man muß unbedingt vielseitig sein, oder?«

»Na ja, wir wollen euch nicht aufhalten«, warf Swenson ein.

»Ihr haltet uns gar nicht auf«, widersprach Chico. »Wir würden uns gern noch ein bißchen mit euch unterhalten. Vielleicht sogar die ganze Nacht.« Trace zwickte sie wieder in den Po, und sie quiekte: »Eeeeyou!«

»Wir wollten gerade gehen«, sagte Trace. »Einen schönen Abend noch.«

Die beiden Paare verabschiedeten sich, und im Weggehen hörte Trace, wie Nash zu Swenson sagte: »Redet diese kleine Frau nicht komisch daher, Darling?«

Chico kicherte, und Trace umarmte sie. »Du bist eine furchtbare Frau.«

»Trace, ich nehme alles zurück. Einmal hab' ich doch gesagt, du könntest sie aufs Kreuz legen, wenn du wolltest. Aber das geht nicht. Ich will nicht, daß du dich mit einer dermaßen dummen Frau einläßt.«

»Warum sollte ich das, wo ich doch dich habe?« fragte er.

»Das wirst du noch bereuen«, sagte sie. »Darling.«

Zu Hause angekommen, rief Trace Dan Rosado an.

»Was geschieht mit dem Baron?« erkundigte er sich.

»Nichts«, antwortete Rosado. »Ich hab' ihn wegen Behinderung der Polizeiarbeit verhaftet. Nur um ihn ein Weilchen festzuhalten. Das gleiche hätte ich auch mit Ihnen machen sollen.«

»Was halten Sie von ihm?«

»Ich glaube, er sagt die Wahrheit«, meinte Rosado.

»Ich auch. Haben Sie eine Ahnung, warum Roberts mit ihm reden wollte?«

»Nein«, sagte Rosado. »Diesen Teil seiner Geschichte glaube ich ihm nicht: daß er um vier Uhr morgens einen Typen aufsuchte, den er nicht kannte, und das, obwohl er keinen Schimmer hatte, was der von ihm wollte. Er muß es gewußt haben. Aber wir haben ihn nicht weichgekriegt.«

»Vielleicht sollten Sie das Sarge überlassen«, meinte Trace.

»Er hat sich ja auch erfolgreich mit diesem Augenzeugen befaßt. Hat Hubbaker gesagt, er sei ein Versicherungsdetektiv?«

»Nein«, sagte Rosado. »Ist er das?«

»Jetzt glaube ich es eigentlich nicht mehr.«

Nachdem er aufgelegt hatte, rief Trace den Chef des Araby Casinos an.

»Armando, hier ist Trace.«

»Was gibt's, mein Lieber?« sagte Armando.

»Ist euer Spielautomaten-Mechaniker in der Nähe?«

»Ja.«

»Ich möchte Sie um einen Gefallen bitten.«

»Um welchen?«

»Meine Mutter ist hier in der Stadt, und sie jammert den ganzen Tag herum, daß sie euer Kasino unterstützt. Ich glaube, sie hat zwanzig Dollar verloren.«

»Ich geb' sie ihr zurück. Sagen Sie ihr, sie soll sich an mich wenden.«

»Das nützt nichts. Sie macht mir das Leben zur Hölle.«

»Ich weiß schon, was Sie möchten«, meine Armando.

»Ich wußte ja, daß Sie drauf eingehen.«

»Einen Spielautomaten, nehme ich an?«

»Ja«, sagte Trace.

»Okay. Ich sag Jerry, er soll den zweiten Spielautomaten

auf der rechten Seite des Eingangs manipulieren. Wie wär's mit hundertzehn Prozent?«

»Hört sich gut an«, meinte Trace. »Dann ist sie den ganzen Tag beschäftigt, und es kostet mich kein Vermögen.«

»Gut. Er richtet ihn so her, daß er huntertzehn auswirft. Wir stellen das Gerät ab und hängen ein ›Außer Betrieb‹-Schild dran. Wenn Sie kommen, wenden Sie sich an den Tagdienst-Chef. Er stellt das Gerät dann an. Aber sorgen Sie dafür, daß wir es erfahren, wenn sie fertig ist, damit wir das Gerät wieder richtig einstellen können.«

»Armando, wenn ich jetzt bei Ihnen wäre, würden Sie einen Kuß kriegen!«

»Küssen Sie statt dessen lieber Chico. Sie mag Sie.«

Chico streckte den Kopf ins Wohnzimmer.

»Trace, ich geh' jetzt schlafen.«

»Okay. Ich höre mir nur noch ein, zwei Bänder an, dann komme ich.«

»Bleib nicht zu lange auf.«

Sie verschwand im Schlafzimmer, und Trace setzte sich mit seinem Kassettenrecorder aufs Sofa.

Das Telefon läutete.

»Mr. Tracy, hier ist Spiro.«

»Wie geht's, Spiro?«

»Nicht besonders. Als ich gerade von der Arbeit nach Hause kam, fand ich meine Wohnung in einem schrecklichen Zustand vor.«

»Oh. Wurde irgendwas gestohlen?«

»Es gab nichts zu stehlen«, sagte Spiro.

»Haben Sie eine Ahnung, wer es gewesen sein könnte?« fragte Trace.

»Ich hab' mit meiner Hauswirtin gesprochen. Sie sagte, ein großer Kerl sei dagewesen, der behauptet hat, er sei vom Gaswerk.«

»Hat sie sich an seinen Namen erinnert?«

»Sie dachte, es war sowas ähnliches wie Kilowatt, aber das ist ja idiotisch. Wahrscheinlich hat er über Kilowatt gesprochen. Meine Hauswirtin ist nicht besonders helle. Was soll ich denn jetzt tun, Mr. Tracy?«

»Räumen Sie Ihre Wohnung auf«, empfahl ihm Trace. »Ich glaube kaum, daß er wiederkommt.«

»Wer könnte das bloß gewesen sein?« fragte Spiro.

»Wahrscheinlich werden wir das nie erfahren«, sagte Trace.

21

Traces Bericht:

Bandaufnahme Nummer 3, Devlin Tracy im Fall Early Jarvis.

Elf Uhr abends, Mittwoch, und aus unserem einen Mord sind zwei geworden, und ich habe den ersten noch nicht einmal annähernd gelöst. Werde ich allmählich ein Idiot, jetzt wo ich älter werde?

Ich habe R. J. Roberts zwar nicht besonders gemocht, aber ich habe was dagegen, daß Leute Detektiven die Kehle durchschneiden. Heute Deutschland, morgen die ganze Welt. Zum Teufel mit der Welt, vielleicht bin morgen ich dran. Das kann ich nicht brauchen. Sarge wird nicht immer dasein, um mich zu beschützen.

Also, die guten Nachrichten zuerst. Ich habe Roberts' Scheck zur Bank gebracht, bin der Verhaftung entgangen und mußte Swenson nicht auffliegen lassen. Ende der guten Nachrichten.

Ich spreche leise, weil Chico schläft und ich sie nicht aufwecken will. Sie hat sich heute in die Höhle des Löwen begeben, um mit der Großen Urmutter zu kämpfen, und das würde wohl jeden Menschen an den Rand der Erschöpfung bringen. Für eine Frau, die deiner Mutter sagt, hinter der Tür lägen Minen, um sie draußenzuhalten, für so eine Frau muß man einfach Sympathie empfinden.

Sarge wollte den Nachweis für Jarvis' Rückflug nach Las Vegas beschaffen. Ich glaube kaum, daß uns das irgendwie weiterbringt, außer, daß wir erfahren, daß er unter einem anderen Namen flog. Was Sarge sonst noch damit bezwekken will, weiß ich nicht. Außerdem habe ich den Auto-Mietvertrag, den Jarvis unterschrieben hat. Er hat den Wagen also um 11.46 Uhr gemietet, fuhr damit zum Haus und wurde ermordet. Warum, verdammt noch mal? Von wem?

Alles, was ich heute zuwege brachte, war, daß Dan Rosado mir böse war, weil ich die Bullen nicht gleich über Roberts' Tod informiert habe. Aber ich wollte mich in seinem Büro umsehen. Nichts als diese Zuhälter-Empfangsbestätigungen, die mich nicht interessieren, und diese kleine Notiz in der Jarvis-Akte. Register: Was für ein Register? Vielleicht ist er Mitglied des Columbia Record Clubs und wollte sich an Joan Jett und die Blackhearts erinnern.

Es war gut, daß wir unseren Fehler dadurch wieder gutmachten, daß Sarge den Augenzeugen ausfindig machte und Dan Rosado den Baron lieferte. Ich bin zwar der Meinung, daß er niemanden umgebracht hat, aber wer weiß. Ich war mir ja auch sicher, bei Hubbaker handele es sich um Grouchos großen Versicherungsdetektiv.

Ach, das Leben ist gar nicht so schlecht. Wie schlecht kann ein Tag schon sein, an dem Sarge Ferrara in einen Swimmingpool wirft? Mitsamt seinem afghanischen Haschisch.

Wahrscheinlich bekam der Dieb die Zahlenkombination von Jarvis. Das hat Sarge herausgekriegt. Das ist der Grund, warum er aufhörte, Löcher in den Safe zu bohren. Haben Sie zusammengearbeitet? Irgendwas, um Felicia reinzulegen? Okay, versuchen wir's mal damit. Den Dieb erwartet Jarvis im Haus. Aber Jarvis verspätet sich, und der Dieb fängt an, Löcher in den Safe zu bohren. Dann trifft Jarvis endlich ein und nennt ihm die Zahlenkombination. Sie öffnen den Safe und klauen den Schmuck. Dann packt den Dieb plötzlich die Gier, und er gibt Jarvis eins über den Schädel. Sie kämpfen. Sie kippen einen der Bäume um. Der Dieb entkommt. Jarvis blutet. Was stimmt daran nicht? Ich weiß nicht. Alles. Nichts. Warum hat Jarvis vom Flughafen aus angerufen, dann aber nicht gewartet? Okay. Er wollte Spiro aus dem

Haus haben. Gut. Nur mußte er damit rechnen, daß nach dem Raub Spiro den Bullen erzählen würde, daß er angerufen hat. Und damit wäre er nicht davongekommen.

Jarvis hatte Schlüssel zum Haus. Das ergibt alles keinen Sinn. Er hätte warten können, bis Spiro schläft, sich Einlaß verschaffen können, Spiro einen Schlag auf den Kopf geben und ihn fesseln können. In aller Ruhe hätte er dann den Safe leeren und verschwinden können. – Ohne Komplikationen.

Ich geb's auf.

Hubbaker sagt, er habe Roberts tot aufgefunden. Hat Roberts in der Zeit zwischen meinem Besuch und Hubbakers Ankunft irgendwas herausbekommen? Etwas, für das ihm die Kehle aufgeschlitzt wurde?

Das ist nicht möglich. Denn er rief Hubbaker ja an, bevor ich kam.

Hubbaker sagt, alle im Haus hätten gewußt, daß er zu Roberts gehen wollte. Vielleicht bekomme ich noch heraus, wer außer ihm noch das Haus verließ. Und das war wahrscheinlich der gleiche Kerl, der Spiros Wohnung durchwühlte.

Nun ja. Zumindest konnte ich meine Mutter beruhigen und sie eine Weile von Sarge ablenken. Und morgen wird dieser manipulierte Spielautomat sie auf Trab halten. Das ist gut. Und Marks' Gesichtsausdruck, als ich ihm erzählte, daß der Baron im Gefängnis sitzt, der war auch gut.

Genug, ich bin müde. Es war ein langer, anstrengender Tag, und was hat er schon gebracht? Die üblichen Auslagen, einhundertfünfzig Dollar. Sarge führt über seine eigenen Ausgaben Buch, hoffe ich, in diesem dicken Notizbuch, das er dauernd mit sich herumträgt. Er sieht aus wie ein Gast in der *Sesamstraße*.

Gute Nacht allerseits. Ich wünschte, irgend jemand würde diese Sache für mich lösen. Reiß dich zusammen, Trace! Denk dran, wenn's schwierig wird . . .

Tja, die Ängstlichen werden noch ängstlicher, und die Dummen noch dümmer. Auf Wiedersehen, Welt meiner Jugend.

22

Als er vom Sofa aufstand, hörte Trace im Schlafzimmer den Wecker rasseln. Nur einen Moment lang, dann hörte es auf.

»Trace!« rief Chico. »Komm rüber!«

Er ging in das dunkle Schlafzimmer hinüber. »Was ist, meine Kleine?«

»Komm hierher.«

Er setzte sich auf den Bettrand. »Was war denn mit dem Wecker los?« fragte er.

»Ich hab ihn gestellt«, sagte Sie. Sie schlang die Arme um seinen Hals und küßte ihn. »Alles Gute zum Geburtstag! Jetzt bist du ganz offiziell zu alt für mich.«

»Was schenkst du mir zum Geburtstag?«

»Mußt du das erst fragen?«

23

»Tut mir leid, mein Sohn, aber das war wichtig genug, um dich aufzuwecken.«

»Mich aufzuwecken? Soll das ein Witz sein? Ich bin schon seit Stunden wach. Ich wache immer bei Tagesanbruch auf.«

»Soweit ist es noch nicht einmal. Tut mir leid. Weißt du, wie man dieses Sprichwort abwandeln kann?«

»Welches?«

»Morgenstund' hat Gold im Mund und macht einen kaputt«, sagte Sarge.

»Also, warum rufst du dann so früh an?« fragte Trace.

»Nur, um dir zu sagen, daß ich auf dem Weg zu dir bin.«

Trace legte auf, drehte sich um, hob die Bettdecke und küßte Chicos nackten Bauch.

»Mmmmmmm.« Sie lächelte, es war ein perfektes kleines Lächeln.

»Weiter oben und weiter unten auch noch.«

»Du bist ein schreckliches kleines Ding.«

»Wofür bist du in deinem Alter sonst noch zu gebrauchen?«

»Mein Gott«, sagte Trace. »Mein Alter. Ich bin vierzig. Schnell. Schau nach! Hab' ich schon ein Doppelkinn? Schnell, schau dir meinen Po an! Hab ich Zellulitis?«

»Das kriegst du nur, wenn du Wodka trinkst. Warum weckst du mich mitten in der Nacht auf, wenn du mich nicht vergewaltigen willst?«

»Es ist nicht mitten in der Nacht. Es ist bereits der Morgen des ersten Tages deines restlichen Lebens und meines restlichen Lebens, der paar Tage, die mir noch bleiben.«

Sie machte ein Auge auf. »Nein, du siehst aus wie immer. Aber ich glaube, ich sehe mich trotzdem nach einem Botenjungen um, nur für alle Fälle.«

»Frag ihn, ob er eine Schwester hat. Eine junge. Ich möchte ihren Fahrradsattel mit ins Bett nehmen. Und mich an die Tage meines Triumphs erinnern.«

Trace umarmte sie und drückte sie fest an sich. Sie paßte sich genau an. Manche Frauen paßten sich nie an. Immer war irgendein Knie oder Ellbogen im Weg, und es war, als versuche man zehn Pfund Kartoffeln in einen Fünf-Pfund-Sack zu füllen; immer schaute irgend etwas heraus. Aber Chico paßte sich seinem Körper ganz genau an. Sie schmiegte sich an ihn, und alle richtigen Stellen bei ihr berührten alle richtigen Stellen bei ihm, und ihr Körper fühlte sich immer warm und geschmeidig an.

Trace schloß die Augen. »Sag mir, wenn ich einundvierzig bin«, meinte er.

»Wer war am Telefon?«

»Sarge. Oh je, er kommt gleich.«

»Meinst du, es stört ihn, wenn wir hierbleiben und ins Wohnzimmer hinüberrufen?« fragte Chico.

»Meinst du, er weiß, daß wir zusammen schlafen?« gab Trace zurück.

»Lassen wir's lieber nicht drauf ankommen«, sagte sie. »Er könnte es deiner Mutter erzählen. Du solltest jetzt aufstehen und Kaffee kochen.«

»Sachte, sachte. *Ich* sollte aufstehen und Kaffee kochen? Was ist denn aus der Gleichberechtigung geworden?«

»Ich habe gestern Kaffee gemacht«, sagte Chico. »Und das Frühstück, wenn ich daran erinnern darf.«

»Ja. Und vorgestern?« fragte Trace.

»Da habe ich auch Kaffee gekocht und das Frühstück hergerichtet«, sagte Chico.

»Genau das meine ich. Jeder tut das, was er kann für den, der es braucht. Du kannst gut Kaffee kochen. Das ist deine Fähigkeit. Und ich brauche meinen Kaffee. *Du* kochst also Kaffee.«

»Außer dir kenne ich bis jetzt niemanden, der den Marxismus dazu benutzt, länger im Bett bleiben zu können«, meinte Chico.

»Marx gibt für uns alle etwas her. Er ist ein gigantischer Ozean, in dem wir alle schwimmen können«, erklärte Trace.

»Sehr nett«, sagte Chico. »Aber was hast *du* für Fähigkeiten?«

»Ich weiß nicht. Was hast du für Bedürfnisse?«

»Das hab ich dir doch schon gesagt. Weiter oben und weiter unten auch noch«, sagte Chico.

»Wirklich gräßlich«, meinte Trace.

Sie saßen zu dritt um den Küchentisch und tranken Kaffee. Sarge öffnete sein Notizbuch, entnahm ihm ein Stück Papier und gab es Trace.

»Das ist die Passagierliste des Rückflugs. Jarvis ist nicht dabei, aber wenn du genau hinschaust, dann siehst du Edward Stark. Er flog also unter seinem falschen Namen.«

»Das hattest du ja erwartet«, sagte Chico zu Trace.

Trace warf einen Blick auf das Stück Papier und nickte. »Es bringt uns nicht weiter, aber es ist immerhin schön, daß wir mal richtig geraten haben. Aber deshalb hast du mich doch wohl nicht aufgeweckt, Sarge.«

»Nein, deshalb«, sagte Sarge. Er räusperte sich und sah auf ein paar hingekritzelte Notizen in seinem Notizbuch hinunter. »Dein Freund? Hubbaker?«

»Ja?«

»Er ist ein Juwelendieb«, sagte Sarge.

»Donnerwetter!« rief Trace aus.

»Er wurde einmal in Amsterdam gefaßt. 1977. Aber damals mußte man ihn aus Mangel an Beweisen freilassen.«

»Wie hast du das denn herausgekriegt?«

»Du weißt ja, daß sich deine Mutter ständig darüber beklagt hat, daß ich nicht die Leutnantsprüfung ablegte. Alle meine Freunde haben es getan. Und jetzt sind sie Inspektoren und Chiefs in ganz New York. Sie haben sich bei Interpol über ihn informiert, als ich sie darum bat.«

»Verdammt noch mal«, sagte Trace. »Das macht alles noch komplizierter. Er konnte Felicias Schmuck ja gar nicht stehlen, weil er damals in Europa war. Und selbst, wenn er in die Sache verwickelt ist, warum sollte er dann hierherkommen, und sich in Schwierigkeiten bringen?« Er schwieg einen Moment. »Jedenfalls wissen wir jetzt, was Roberts mit der Bemerkung in der Akte meinte. ›Register‹. Wahrscheinlich meinte er damit Hubbakers Vorstrafenregister.«

»Ich bin noch nicht fertig«, sagte Sarge.

»Hör deinem Vater mal zu, Trace«, sagte Chico. »Seine Augen glitzern. Ich mag es, wenn seine Augen glitzern.«

»Na gut, schieß los«, meinte Trace.

»Auch Jarvis war ein Dieb. Edward Stark war sein richtiger Name. Er kam aus Elmira, New York. Er hat ein langes Vorstrafenregister: Einbruch, Autodiebstahl, Betrug. Und seit fünfzehn Jahren nichts mehr.«

»Seit dieser Zeit arbeitete er bei Felicia«, sagte Trace.

»Ach ja, die Gräfin«, fuhr Sarge fort. »Willst du wissen, was Interpol über sie zu berichten hat?«

»Oh, nein!« stöhnte Trace.

»Oh, doch«, begann Sarge. »Felicia Fallaci, die sich aufgrund einer inoffiziellen Heirat mit einem verarmten italienischen Grafen den Titel Gräfin zugelegt hat, gilt bei Interpol als eine der größten Schmuckdiebinnen unserer Zeit. Sie und ihr ständiger Mitarbeiter, Early Jarvis, waren während der letzten zwölf Jahre immer wieder mit von der Partie, wenn sich große Schmuckdiebstähle ereigneten. Obwohl man den beiden keine direkten Verbindungen nachweisen konnte, schienen Interpol die jeweiligen Umstände doch ganz eindeutig. Interpol wäre an neuen Erkenntnissen über diese beiden mutmaßlichen Diebe interessiert.«

Trace schenkte allen noch einmal Kaffee nach. »Ich geb's auf«, sagte er. »Jetzt ist alles noch verwickelter. Felicia ist vielleicht eine Diebin, und dann wird sie selbst bestohlen.«

Er schüttelte den Kopf. »Vielleicht ergibt das irgendeinen Sinn, aber ich weiß nicht welchen.«

Chico sah aus dem Fenster auf die Hauptstraße hinunter.

»Vielleicht weiß ich's«, sagte sie leise.

»Also, dann sag's mir. Sag's mir.«

»Ich bin mir noch nicht ganz klar«, meinte sie. »Ich muß noch drüber nachdenken. Entschuldigt mich einen Moment.«

Sie stand auf und ging ins Schlafzimmer. Trace setzte sich wieder.

»Zumindest wissen wir jetzt ganz sicher, daß der Baron kein Versicherungsdetektiv ist«, sagte Trace.

»Wahrscheinlich nicht«, besätigte Sarge.

»Aber wer ist es dann?«

Die Frage hing in der Luft, und die beiden Männer tranken schweigend ihren Kaffee. Chico kam wieder in die Küche und sagte: »Ich hab' ein Geburtstagsgeschenk für dich, Trace.«

»Was ist es?«

»Mich.«

»Hör mal, Mädchen. Das ist mein Vater. Willst du mich in Verlegenheit bringen?«

»Ich wollte damit sagen, daß ich mir heute freinehme und euch bei der Lösung des Falls helfe.«

»Und was ist mit der Tagung?«

»Ich habe gerade Flamma angerufen.«

»Flamma? Die holt sich noch vor dem Mittagessen den halben Kongreß ins Bett.«

»Dann wird's ein denkwürdiger Kongreß«, meinte Chico. »Sie hat mir versprochen, ihre besten Manieren an den Tag zu legen. Und ich hab' ihr versprochen, daß sie von mir vierhundert Dollar kriegt. So viel kostet mich dein Geburtstagsgeschenk, vierhundert Dollar! Wenn ich das nächstemal Geburtstag habe, möchte ich nicht nur ein Sweatshirt!«

Sie setzte sich, und Trace sagte: »Also, welche Vermutung hast du?«

»Ich glaube, daß Jarvis in die Stadt kam, um den Schmuck der Gräfin zu stehlen«, sagte Chico und biß in ihren Toast.

»Ergibt das irgendeinen Sinn? Er war ihr doch sehr ergeben, das weiß du doch.«

»Natürlich. Und da wir wissen, daß sie beide Diebe waren, könnte es doch sein, daß sie diesmal ihren eigenen Schmuck klauen wollten, um die Versicherungssumme zu kassieren. Der große Coup, mein Junge.«

Trace dachte einen Moment darüber nach. »Ich weiß nicht so recht«, sagte er dann.

»Natürlich nicht. Ich fange ja erst an und hab' noch nicht alles zusammen. Aber wenn man bedenkt, daß Jarvis sich heimlich und unter einem falschen Namen in die Stadt einschlich. Er wollte keine Spuren hinterlassen.«

»Ich weiß immer noch nicht so recht.«

»Hör mal weiter. Du hast dich gefragt, warum in der Tasche so verdammt wenig drin war? Weil er nicht bleiben wollte. Er wollte den Schmuck stehlen und dann mit der nächsten Maschine zurückfliegen.«

»Immer noch zu viele Lücken«, meinte Trace. »Warum ein Komplize? Warum der Mietwagen? Warum der Anruf?«

»Gib mir deine Bänder«, sagte Chico. »Ich hab ein paar Ideen und möchte sie überprüfen. Sarge, möchten Sie mich heute begleiten?«

»Eigentlich sind da ja diese vielen hübschen Frauen, die sich alle heute mit mir treffen wollten, aber für dich gebe ich sie alle auf.«

»Das werden Sie nie bereuen.«

»He, darf ich auch was dazu sagen?« fragte Trace.

»Klar«, sagte Chico. »Was möchtest du denn sagen?«

»Ihr könnt alles machen, was ihr wollt.«

»Danke, Alterchen«, sagte sie.

»He, das hab' ich ja ganz vergessen!« rief Sarge. »Herzlichen Glückwunsch zum Geburtstag!«

»Danke.«

»Deine Mutter erwartet dich«, sagte Sarge.

»Schlimme Nachricht«, meinte Trace.

Während Chico sich anzog, sah Sarge fern. Trace sperrte sich mit seinen Bändern und seinem Kassettenrecorder im Bad ein. Auf dem Band, auf dem die Bettszene mit der Gräfin war, hatte er sonst nichts aufgenommen, und so steckte er es einfach in seine Jackentasche.

Chico wartete auf ihn, als er herauskam.

»Hast du alles gelöscht, was ich nicht hören soll?« fragte sie.

»Was meinst du damit?«

»Ich dachte, ich hätte mich klar genug ausgedrückt.«

»Ich weigere mich, darüber mit dir zu diskutieren. Hier. Nimm die Bänder. Hast du deinen eigenen Recorder noch?«

»Ja.«

Sarge verfolgte ein Tennismatch.

»Damentennis schaue ich mir nicht mehr an«, meinte Trace.

»Sie spielen gut«, erwiderte Sarge.

»Immer diese Ovum-Zwillinge.«

»Wer zum Teufel sind die Ovum-Zwillinge?« fragte Sarge.

»Oder wie immer sie auch heißen. Die Ovas. Martina Drunter-und-Drüberova und Hannah Schlag-übers-Netzova. Andauernd spielen diesen beiden. Wer interessiert sich überhaupt noch dafür? Wo ist Mutter?«

»Sie wartet im Hotel.«

»Was macht sie?«

»Als ich ging, sah sie gerade alle fünf Sekunden auf die Uhr und war kurz davor, vor Nervosität die Fingernägel anzuknabbern.«

24

»Hallo Mutter.«

»Ich nehme an, du hast schon gefrühstückt«, sagte sie. Sie standen in der Halle des Araby Hotels und Kasinos.

»Eigentlich esse ich nie viel zum Frühstück«, sagte Trace.

»Kein Wunder, wenn niemand dir was kocht. Du würdest wohl kaum Fisch zum Frühstück wollen. Oder Reis.«

»Du hast recht, Mutter. Leute, die Fisch zum Frühstück essen, sind unzivilisiert. Hast du denn was gegessen?«

»Ich hatte vom Warten so genug, daß ich mir das Frühstück aufs Zimmer bringen ließ. Furchtbar teuer hier. Wirklich schlimm. So verschwenderisch bin ich normalerweise ja nicht, aber ich dachte, wenn ich zum Imbiß gehe, bin ich vielleicht gerade weg, wenn du kommst.«

»Das wäre furchtbar gewesen«, sagte Trace ernst. »Sehe ich heute irgendwie anders aus?«

Mißtrauisch fragte sie: »Wieso? Nein, ich glaube nicht.«

»Ich bin vierzig Jahre alt.«

»Mein Onkel Phil starb mit vierzig«, bemerkte sie.

»Wer könnte ihm das verübeln«, murmelte Trace. Er hakte sich bei seiner Mutter unter und führte sie ins Kasino, wo er ein ›Außer-Betrieb-Schild‹ am zweiten Automaten in der rechten Reihe entdeckte.

»Spiel hier eine Weile, Mutter«, sagte er. »Ich muß was erledigen.«

»Was?«

»Weiß du, man muß bei der Wahl des Gerätes aufpassen. Manche zahlen besser als andere. Man muß versuchen, ein Gerät zu kriegen, das gerade frisch repariert wurde.«

»Warum?«

»Weil der Automat dann noch besser funktioniert.«

»Dann könnte ich also was gewinnen?«

»Wenn du Glück hast, ja.«

»Bisher hatte ich noch kein Glück. Ich habe jedesmal zehn Dollar verloren. Sogar an den Automaten, die du mir empfohlen hast.«

»Heute wird das anders. Wärm' dich ein bißchen auf. Ich bin gleich zurück.«

Trace ging zum Chef, der den Mechaniker rief.

»Jerry hat Ihnen gesagt, daß er den Automaten 186 manipuliert hat?« fragt er und der Mechaniker nickte.

»Okay. Das ist Trace. Gehen Sie mit ihm vor und stellen Sie das Gerät an.«

»Gut«, sagte der Mechaniker.

Als sie zu den Spielautomaten gingen, steckte Trace dem Mann zwanzig Dollar zu.

»Verraten Sie meiner Mutter nichts davon«, sagte er.»Sie darf es nie erfahren.«

»Ich schweige wie ein Grab«, sagte der Mechaniker. »Um was handelt sich's denn? Ein besonderer Anlaß?«

»Ja«, meinte Trace. »Ich habe heute Geburtstag und lasse mich meinen eigenen Seelenfrieden was kosten.«

Der Mechaniker befaßte sich mit dem Spielautomaten 186, und Trace flüsterte seiner Mutter zu: »Wir haben Glück. Dieses Gerät wurde gerade frisch gewartet. Halt deine Münzen bereit.«

Kaum hatte der Mechaniker das Gerät angestellt, schob Mrs. Trace ihn zur Seite. Der Mann blinzelte Trace zu, der zurücknickte.

Sie gewann gleich beim erstenmal einen Dollar.

»Ja, ich merke den Unterschied schon«, sagte sie. »Warum hast du mich nicht gleich an diesen Automaten geführt?«

»Es kommt immer auf den rechten Zeitpunkt an«, meinte Trace. Er suchte ihr einen Stuhl und tauschte zwanzig Dollar in Fünfcentstücke um.

»Hier. Tu das in deinen Geldbeutel, falls dir dein Geld ausgeht«, sagte er. »Kann ich dir irgendwas holen?«

»Hier gibt's doch immer was umsonst, nicht wahr?«

»Getränke und so weiter. Kaffee«, erwiderte er

»Ich warte auf die Kellnerin.«

»Okay, Mutter. Ich muß jetzt arbeiten. Bis später dann. Nimm sie aus.«

»Ich wäre schon froh, wenn ich mein verlorenes Geld wieder zurückkriegen würde«, meinte sie.

Trace küßte sie auf die Wange und ging.

»Oh, Devlin!« rief sie ihm nach.

»Ja?«

»Alles Gute zum Geburtstag. Und noch viele glückliche Jahre.«

»Danke, Mutter.«

Als er das Hotel verlassen wollte, lief ihm Bob Swenson über den Weg.

»Trace, warten Sie einen Moment«, sagte Bob.

»Na, wie geht's? Sie sehen ja aus wie der Tod!« sagte Trace.

Swensons Gesicht war eingefallen, die Augen lagen tief in ihren Höhlen. »Wenig geschlafen«, antwortete er.

»Gehen Sie frühstücken?« fragte Trace.

»Nein. Was trinken. Kommen Sie, trinken Sie einen mit.«

»Einen vielleicht, ja", meinte Trace. »Aber nicht hier. Meine Mutter ist hier. Dort drüben.«

Sie bestellten sich Drinks an der Bar, und Swenson sagte: »Ich habe mich verliebt.«

»In irgend jemanden, den ich kenne?«

»Nash.«

»Ich wollte Sie sowieso noch fragen, wie die Nacht war«, sagte Trace.

»Na ja, als wir es im Bett machten, war ich noch nicht in sie verliebt. Auch noch nicht, als wir's in der Dusche machten. Ich glaube, noch nicht mal, als wir's im Klo trieben. Aber auf dem Balkon, ich glaube, das war der Moment, in dem ich mich verliebt habe.«

»Und Sie? Ist sie auch verliebt?«

»Sie hat den Eseln abgeschworen«, sagte Swenson feierlich.

»Ich möchte sie mit mir nach Hause nehmen.«

»In Ihr Hotel?«

»Nein, ich meine, nach New York. Ich kann ihr irgendwo eine Wohnung mieten. Verdammt noch mal, Trace, ich bin reich. Das müßte doch gehen!«

»Nein«, sagte Trace.

»Was zum Teufel ist denn das für eine Antwort? Ich bringe

Sie hierher und lasse mir von Ihnen einen Drink spendieren, und Sie sagen einfach ›nein‹? Ich bin Ihr Arbeitgeber. Nicht Ihr Freund. Sie sind mein Angestellter. Sagen Sie gefälligst ja!«

»Nein«, sagte Trace.

»Haben Sie vergessen, daß Sie mir immer noch dreitausend Dollar schulden?« sagte Swenson.

»Keine Angst, Sie kriegen Ihr Geld. Wofür sind denn Freunde da, wenn sie nicht auch mal nein sagen können? Glauben Sie, Groucho würde jemals ›nein‹ sagen?«

»Das würde ich ihm auch nicht raten. Warum haben Sie nein gesagt? Ich finde, daß ich gerade eine blendende Idee hatte.«

»Das würde nie funktionieren«, sagte Trace.

»Wieso nicht?«

»Es können eigentlich nur zwei Dinge passieren, und beide sind gleich schlimm. Sie mieten ihr eine Wohnung, und dann werden Sie, wie ich Sie kenne, zuviel Zeit mit ihr verbringen. Oder wenn Sie mal keine Zeit haben, machen Sie sich Sorgen, was sie wohl gerade tut. Und als nächstes werden Sie mich damit beauftragen, sie zu beschatten und rauszufinden, mit wem sie sich trifft, was sie so macht. Sie geht aus und Sie werden verrückt. Dann machen Sie irgendeine Dummheit, und Ihre Frau bekommt es heraus. Möchten Sie denn, daß Ihre Frau das herausbekommt?«

»Diese Frage ist so dumm, daß sie keine Antwort verdient«, sagte Swenson.

»Okay. Und selbst wenn Ihre Frau es nicht herausbekommt, wird sie doch Verdacht schöpfen, weil Sie dauernd zu National Anthem rennen. Und dann eskaliert die Sache.«

»Das hört sich ja ziemlich schlimm an«, meinte Swenson.

»Es kommt noch schlimmer. Sie fangen an, Blödsinn zu machen, zum Beispiel, daß Sie Nash versprechen, ihren nächsten Film zu finanzieren. Die Versicherungsgesellschaft bekommt Wind davon, daß Sie einen Film finanzieren, der ›Sexgeheimnisse der stillen Stars‹ heißt, und man wird versuchen, Sie rauszuwerfen. Dann sitzen Sie auf der

Straße. Heimatlos. Sie haben nur noch den Anzug, den Sie auf dem Leib tragen.«

»Ich habe viele Anzüge«, meinte Swenson.

»Die hat Ihre Frau alle verbrannt, nachdem Sie Ihren Job losgeworden sind und mittellos dastehen. Jedenfalls, so wird es laufen.«

»Ist die zweite Alternative genauso schlimm? Die hier hat mir nicht gefallen«, sagte Swenson.

»Die zweite Möglichkeit hört sich anfangs besser an.«

»Also los. Ich sage es Ihnen dann, wenn Sie aufhören sollen.«

»Okay. Nash verliebt sich in Sie. Sie sind der ältere, gewandte, begabte Mann, nach dem sie sich sehnte. Ein Mann, dem sie vertrauen, zu dem sie aufschauen kann, jemand, von dem sie nicht abhängig wird.«

»Aber sie wird dann wohl doch abhängig von mir?« fragte Swenson.

»Genau. Immer mehr. Weil sie verrückt nach Ihnen ist. Sie will Sie die ganze Zeit um sich haben. Sie fängt an, bei Ihnen im Büro anzurufen. Sie kommt nachmittags in Ihr Büro, um Sie einen Augenblick zu sehen. Bald werden die Leute anfangen, darüber zu reden. Wer ist diese Frau? Warum wird Bob Swenson immer dünner und hat nervöse Zuckungen?«

»Jetzt wird's schlimm, nicht?«

»So könnte man sagen«, meinte Trace.

»Dann will ich nichts mehr hören.«

»Ich muß Ihnen aber erzählen, wie alles endet«, sagte Trace.

»Okay, machen Sie schnell. Barkeeper, noch einen Drink!«

»Die Leute fangen also an zu reden. Alle reden. Nash nimmt Ihnen jede Minute übel, die Sie bei Ihrer Familie verbringen. Eines Tages kann sie nicht mehr. Sie weiß, daß Sie gerade weg sind, und sucht Ihre Frau auf, um Ihr zu sagen, daß Sie sie lieben und daß Ihre Frau sich doch zum Teufel scheren solle. Ihre Frau dreht durch, reicht die Scheidung ein, bekommt alles, und Sie landen auf der Straße. Diesmal behalten Sie, wenn Sie Glück haben, zwei Anzüge übrig.«

»Aber ich hab' meinen Job noch. Meine Versicherungsfirma«, wandte Swenson ein.

»Nein. Dafür sorgt Ihre Frau. Die Gesellschaft feuert Sie, weil Sie ihrem Ruf geschadet haben, und Ihr Nachfolger wird Walter Marks. Er feuert mich, und dann stehen wir beide auf der Straße. Und da ich größer bin als Sie, passen mir Ihre Anzüge nicht. Wir sehen aus wie zwei Wracks und kämpfen mit den Tauben um ein paar Erdnüsse.«

»Sie können einem wirklich Mut machen«, meinte Swenson. »Ich dachte, ich hätte mir alles genau überlegt, und da machen Sie mir einen Strich durch die Rechnung.«

»Das ist kein Strich durch die Rechnung. Ihre Rechnung stimmt sowieso hinten und vorne nicht.«

»Ich glaube, ich sollte Ihnen sagen, daß mich Ihre Skizze von meiner Zukunft absolut nicht freut«, meinte Swenson. »Ich würde sagen, diese Analyse war ziemlich anmaßend.«

»Quatsch«, sagte Trace. »Ich habe ziemlich gründlich darüber nachgedacht. Seit ich Sie zum erstenmal mit ihr sah und bemerkte, wie Ihnen die Zunge aus dem Mund hing.«

»Sie glauben doch nicht, daß es sich nur um Sex handelt?« fragte Swenson.

»Worum denn sonst?«

»Na ja, es ist jedenfalls nicht nur Sex. Da ist noch viel mehr dabei.«

»Teilen Sie ihre Tierliebe?« erkundigte sich Trace.

»Das ist gemein. Wirklich. Jetzt haben Sie diese ganzen furchtbaren Szenarios entworfen, nun entwerfen Sie mir doch auch mal ein gutes.«

»Es gibt kein gutes. Aber hier ist von allen schlechten Möglichkeiten noch die beste: Sie mieten Nash hier eine Wohnung. Oder in L. A. Sie tun so, als ob Sie oft aus geschäftlichen Gründen an die Küste fliegen müssen. Natürlich ist das nur eine Ausrede, um sie oft zu sehen. Wenn Sie bei ihr sind, schlafen Sie nach Herzenslust mit ihr. Wenn Sie wieder in New York sind, vergessen Sie sie bis zum nächsten Mal.«

»Ich muß darüber nachdenken«, meinte Swenson.

»Denken Sie gründlich drüber nach.«

»Gerade sind Ihr Vater und Chico gegangen«, sagte Dan Rosado, als Trace sein Büro betrat.

»Was wollten sie?«

»Sie wollten Bilder von Jarvis' Leiche sehen«, sagte Rosado.

»Haben Sie sie ihnen gezeigt?« fragte Trace.

»Warum nicht? Alle hier in der Stadt haben ihre eigene Theorie, warum sollen sie nicht auch eine haben? Außerdem wollte ich sehen, wie Chico auf Blut reagiert.«

»Sie ist ziemlich tapfer, nicht?« sagte Trace.

»Nicht mal geblinzelt hat sie. Ich hab' ihnen auch all die gräßlichen Fotos gezeigt, die bis jetzt unter Verschluß waren. Sie haben sie wie ein Familienalbum durchgeblättert.«

»Haben Sie gesagt, was sie bezwecken?« fragte Trace.

»Nein. Ich dachte, Sie hätten sie geschickt, wie gestern. Ich habe ihnen jedenfalls gesagt, sie sollten mich sofort informieren, falls sie noch eine Leiche finden. Danach können sie Sie anrufen. Was wollen Sie denn hier?«

»Kann ich denn nicht mal vorbeischauen und einem alten Kumpel ›hallo‹ sagen?«

»Ich habe diese Lüge gehört und zu den Akten gelegt. Also, was wollen Sie wirklich?«

»Halten Sie Hubbaker immer noch fest?« fragte Trace.

»Ich hab' ihn heute morgen laufenlassen. Jemand hat für ihn eine Kaution hinterlegt. Der Typ sagte, er kenne Sie.«

»Walter Marks?«

»Ich glaube ja. Ein kleiner Mann?«

Trace nickte. »Wieviel hat er hinterlegt?«

»Zweitausendfünfhundert«, sagte Rosado.

»Gut, Dan, ich muß Sie etwas fragen, wenn Sie mir daraufhin keine Fragen stellen.«

»Das weiß ich noch nicht«, meinte Rosado.

»Haben Sie in Roberts' Büro Geld gefunden? Geld, Kasinochips oder so etwas?«

»Warum?«

»Ich weiß nicht. Ich hab' so ein Gefühl«, sagte Trace.

Rosado zuckte die Achseln. »Zweihundert Dollar in einer

der Schreibtischschubladen. Und dann diese Liste, wahrscheinlich eine Zuhälterliste.«

»Das war alles?«

»Ja. Was für ein Gefühl haben Sie denn?« fragte Rosado.

»Was ist mit Roberts?« erkundigte sich Trace und ignorierte die Frage. »Haben Sie irgendwas über ihn herausgefunden?«

»Ja. Sie werden es nicht glauben.«

»Hören Sie, ich habe einen Vater, der sich für Wyatt Earp hält. Und einen sexbessenen Chef. Ich glaube Ihnen alles.«

»Roberts lebte allein in einem Logierhaus. Und er schickte jeden Penny nach Pennsylvania, um seine Eltern zu unterstützen, die in einem Altersheim leben.«

»Das ist schlecht«, sagte Trace. »Jetzt fällt es einem viel schwerer zu hassen.«

»Wie das Leben so spielt«, meinte Rosado. »Was für ein Gefühl haben Sie denn nun?«

»Lassen Sie mich erst mal drüber nachdenken. Dann ruf ich Sie an.«

»Aber Sie haben nicht vor, sich zu erschießen, oder? Denn dann würde ich nicht mehr erfahren, was Sie für ein Gefühl hatten. Vielleicht hat's die Person, an die Sie denken, auch schon auf Sie abgesehen? Was machen Sie dann?«

»Mit letzter Kraft werde ich den Namen des Mörders auf eine Postkarte kritzeln und Ihnen die schicken. Dann können Sie an meinem Grab eine Caruso-Platte spielen.«

»Wenn Sie mir keine Karte schreiben, dann spiele ich nicht Caruso, sondern Mario Lanza. Wissen Sie, ich bin wirklich froh, wenn Ihr Vater endlich wieder heimfährt und Sie nicht mehr hier in der Stadt arbeiten. Kein Wunder, daß die Polizisten in anderen Städten Sie dermaßen hassen.«

»Na, das haben sie mir aber noch nie gesagt«, meinte Trace.

Die junge Frau hatte eine gute Figur und war sehr hübsch. Aber man hatte den Eindruck, daß sie ihre Kleider in der Kinderabteilung gekauft hatte. Ihre Seidenshorts waren so kurz, daß man den halben Hintern sah, und ihr gestricktes Oberteil war so tief ausgeschnitten, daß man fast den ganzen Busen sehen konnte. Sie kam zu ihm und sagte: »Hallo, Trace, was führt dich hierher?«

»Du mußt mir einen Gefallen tun, Margo.«

»Wenn ich kann«, erwiderte sie mißtrauisch.

»Das reicht nicht. Du kannst und du bist es mir schuldig«, sagte Trace.

»Okay. Worum handelt es sich?«

»Ich suche eine große blonde Nutte namens Lip Service. Wo finde ich sie?«

»Clara?«

»Heißt sie so? War Roberts ihr Zuhälter?«

Margo zog angwidert die Mundwinkel nach unten. »Dieser Mistkerl.«

»Was hat er dir getan?« fragte Trace.

»Ich hab' meinen eigenen Typen. Aber er kam andauernd her und versuchte die Mädchen abzuwerben, egal ob man jemanden hatte oder nicht. Er machte immer Schwierigkeiten. Wer hat ihn umgebracht?«

»Irgendein Juwelendieb«, antwortete Trace.

»Wofür brauchst du Clara?«

»Man hat mir gesagt, sie sei sein bestes Mädchen gewesen«, sagte Trace. »Es könnte sein, daß sie mir einen Tip geben kann.«

»Vielleicht. Ich weiß nicht. Aber sie war am Schluß nicht mehr sein bestes Mädchen. Sie war die erste Frau, die für ihn gearbeitet hat. All die Jahre hat sie für ihn angeschafft, und dann hat er sie einfach gefeuert und jemand anderen genommen.«

»Wen?«

»Eine ordinäre Rothaarige, die sich Blaze nennt. Ein richtiges Miststück.«

»Ich brauche Clara«, beharrte Trace.

»Ich habe sie schon einige Tage nicht mehr gesehen, Trace.«

»Dann brauche ich ihren vollen Namen und ihre Adresse. Wo schläft sie?«

»Bis wann muß du es wissen, Trace?«
»Bis gestern.«
»Manchmal ist das nicht so einfach, Trace«, sagte Margo.
»Vieles ist nicht einfach. Ich hab' für dich auch einiges getan, was nicht einfach war«, meinte Trace.
»Na gut. Ich hab's nicht vergessen. Ich sage ja nur –«
»Du sagst nur, daß es viele Gründe gibt, etwas nicht tun zu können, statt es einfach zu tun.«
»Okay, Trace.«
»Ich muß es sofort wissen«, sagte er.
»Ich muß telefonieren«, sagte Margo.
»Ich warte hier.«
Nach fünf Minuten war sie wieder da und gab ihm ein Stück Papier.
»Sie heißt Clara Buxtable und wohnt draußen am Stadtrand in einem dieser neuen Häuser. Hier steht die Adresse drauf. Sie hat eine siebenjährige Tochter, aber keine Typen.«
»Danke, Margo.«
»Von mir hast du's nicht gesagt bekommen.«
»Du brauchst mir die Spielregeln nicht zu erklären«, meinte Trace und stand auf.
Sie berührte seine Hand. »Ruf mich an, Trace. Wenn dein Mädchen mal weg ist. Ich bin meistens hier.«
»Irgendwann mach ich das.«

Was an Las Vegas nicht stimmt, dachte Trace, während er vor Clara Buxtables Haus einparkte, sind Häuser wie dieses hier. Es war ein sauberes kleines Fachwerkhaus mit einem sauberen kleinen Vorgarten in einer sauberen kleinen Straße.

Damals, als er neu in die Stadt gezogen war, konnte man es sogar bei Augusttemperaturen von 43 Grad einigermaßen aushalten, weil die Luftfeuchtigkeit beinahe bei Null lag. Aber dann kam der Bauboom, und jedes neue Haus hatte einen Rasen und jeder Rasen hatte eine Sprinkleranlage, und plötzlich schnellte die Luftfeuchtigkeit in die Höhe, und man konne es bei 43 Grad nicht mehr aushalten. Es war heiß und stickig, Trace schwitzte. Warum konnten die Leute eine Wüste nicht einfach eine Wüste bleiben lassen? Warum glaubte jeder, er könne beim Umzug seinen Rasen mitbringen? Wenn einer unbedingt Gras wollte, dann sollte er nach Guatemala ziehen, nicht nach Las Vegas.

Als auf sein Läuten niemand öffnete, ging Trace zum Nachbarhaus und klingelte einen grauhaarigen Mann mit Spitzbauch und dicken Brillengläsern heraus.

»Was wollen Sie?«

Im Hintergrund dröhnte ein Fernseher

»Ich suche Mrs. Buxtable«, sagte Trace.

»Was haben Sie gesagt?« fragte der Mann.

Auch noch taub, dachte Trace. Das war mal wieder typisch für ihn. Wenn er sich, was häufig passierte, irgendwo verfuhr und jemanden nach dem Weg fragen mußte, dann erwischte er im Umkreis von 5000 Quadratkilometern garantiert die einzige Person, die nicht Englisch sprach. Diesmal mußte er einen Tauben befragen.

»Ich suche nach Mrs. Buxtable!« rief er.

»Ist nicht zu Hause.«

»Das weiß ich. Wo kann ich sie finden?«

»Was?«

»WO . . . IST . . . SIE?« rief Trace.

»Wen interessiert das?«

»Mich«, schrie Trace.

»Oh«, sagte der Mann, als habe ihn die simple Schönheit dieser Antwort überwältigt. »Sie ist heimgefahren.«

Der Mann schaute nach hinten in die Wohnung, als könnten jeden Moment Termitenschwärme auftauchen und seine Vorräte wegfressen, wenn er nicht aufpaßte. Das Fernsehgerät dröhnte immer noch vor sich hin.

»Was heißt heim?« wollte Trace wissen.

»Hören Sie, wenn Sie hier den ganzen Tag reden wollen, kommen Sie lieber rein, weil ich die Show zu Ende sehen möchte«, sagte der Mann.

Trace folgte ihm ins Haus und setzte sich auf eine geblümte Couch. Der Mann ließ sich in einen Sessel fallen und schrie den Show-Teilnehmern Ratschläge zu.

»Nimm doch den Vorhang! Nimm den Vorhang!« brüllte er.

Die Mitspielerin, die wie ein Stück Würfelzucker aussah, entschied sich für die erste Tür und gewann ein Auto.

Der Spielleiter öffnete den Vorhang, hinter dem ein Kamel zum Vorschein kam, ein ganz besonders heimtückisch aussehendes Biest.

»Kamele sind einen Haufen Geld wert!« brüllte Traces Gastgeber. Und etwas leiser, als fürchte er, die Konkurrenten könnten ihn hören, sagte er zu Trace: »Man sollte immer den Vorhang wählen. Hinter dem Vorhang ist immer das Beste.«

»Ich hätte lieber ein Auto als ein Kamel«, meinte Trace.

»Sehen Sie sich diese Show auch immer an?«

»Nein, nie«, antwortete Trace.

»Man muß immer den Vorhang nehmen. Die schieben die Sachen nämlich hin und her, während man wählt, und wenn sie wollen, daß man gewinnt, dann stellen sie den guten Gewinn genau dort hin, wofür man sich entschieden hat. Wenn sie einen mögen. Wenn sie einen aber nicht mögen, dann geben sie einem ein Kamel oder so was.«

»Toll«, dachte Trace. Er brauchte dringend Informationen, und jetzt saß er hier bei jemandem, der eine Verschwörungstheorie für Fernsehshows entwickelt hatte.

»Alle Shows sind so«, sagte der Mann. »Man wird überall beschissen.«

»Das dachte ich mir schon«, meinte Trace offen. »Deshalb sehe ich sie mir nicht an.«

Als die Show zu Ende war, drehte der Mann das Gerät ab. »Was als nächstes kommt, gefällt mir nicht«, erklärte er. »Da spielen lauter Berühmtheiten mit, aber das sind die dümmsten Leute, die man sich denken kann. Ich hab' einmal diesen Mr. Spock gesehen, und der war wirklich dümmer, als die Polizei erlaubt.«

»Ich suche Mrs. Buxtable!« rief Trace.

»Warum brüllen Sie denn so?«

»Ich dachte, Sie seien taub.«

»Das werd' ich auch noch, wenn Sie weiter so brüllen.«

»Tut mir leid. Ab jetzt spreche ich leise.«

»Nicht zu leise, Jungchen. Ich bin achtzig Jahre alt. Ich höre zwar gut, aber nicht ausgezeichnet.«

»Ich suche nach Mrs. Buxtable«, wiederholte Trace.

»So ist's schon viel besser. Sie ist heimgefahren.«

»Ich dachte, sie wohnt nebenan?«

»Das tut sie auch, aber das meine ich nicht, wenn ich sage, sie sei heimgefahren. Daheim, das ist dort, wo man herkommt. Aus Las Vegas kommt niemand.«

»Wo ist sie daheim?«

»In Minnesota. Was wollen Sie von ihr?«

»Ich habe mich letzte Woche mit ihr über einen Job unterhalten. Wollte sie engagieren.«

»Sie sind ein Zuhälter? So sehen Sie gar nicht aus«, meinte der Mann.

»Nein, ich bin kein Zuhälter. Warum sollte ich denn ein Zuhälter sein?«

»Weil sie eine Hure engagieren wollten.«

»Ich dachte, sie sei Buchmacherin?« sagte Trace.

»Das hat sie Ihnen vielleicht gesagt, aber sie ist eine Nutte. Nennt sich Lip Service. Gut, nicht?«

»Klar«, sagte Trace. »Macht es Ihnen nichts aus, Tür an Tür mit einer Nutte zu leben?«

»Nein, wenn sie nett ist, nicht. Clara ist nett. Kommt sogar ab und zu rüber. Verlangt nicht mal was dafür.«

»Warum ist sie heimgefahren?«

»Sie meinte, sie wolle sich mal erholen. Aber ich glaube eher, daß jemand hinter ihr her war. Sie hatte ein blaues Auge. Das hab' ich gesehen, obwohl sie eine Sonnenbrille trug. Sie fuhr erst gestern weg.«

»Wann kommt sie zurück?«

»Hat sie nicht gesagt. Möchten Sie einen Drink?«

»Nein, danke«, sagte Trace. »Gehört ihr das Haus nebenan?«

»Nein. Sie wohnt zur Miete. Es gehört mir. Mir gehören hier sechs Häuser.«

»Ich nehme an, Clara kommt nicht mehr zurück?« sagte Trace.

Der alte Mann zuckte die Achseln. »Es gibt immer Nutten, an die man vermieten kann.«

25

Seine Mutter hatte ihre Jacke abgelegt und, als ob das nicht reichte, auch noch ihren Hut.

Trace stand am Eingang des Casinos, gegenüber dem Automaten, an dem sie spielte. Neben ihr stand ein Plastikschälchen mit Pennys, und auf ihrem Gesicht lag ein Ausdruck ungetrübter Freude, wie Trace ihn seit damals, als sie ihn zum erstenmal ins Ferienlager geschickt hatte, nicht mehr an ihr bemerkt hatte. Er ging am ersten Ferientag ins Lager und blieb dort bis zum Schulanfang. Sommerferienlager hieß für seine Mutter nicht ein oder zwei Wochen, sondern wirklich den ganzen Sommer.

Wenn der elfjährige Devlin wieder heimgekommen war, fragte sein Vater ihn: »Na, wie hat dir die Hühnersuppe im Lager geschmeckt?«

»Furchtbar. Lauter dicke Kinder in grünen Segeltuchschuhen.«

»Gut. Du gehst nicht mehr hin.«

»Fein.«

»Ohne dich hatte ich niemanden, mit dem ich reden konnte«, sagte sein Vater.

»War Mutter denn auch weg?«

»Nein. Deshalb hatte ich ja niemanden, mit dem ich reden konnte.«

Das rote Lämpchen am Spielautomaten begann zu blinken, man hörte ein Klingelsignal, und dann ergoß sich ein wahrer Penny-Regen in den Münzkasten. Traces Mutter stieß ein Hurrageschrei aus und strich die Münzen ein.

Trace ging ins Kasino hinein. Als er den Blackjack-Tisch passierte, rief ihn der Chef vom Tagdienst zu sich herüber.

»Ihre Mutter hat ja heute einen großen Tag«, sagte er. »Ich beobachte sie schon die ganze Zeit.«

»Danke. Schädigt sie mein Bankkonto?«

»Keine Sorge. Sie gewinnt nur Pennys. Wenn sie ihre Einsätze erhöhen würde, könnte sie auch sechs- oder zehnmal soviel gewinnen. Aber sie bringt es nicht über sich.«

»Gut. Ich will nur, daß sie mal einen Erfolg sieht. Ich zahle ja nicht für einen Hauptgewinn.«

»Sie kommen mit etwa 100 Dollar hin, falls sie so weiter spielt.«

»Das ist es mir wert.«

Dann ging Trace zur Chefkassiererin. Sie war eine kleine zierliche Frau mit angegrautem Haar, einer Metallrandbrille, einem Bleistift hinterm Ohr und einer strengen Haltung, die einem die Lust zu seichtem Geplauder nahm.

»Was kann ich für Sie tun, Trace?« fragte sie.

»Hat gestern vormittag irgend jemand von Ihren Leuten einer Frau Chips im Wert von dreitausend Dollars umgetauscht?«

»Was für eine Frau soll das gewesen sein?«

»Eine große Blondine. Sie arbeitet als Nutte, aber es könnte sein, daß sie unauffällig angezogen war.«

»Einen Moment bitte.« Die Frau wandte sich an die verschiedenen Kassierer. Trace sah, wie einer nach dem anderen den Kopf schüttelte. Schließlich nickte eine Frau, und die Chefkassiererin rief Trace her.

»Martha hier hatte gestern so eine Frau.«

»Wie sah sie aus?« fragte Trace.

»Sie trug eine Art Hosenanzug mit Leopardenmuster.«

Trace nickte.

»Aber es waren nicht dreitausend«, sagte die junge Kassiererin. »Es waren neuntausend.«

Trace schnitt eine Grimasse. Es sollten eigentlich nur dreitausend sein.

»Sie hatte eine Glückssträhne«, fuhr die junge Frau fort. »Es war sehr ruhig hier, und ich sah sie hereinkommen. Jemanden, der so aussieht, übersieht man nicht. Sie ging zum Spieltisch hinüber, und wenige Minuten später standen eine

Menge Leute um sie herum, und alles schrie aufgeregt durcheinander. Es dauerte keine zehn Minuten, da kam sie herüber und schüttete ihre Chips auf die Theke. Ich gab ihr neuntausendeinhundert.«

»Okay, Martha. Vielen Dank«, sagte Trace. Er wandte sich an die Chefkassiererin. »Hab' ich Ihnen schon gesagt, daß ich Sie liebe?«

»Schon oft, aber ich warte mit der Liebe, bis ich heirate.«

»Mich würden Sie bestimmt nicht wollen. Ich schnarche und esse Semmeln im Bett.«

»Außerdem haben Sie ja Chico«, sagte die Frau.

»Erinnern Sie mich nicht dran!«

»Sie ist das Beste, was Ihnen passieren konnte«, erwiderte die Frau.

»Das hat schon mal jemand gesagt«, meinte Trace.

Trace warf einen Blick in den Bankettsaal, wo die Tagungsteilnehmer gerade ihr Mittagessen beendet hatten. Swenson und Marks saßen zusammen an einem Tisch im Hintergrund des allmählich sich leerenden Raums.

»Hallo, Groucho. Bob.«

»Setzen Sie sich, Trace. Wir haben gerade von Ihnen gesprochen.«

»Das wußte ich. Ich sah es an Grouchos finsterer Miene.«

»Sie sind im Fall Jarvis wirklich nicht viel weiter gekommen. Und die Tagung endet morgen«, sagte Marks.

»Dann wird er immer noch tot sein«, erwiderte Trace. »Kein Grund zur Eile.«

»Ich habe Mr. Swenson eben vorgeschlagen, sich an jemand anderen zu wenden, um der Sache auf den Grund zu kommen«, sagte Marks.

»Auf den Grund zu kommen?« fragte Trace.

»Na ja, dieser ganzen Sache, dem Jarvis-Mord. Dem Schmuckdiebstahl und so weiter.«

»So ein Quatsch!« fuhr Trace ihn an. »Erstens ist der Fall Jarvis ganz einfach. Wenn die Gräfin ihn getötet hat, kriegt sie kein Geld von uns. Wenn sie ihn aber nicht getötet hat, dann muß sie ausgezahlt werden. Und als der Mord geschah, war sie in Europa.«

»Sie könnte ja jemanden dafür bezahlt haben«, meinte Marks.

»Das wäre möglich«, stimmte Trace zu. »Und wenn das stimmt, dann finde ich es heraus. Ich brauche keine Hilfe. Ich mach's morgen oder wann immer es möglich ist, jedenfalls schaffe ich es. Was die Juwelen angeht, verstehe ich nicht, was das mit uns zu tun hat.«

»Beides ist miteinander verknüpft, das liegt doch auf der Hand. Und jetzt wurde auch noch Roberts umgebracht.«

»Wir wissen nicht, was mit was verknüpft ist«, sagte Trace.

»Sie ziehen voreilige Schlüsse, und das ist gefährlich, besonders, wenn diese Schlüsse dermaßen dumm sind wie die Ihren. Und was diese andere Sache betrifft, daß Sie sich noch an jemand anderen wenden möchten – was ist denn aus Ihrem tollen Versicherungsdetektiv geworden? Ich dachte, der Baron würde alles wieder in Ordnung bringen?«

Marks schwieg, und Trace fuhr fort: »Ich erzähle Ihnen mal, was passiert ist. Hubbaker steckte in der Scheiße, und Sie haben den Bürgen für ihn gespielt. Wir haben also einen toten Detektiv und den inhaftierten Baron. Was soll denn als nächstes passieren? Daß jemand Beulenpest kriegt? Lassen Sie gefälligst die Finger von meinem Fall, Groucho.«

»Das darf sich nicht weiter so hinschleppen«, sagte Marks.

»Nein, weil ich nämlich wegen meiner neuen Herbstgarderobe nach Paris muß, und wenn ich zu lang warte, sind alle Sporthosen weg.«

»Ich glaube, Mr. Swenson und ich hätten gern einen Bericht über Ihre Fortschritte«, meinte Marks und erhob sich.

»In dreifacher Ausfertigung, genügt das?« erkundigte sich Trace.

»Ja, das wäre gut.« Marks entfernte sich langsam, und Swenson fragte Trace: »Warum hat er bloß so einen Haß auf Sie?«

»Weil ich diesen Job nicht brauche und ihn nicht brauche,

und er mich nicht schikanieren kann, weil er nicht mein Vorgesetzter ist. Er hätte gern, daß Sie mich rausschmeißen.«

»Er hat mal gesagt, er hätte Ihnen einen genügend langen Strick gegeben, um sich damit aufzuhängen. Aaah, diese verdammte Versicherung! Reden wir lieber über Frauen. Wo ist Chico?«

»Sie ist in der Stadt und arbeitet an der Jarvis-Sache. Ich habe sie für ein paar Laufereien gebraucht, und Flamma ist für sie eingesprungen.«

»Ich weiß«, erwiderte Swenson. »Sie kam heute morgen während der Sitzung auf mich zugelaufen, umarmte mich und gab mir vor vierhundert Leuten einen Zungenkuß.«

»Sie ist einfach sehr warmherzig«, sagte Trace. »Das kommt davon, wenn man mit Sterno im Nabel tanzt. Haben Sie darüber nachgedacht, was ich Ihnen zu National Anthem sagte?«

»Ja«, sagte Swenson. »Ich könnte hier im Namen der Gesellschaft eine Wohnung mieten. Vielleicht spreche ich heute abend mal mit ihr darüber. Felicia hat uns alle zum Essen eingeladen.«

»Ich glaube, jetzt sind Sie auf dem richtigen Dampfer«, meinte Trace.

»Und wie endet die Geschichte?« fragte Trace.

»Damit, daß Sie sie irgendwann satt haben und den Mietvertrag auslaufen lassen«, antwortete Trace.

»Kein Gerichtsverfahren? Keine öffentliche Demütigung für mich?« fragte Swenson.

»Nein. Nichts dergleichen.«

»Gut«, meinte Swenson. »Ich werde mich dann noch über die Details mit Ihnen unterhalten.«

Trace ging nach Hause. Auf seinem Anrufbeantworter waren keine Nachrichten aufgezeichnet, und er fragte sich, wo Sarge und Chico steckten. Wenn einer von ihnen nur einen Funken Verstand hatte, dann würden sie, wenn sie schon mal unterwegs waren, über die mexikanische Grenze durchbrennen und nicht mehr zurückkommen.

Er machte sich ein Sandwich. Als er Ketchup auf sein Roastbeef goß, sah er am Flaschenrand die schwarze Kruste und mußte an Walter Marks denken. Aber woran lag es eigentlich, daß das Ketchup schwarz wurde? Wurde es im Magen auch schwarz?

Und was hatte Groucho an sich, daß es in Traces Seele immer Nacht wurde, wenn er ihm begegnete?

Er aß sein Sandwich, trank ein Glas Milch, legte ein Tonband mit Arien von Joan Sutherland ein und schlummerte hinüber. »Täterääää!« schmetterte Chico, als sie mit Sarge die Wohnung betrat und schwenkte einen Stoß Papier über dem Kopf.

»Bitte, ich bin deprimiert«, sagte Trace vom Sofa her. »Hör mit deinem täteräa auf.«

»Warum bist du denn deprimiert, du Ärmster? Sieh ihn dir an, Sarge. Er ist an einem einzigen Tag um zehn Jahre gealtert. Ich wette, er wird auch kleiner. Das Phänomen des schrumpfenden Mannes. In einer Woche ist er kleiner als ich. In zwei Wochen kann Walter Marks ihn als Briefbeschwerer verwenden.«

»Er hatte schon immer eine Neigung zu Depressionen«, sagte Sarge.

»Ein neurotisches Kind. Ich hab versucht, ihn zu retten. Ich hab' ihn sogar vor Psychiatern bewahrt. Seine Mutter wollte ihn hinschicken. Seine Schuhe sind schmutzig, er braucht eine Analyse. Seine Schulnoten sind schlecht, er muß zur Analyse. Seine Schulnoten sind zu gut, er wird ein unglücklicher Streber, er muß zur Analyse. Und jetzt zahlt er es mir so heim.«

»Sarge, ich bin vierzig Jahre alt. Ich liege hier auf meinem Sofa, ganz allein, und niemand kümmert sich darum. Swenson ist in eine Frau verliebt, die's mit Eseln treibt. Er kümmert sich nicht um mich. Meine Mutter räumt irgendwo einen Spielautomaten aus. Sie kümmert sich nicht um mich. Meine Lebensgefährtin und mein Vater treiben sich irgendwo in der Gegend herum, und keiner kümmert sich um mich. Ich liege hier in meinem ganzen Elend. Dieses Tonband hab ich jetzt schon tausendmal gehört.«

»Verstecken wir lieber mal die Rasierklingen im Bad«, sagte Chico zu Sarge.

»Und die Schlaftabletten«, fügte Sarge hinzu.

»Hebt eine auf. Leute in meinem Alter haben oft Schwierigkeiten beim Durchschlafen«, sagte Trace.

»Du wirst schlafen wie ein neugeborenes Kind, wenn du das gehört hast«, meinte Chico.

»Nein, das werde ich nicht. Um was handelt es sich?«

»Wir haben alles gelöst. Den Mord an Jarvis, den Schmuckdiebstahl, alles«, sagte Chico.

»Ich kann es nicht glauben«, erwiderte Trace.

»Es war alles auf deinen Bändern. Es ist dir nur entgangen«, meinte Chico.

»Mir ist nichts entgangen. Sag mir nur ein einziges Beispiel, was mir entgangen sein soll.«

»Dir ist eigentlich alles entgangen«, sagte sie. »Hast du dir den Automietvertrag angeschaut, den Sarge dir besorgte? Ja?«

»Ich hab' einen Blick draufgeworfen.«

»Und du hast dich gewundert, warum Jarvis an jenem Abend Spiro anrief und dann einen Wagen mietete, stimmt's?«

»Mag sein, daß ich mich das einen Moment lang gefragt habe, ja«, gab Trace zu.

»Auf dem Mietvertrag steht die Zeit drauf. Erinnerst du dich daran, wie spät es war?«

»Sehr spät«, meinte Trace.

»Es war 11.46 Uhr, du Mickymaus«, sagte Chico.

»So?«

»Und was tat Spiro gerade, als Jarvis ihn anrief?«

Trace setzte sich auf der Couch auf. »Er schaute in der Küche eine Fernsehsendung an.«

»Genau. Und du weißt doch noch, was es war?«

»Der Mitternachtsspielfilm.«

»Schnell. Zwei Dollar, wenn du mir sagst, wann der *Dienstagabendfilm* gezeigt wird!«

»Am Dienstag?« fragte Trace.

»Richtig. Und jetzt die Preisfrage: um viewiel Uhr kommt der Mitternachtsspielfilm?«

»Um Mitternacht?«

»Wieder richtig. Geben Sie diesem Mann gebrauchte Möbel im Wert von fünfhundert Dollar.«

»Jetzt weiß ich, auf was du hinauswillst«, sagte Trace. »Jarvis hat den Wagen vor dem Telefonanruf gemietet.«

»Genau«, bestätigte Chico.

»Warum hat er dann überhaupt angerufen?« fragte Trace.

Chico sah zu Sarge hinüber. »Möchten Sie's ihm sagen, oder soll ich's tun?«

»Ich konzentriere mich lieber drauf, ihn leiden zu sehen«, sagte Sarge.

Chico trat einen Schritt vor und küßte Trace auf den Kopf. »Jarvis hat gar nicht angerufen«, sagte sie.

»Ich geb's auf«, meinte Trace. »Ich bin senil. Ich habe nämlich gerade verstanden, Jarvis hätte gar nicht angerufen.«

»Das habe ich auch gesagt. Und wenn dich das irritiert, dann schau dir mal das hier an.« Sie blätterte in dem kleinen Papierstoß, zog einen Bogen heraus und gab ihn Trace.

Er warf einen Blick darauf. Es handelte sich um eine Namensliste.

»Zeile achtzehn«, sagte Chico.

Trace sah hin. »Oje, oje, oje«, meinte er.

»Alles Gute zum Geburtstag, Schatz«, sagte Chico.

26

Die Dinner-Party war in vollem Gange, als Trace, Chico und Sarge beim abgelegenen Haus Felicia Fallacis eintrafen. Neben dem Swimmingpool war ein vier Meter langer Eichentisch aufgestellt worden. In sechs großen Kandelabern flakkerten Kerzen und warfen die Schatten der Dinnergäste über das Schwimmbecken und den Hof und beleuchteten die unheimlichen Papageien, die mit funkelnden Augen wartend, beobachtend auf einem Baum hockten.

Als die drei Gäste den Innenhof betraten, saß Felicia am

Kopfende des Tisches. Bob Swenson saß neben ihr und hatte National Anthem bei sich. Walter Marks saß auf der anderen Seite des Pornostars und schien sich sehr unbehaglich zu fühlen, so als befürchte er, sie könne jeden Moment irgendeinen verrückten Angriff auf seine Leistengegend unternehmen. An der anderen Seite des Tisches saßen, den Rücken Trace zugewandt, die Neddlemans, Ferrara und Willie Parmenter.

Hubbaker war nicht anwesend, und der Tisch war gerade zur Hälfte besetzt. Sechs Plätze waren leer.

Felicia sah sie und stand auf.

»Kommt her, setzt euch zu uns. Es ist noch viel Platz. Ich freu' mich, daß ihr da seid. Ihr kennt ja alle Trace und seinen Vater, und das ist Chico.«

Trace küßte die Gräfin auf die Wange und ging dann mit seinem Vater und Chico ans andere Ende des Tisches. Auf Silbertabletts türmten sich Kartoffeln, Maiskolben, Hühnchenschlegel, Rippchen, kleine Steaks, Gemüse und Salate. Chico fing an, ihren Teller zu füllen.

»Nicht, daß ihr nicht willkommen wärt«, sagte Felicia, »aber was führt euch hierher?«

»Genau«, murmelte Ferrara sarkastisch.

»Wir wollten nur noch mal sozusagen den Schauplatz des Verbrechens besichtigen«, meinte Trace. »Wir haben noch einen Freund eingeladen. Er wird bald hier sein.«

»Alle eure Freunde sind herzlich und so weiter und so weiter«, sagte Felicia.

»Wo ist der Baron?« fragte Trace.

»Ich hab' ihn den ganzen Tag nicht gesehen«, sagte Felicia. »Haut rein. Draußen in der Küche ist noch mehr. Und wenn euch die Weine nicht schmecken, sagt es nur, wir haben auch andere.«

Chicos Teller war schon acht Zentimeter hoch gefüllt, ein Meisterstück der Balance, als wolle sie mit Carmen Mirandas Hüten konkurrieren. Sie nahm einen Bissen, lehnte sich dann zu Trace hinüber und sagte ihm etwas ins Ohr. Er nickte, worauhin sie sich entschuldigte und aufs Haus zuging.

»Für kleine Mädchen«, sagte Trace. »Hehe!«

»Für kleine Mädchen«, sagte Ferrara spöttisch. »Wer's glaubt.«

Er wandte sich Trace zu. »Also, sagen Sie mal, Sie Superschnüffler, wie läuft das Detektivgeschäft? In letzter Zeit irgendwelche Fälle gelöst? Irgend jemanden überführt?«

»Gelöst habe ich einige«, meinte Trace. Er schenkte Sarge und sich Wein ein, und Chico ein Glas Sodawasser.

»Ach! Irgendwas, was wir wissen müßten?«

»Ein paar Morde und einen Schmuckdiebstahl.«

Das Gemurmel am Tisch erstarb.

»Was soll das heißen, Trace?« fragte Felicia.

»Ich denke, wir haben das Ganze gelöst«, meinte Trace.

»Heißt das . . . Jarvis . . . den Schmuck?« fragte sie.

»Genau.«

»Also, dann reden Sie doch! Erklären Sie's uns. Beschaffen Sie mir mein Geld!«

»Essen wir doch erst mal weiter«, schlug Trace vor. »Auf einen vollen Magen kann man die Geschichte besser verkraften.«

»Das können Sie uns doch nicht antun!« protestierte Felicia.«

»Geduld«, sagte Trace.

»Los, Trace«, meinte Walter Marks gereizt.

»Essen Sie doch erst mal, Groucho. Fressen Sie sich voll.«

Spiro kam eilig aus der Küche und füllte warmes Fleisch nach. Als er Trace sah, ging er auf ihn zu und flüsterte ihm ins Ohr: »Alles in Ordnung?«

»Alles unter Kontrolle, Spiro«, beruhigte ihn Trace.

Chico kam zurück, entschuldigte sich für ihr Verschwinden und setzte sich. Sie legte ihre Handtasche unter den Tisch, nickte Trace zu und befaßte sich wieder mit dem Essen. Es herrschte drückende Stille am Tisch. Trace bemerkte, daß seine Ankündigung der Unterhaltung einen Dämpfer versetzt hatte. Niemand sagte mehr etwas, außer National Anthem, die über ihre bevorstehende Filmkarriere plapperte, und Felicias Papageien, die ab und zu vorschlugen, man solle ihnen eines draufgeben.

Inzwischen war es ganz dunkel geworden, und die Gäste waren gerade bei Kaffee, Brandy und Kuchen, als Dan Rosado eintraf.

Trace stand auf. »Meinen Freund, Leutnant Rosado, kennen ja alle. Setzen Sie sich, Dan. Hunger?«

»Nein, ich hab' schon gegessen.« Er setzte sich auf den freien Platz neben Trace und fragte: »Was geht hier eigentlich vor?«

»Sie haben mir ans Herz gelegt, nichts ohne Sie zu unternehmen«, meinte Trace.

»Essen können Sie schon ohne mich. Das hatte ich nicht gemeint«, sagte Rosado.

»Wir sind nicht zum Essen hier«, meinte Trace.

»Los, Trace, wir warten!« rief Felicia.

»Stimmt«, sagte Ferrara sarkastisch. »Die Nacht ist hereingebrochen. In der Ferne hört man die Eulen. In der Nähe kreischen die Papageien. Alle Zutaten für einen Hitchcock-Thriller. Also los, bringen wir's hinter uns!«

»Ich würde gern mal in einem Hitchcock-Thriller spielen«, ließ National Anthem sich vernehmen.

»Sie wären ein wunderbares Opfer«, meinte Ferrara.

»Eeeeyou!« stimmte National Anthem zu.

»Ich wünschte, Hubbaker wäre da«, sagte Trace.

»Wo ist er denn?« fragte Rosado scharf.

»Keiner weiß es«, antwortete Trace. Rosado wollte aufstehen, aber Trace legte ihm die Hand auf den Arm. »Lassen Sie nur. Das macht überhaupt nichts.«

»Also, wer hat Jarvis umgebracht?« fragte Walter Marks vom anderen Tischende her.

»Also hören Sie mal, Walter. Wir können doch nicht so plump an die Sache rangehen. Haben Sie denn keinen Sinn für Dramatik?« fragte Trace.

Chico war immer noch beim Essen.

»Macht's dir was auch, wenn ich ohne dich anfange?« erkundigte sich Trace.

Chico schaute immer noch auf ihren Teller, winkte aber mit der Hand, er möge ruhig weiterreden.

»Eine der Fragen, mit denen ich dauernd beschäftigt war,

war die, warum Jarvis keinen Paß dabei hatte«, sagte Trace laut. »Es ergab keinen Sinn, daß ein Dieb sich mit Schmuck im Wert von einer Million noch lang aufhält, um einen Paß zu stehlen. Tja, das tat er auch nicht. Tatsache ist, daß Jarvis mit einem falschen Paß reiste. Er wollte nicht, daß seine Rückkehr in die Stadt bekannt wurde.«

Eine tiefe Stimme dröhnte: »Warum nicht?« und Trace mußte zweimal hinschauen, um sich zu vergewissern, daß sie dem bis dahin schweigsamen Francis Neddlemans gehörte. Er hatte gesprochen, seine Frau nickte dazu, und beide starrten Trace an.

»Er war heimlich zurückgekommen, um den Schmuck der Gräfin zu stehlen«, sagte Trace.

»Das ist ja lächerlich!« fuhr ihn Felicia an.

»Ich weiß nicht«, meinte Trace ironisch. »Ich kenne eine Menge Leute, die an Schmuck herankommen, indem sie ihn stehlen.«

Er sah sich um. Die Neddlemans, Ferrara und Willie Parmenter starrten ihn an. National Anthem stierte zum Hausdach hinüber, als erwarte sie jeden Moment, ihren Namenszug am Himmel erscheinen zu sehen. Auch Marks und Swenson schauten ihn an; Marks voller Abscheu, Swenson lächelnd und mit einem ermutigenden Nicken.

»Jarvis sagte also gleich nach seiner Ankunft in London, er sei krank geworden, Felicia. Erinnern Sie sich an das, was Sie mir damals sagten?« Trace sah sie an. »Sie sagten, Sie hätten ihm geraten, ein paar Tage aufs Land zu fahren. Stimmt's, Leute? Hat sie ihm das nicht gesagt?«

»Ja«, sagte Ferrara. »Aber was weiter?«

»Wann habt ihr rausgefunden, daß Jarvis gar nicht irgendwo in England war, sondern statt dessen wieder in die Staaten zurückgekehrt war?« fragte Trace.

Ferrara dachte nach. Parmenter schwieg. Mrs. Neddleman sagte mit schüchterner, leiser Stimme: »Als wir hörten, daß man ihn umgebracht hat.«

»Ich danke Ihnen. Genau«, bestätigte Trace. »Niemand wußte von seiner Rückkehr nach Las Vegas, und Felicia hat es Ihnen erst mitgeteilt, als er tot war und sie dazu gezwungen war. Wenn er seinen Plan ausgeführt hätte und nach London zurückgekehrt wäre, dann hätten Sie alle geglaubt, er habe sich irgendwo auf dem Land von seiner Magenverstimmung erholt.«

Aller Augen waren jetzt auf Felicia gerichtet, außer Chicos Augen; sie betrachtete eine Platte mit Kartoffeln.

Zum erstenmal schien die Gräfin ein wenig aus dem Gleichgewicht zu geraten. Ihre Stimme war etwas heiser, als sie fragte: »Sie wollen damit sagen, daß er gar nicht krank war?«

Trace nickte. »Ja. Und Sie wußten das.«

»Aber Sie haben etwas vergessen. Auch Willie wurde krank. Wie ich Ihnen schon sagte, handelte es sich um eine Lebensmittelvergiftung.«

Trace wandte sich an Willie Parmenter. »Wie haben Sie es behandelt, Willie? Sind Sie auch aufs Land gefahren?«

Willie schüttelte den Kopf. »Ich hab' ein paar Tage bei Freunden verbracht«, sagte er. »In London.«

»Prima«, meinte Trace. »Wir kommen noch drauf zurück. Jedenfalls ist Jarvis also hierher zurückgeflogen.«

»Sie haben uns immer noch nichts über seinen verschwundenen Paß erzählt«, warf Walter Marks ein.

»Jarvis hatte zwei Pässe«, fuhr Trace fort. »Einer war auf seinen richtigen Namen, Early Jarvis, ausgestellt. Den wollte er nicht benutzen, weil es keinen Beweis für seine Rückkehr geben sollte. Bedenken Sie, daß er herkam, um Schmuck zu stehlen, und daß sein Aufenthalt in Übersee sein Alibi war. Er hatte noch einen zweiten Paß auf den Namen Edward Stark. Mit diesem Namen ist er aufgewachsen. Unter diesem Namen wurde er ins New Yorker Polizeiregister aufgenommen, bevor er in Ihre Dienste trat, Felicia.«

»Jarvis? Das habe ich nicht gewußt«, sagte sie.

»Irgendwie werde ich den Verdacht nicht los, daß Sie es doch wußten«, meinte Trace.

Wieder dröhnte Neddlemans tiefe Stimme. »Wollen Sie damit sagen, daß Felicia etwas mit Jarvis' Tod zu tun hat?«

»Nein, das behaupte ich nicht«, erwiderte Trace. »Aber sie wußte, was er vorhatte. Er wollte als Edward Stark hierher zurückfliegen, die Juwelen stehlen, dann als Edward Stark zurückfliegen, und alles auf dem armen Spiro sitzenlassen. Warum sonst hat er ausgerechnet jemanden angestellt, der wegen Diebstahls vorbestraft war? Es war alles genau geplant.«

»Der Paß, der Paß!« sagte Ferrara. »Eine Menge Zufälle, aber den Paß haben wir immer noch nicht.«

»Denken Sie dran, er hatte zwei«, meinte Trace. »Chico.«

Sie kaute schnell fertig, schluckte einen Riesenbissen Huhn und Kartoffeln hinunter, griff in ihre Handtasche und holte einen Paß heraus.

»Hier ist der Paß, der auf den Namen Early Jarvis ausgestellt wurde«, erklärte Trace. »Darin ist sein Hinflug nach London eingetragen, aber nicht seine Rückkehr in dieses Land.« Er reichte ihn Rosado.

»Beweisstück A?« fragte Rosado.

Trace nickte, und Felicias Gesicht schien trotz des warmen Kerzenlichts eine Spur bleicher zu werden.

»Woher haben Sie das denn?« fragte sie.

»Das wissen Sie doch. Aus Ihrem Koffer oben. Chico hat ihn gefunden, als ich sagte, sie ginge mal kurz für kleine Mädchen, hehe. Neulich abends sagten Sie mir, daß Sie Ihr Gepäck noch nicht ausgepackt hätten, und ich dachte, daß der Paß vielleicht noch drin sein könnte, da Jarvis ihn Ihnen natürlich gab, als er England verließ. Er benutzte den anderen Paß, und reiste unter dem Namen Edward Stark. Das wissen wir übrigens sicher. Sarge hat den Namen auf der Passagierliste entdeckt. Diese Passagierlisten können zu bösen Beweismitteln werden, nicht wahr, Mr. Ferrara?«

»Ich weiß ganz bestimmt nicht, wovon Sie sprechen«, wehrte Ferrara ab.

»Und der andere Paß, Trace? Was ist damit?« fragte Swenson.

National Anthem schien überrascht zu sein, so nah an ihrem Ohr eine Stimme zu hören, und sie sah sich mit einem gewissen Interesse um. Dann fixierte sie Trace.

»Ich bin gleich soweit«, sagte Trace. »Ich weiß, daß es verwirrend ist. Nicht wahr, Mr. Neddleman?«

»Höllisch verwirrend«, dröhnte die Stimme zurück, »aber bis jetzt find' ich's gut, was Sie sagen.«

»Nun stießen wir auf ein Problem«, sagte Trace. »Wenn Jarvis sich hierher zurückschlich . . .«

Neddleman unterbrach ihn. »Warum hat er denn Spiro vom Flughafen aus angerufen? Wenn seine Reise so geheim war, dann wäre seine Ankunft doch dadurch bekanntgeworden, nicht wahr?«

»Ganz sicher, Liebling«, pflichtete ihm seine Frau bei. »Ganz sicher.«

»Am Anfang«, begann Trace, »dachte ich, er habe zuerst Spiro angerufen und dann einen Wagen gemietet, damit er hier ungestört arbeiten konnte. Aber dem war nicht so. Es ist zwar nur ein kleiner Unterschied, aber er mietete den Wagen, *bevor* Spiro angerufen wurde. Und außerdem hatte er Schlüssel zum Haus. Er hätte genausogut herkommen können, warten können, bis Spiro schlief und dann den Safe knacken können. Niemand hätte das je herausgekriegt. Deshalb hatte er nämlich den Wagen oben auf der Straße geparkt – damit Spiro ihn nicht vorfahren hörte oder ihn am Kennzeichen erkannte.«

Trace entdeckte Spiro, der von der Küchentür her zu ihm herüberschaute.

»Kommen Sie her, Spiro!« rief er. »Sie kriegen einen Platz in der ersten Reihe.«

Spiro näherte sich zögernd und setzte sich auf ein kleines Steinmäuerchen, abseits von den anderen.

»Also, warum hat Jarvis Spiro angerufen?« frage Felicia.

»Hat er gar nicht.«

»Ich schwöre, daß er's war!« rief Spiro. »Ich schwör's!«

»Keine Panik, Spiro«, besänftigte ihn Trace. »Sie haben nichts verkehrt gemacht. Jemand rief an, aber es war nicht Jarvis.«

»Aber . . .«

»Erinnern Sie sich daran, daß Sie mir sagten, er habe irgendwie ein bißchen anders geklungen als sonst? Er sei zu höflich gewesen? Das kam daher, daß es gar nicht Jarvis war.«

»Aber wer war es denn dann?« rief Rosado ungeduldig. Er konnte sich offenbar kaum mehr beherrschen.

»Gleich«, sagte Trace. »Es gibt noch einen Grund, warum es sich bei dem Anrufer nicht um Jarvis handeln konnte. Denn Spiro hätte nach dem Raub sofort die Polizei gerufen und auch von dem Anruf erzählt, und dann wäre das ganze Alibi futsch gewesen. Das wäre dumm gewesen, und Jarvis war absolut nicht dumm.«

Er sah sich am Tisch um. »Alles aufpassen jetzt«, sagte er. »Jetzt wird's nämlich knifflig. Spiro fährt weg, um Jarvis abzuholen. Jetzt wartet die Person, die angerufen hat, bereits beim Haus, und als Spiro das elektronische Tor öffnet, schlüpft sie schnell hinein, bevor es sich wieder schließt. Diese Person hat einen Bohrer bei sich und nimmt an, daß sie lange allein sein wird, weil Spiro ja am Flughafen auf Jarvis wartet. Nie hätte diese Person damit gerechnet, daß Jarvis wirklich auftauchen würde, weil der ja in Großbritannien Ferien auf dem Land verbrachte.«

Trace schenkte sich Wein nach. »Will sonst noch jemand?« fragte er, fand aber keine Abnehmer.

»Der Dieb geht also ins Haus und versucht, den Safe aufzubohren. Da kommt Jarvis. Er parkt draußen auf der Straße und geht die Einfahrt zu Fuß hinauf. Schließt auf. Verhält sich ganz ruhig, weil er ja annimmt, Spiro sei daheim. Aber plötzlich hört er das Geräusch des Bohrers. Er läßt seine Tasche fallen, geht ins Wohnzimmer und steht dem Dieb gegenüber. Die beiden Männer ringen miteinander, und der Dieb schlägt Jarvis nieder, vermutlich mit dem Bohrer. Dann rennt der Dieb davon. Er weiß nicht, ob Jarvis lebt oder nicht, da er aber kein Killer ist, will er so schnell wie möglich verschwinden. Er geht also, ohne den Safe geknackt zu haben.«

»Und was ist dann mit meinem Schmuck passiert?« erkundigte sich Felicia.

»Ja. Wo ist der Schmuck?« fragte Ferrara. »Wissen Sie das eigentlich?«

»Vielleicht«, meinte Trace. »Ich möchte, daß Sie alle mit mir kommen.« Er stand auf und ging zur Tür im Zaun hinter dem Schwimmbecken. Alle am Tisch folgten ihm, außer Chico, die immer noch aß, und Sarge, der seine Jacke auszog und die Ärmel hochkrempelte.

Am Zaun sagte Trace: »Als der Dieb floh, ist er vielleicht hier durchgerannt. Oder vielleicht auch durch die Vordertür. Ich bin mir nicht sicher.«

»Was zum Teufel heißt das?« fragte Rosado.

Trace sah zum Eßtisch zurück, wo Sarge sich gerade wieder hinsetzte. Chico nickte Trace zu, und er sagte zu Rosado: »Ach, das ist nicht weiter wichtig.«

»Das ist doch alles Quatsch«, meinte Ferrara.

»Los. Setzen Sie sich wieder«, sagte Trace. »Wir sind gleich soweit.«

Als alle wieder Platz genommen hatten, sagte Trace: »Sie müssen bedenken, Felicia, daß Jarvis kam, um den Schmuck zu stehlen. Wie Sie ja genau wissen. Er war also außer Gefecht gesetzt, möglicherweise ernstlich verwundet. Er kommt wieder zu sich. Um ihn herum herrscht ein Chaos. Aber er denkt nur an das eine: Sie zu schützen. Also zieht er seine Handschuhe an. Die Handschuhe, die er im Juli von London nach Las Vegas mitnahm, fast sein einziges Gepäck. Oder vielleicht trug er sie auch schon die ganze Zeit. Er öffnet den Safe.«

»Was soll das mit meinem Schutz zu tun haben, wenn er meinen Schmuck stiehlt?« fragte Felicia.

»Bedenken Sie doch: Soviel Jarvis wußte, mußte Spiro ja noch im Haus sein, vielleicht schlafend. Jarvis war nicht imstande, das Durcheinander zu beseitigen, und deshalb würde Spiro sicher die Polizei rufen. Jarvis wollte aber nicht, daß die herauskriegten, was in dem Safe war. Dies ist ein Punkt, der bisher allen entgangen ist. Was ist mit dem Baum, der während des Kampfes umfiel? Wenn Sie sich mal beide Bäume anschauen, dann sehen Sie, daß der umgestürzte Baum keine Leinwand mehr um seine Wurzeln hat. Jarvis nahm das Stück Leinwand, um den Inhalt des Safes darin einzuwickeln. Auch seinen falschen Paß tat er dazu, weil er nicht wollte, daß das Schwierigkeiten gab. Und dann hat er alles versteckt.«

»Wo? Wie denn? Seine Leiche wurde doch hier gefunden?« sagte Neddleman. Er deutete auf den Fischteich.

»Ich fand das sehr seltsam«, sagte Trace, »daß Jarvis hier herausgekrochen ist, statt zum Telefon zu kriechen und Hilfe zu rufen. Vielleicht wollte er das auch noch tun, aber erst mußte er das Zeug loswerden. *Deshalb* kam er hier raus. Es war sein Pech, daß ihm schwindlig wurde, er hinfiel, und sich den Kopf anschlug und dann verblutete, während Spiro am Flughafen auf ihn wartete. Sarge, möchtest du es tun?«

»Klar«, sagte sein Vater. Der stämmige, grauhaarige Mann stand auf und ging auf den Goldfischteich zu. Er legte sich auf den Boden und tauchte den Arm tief ins Wasser. Einen Moment später zog er ein Leinwandpaket heraus.

»Mein Gott, was für ein Geruch!« stöhnte Sarge. »Sie sollten mal frisches Wasser einlassen, Gräfin.«

Er brachte es zum Tisch und ließ es vor Rosado auf das saubere Tischtuch fallen. Der Polizist öffnete das Paket mit einem Messer, und Felicia kam her, um zuzuschauen. Die Neddlemans folgten ihr. Es war das erstemal, daß Trace sah, wie sie sich bewegten.

»Ich würde gern die Kleopatra spielen«, sagte National Anthem, aber niemand hörte ihr zu.

Rosado zog einen blauen Paß hervor.

»Das müßte der falsche Paß sein, auf Edward Stark ausgestellt«, sagte Trace.

Rosado schnitt noch mehr Stoff weg und schlug die Leinwand dann auseinander. Da lagen ein Diadem und zwei kunstvoll gearbeitete Diamantenhalsketten. Und der weiße Marmoraschenbecher.

»Mein Schmuck!« rief die Gräfin. »Mein Schmuck.« Sie setzte sich das Diadem auf. »Ihr Vater hat recht, Trace, das Wasser stinkt. Aber ich habe meine Juwelen wieder.«

»Nicht direkt«, sagte Trace, nahm ihr das Diadem wieder ab und reichte es Rosado.

»Was soll das heißen, nicht direkt?« fragte Felicia.

»Es stimmt, sie gehören Ihnen, aber es sind keine Juwelen. Nur billige Nachahmungen, Glasimitationen Ihrer Juwelen. Sie wissen das, Felicia, aber die andern wissen es nicht, ich hoffe also, daß es Ihnen nichts ausmacht, wenn ich es erkläre. Das ist der Grund dafür, daß Jarvis drei Wochen vor Ihrer Reise nach Europa regelmäßig nach New York flog. Er verkaufte die Steine aus den Schmuckstücken und ersetzte sie nacheinander mit Glasimitationen.«

»Das ist ja absurd«, sagte sie. »Also wirklich, Trace . . .«

»So? Es ist eine großartige Methode, die Versicherung auszutricksen. Verkauf die richtigen Juwelen und stiehl die Imitationen selbst.«

»Lächerlich!« fauchte sie.

»Wir werden es wissen, wenn wir den Schmuck untersucht haben«, warf Rosado ein.

»Erinnern Sie sich, Gräfin, daß Sie mir sagten, Sie hätten sich noch nie karitativ betätigt, gingen nie auf Wohltätigkeitsbälle und so etwas? Aber kurz vor der Europareise machten Sie mal eine Ausnahme, damit Sie in all Ihrem Schmuck fotografiert werden konnten. Das gehörte zu dem Plan. Möglichst viele Leute mußten Sie mit dem Schmuck gesehen haben. Damit Sie dann nach dem Diebstahl Hunderte von Zeugen vorweisen konnten, daß der Schmuck tatsächlich existiert hatte. Aber es wird sowieso nicht schwer sein, den New Yorker Juwelier ausfindig zu machen, der die echten Steine durch Glas ersetzte. Das ist wahre Spezialistenarbeit.«

»Ich wehre mich dagegen«, sagte Felicia. »Diese ganze Theorie, ich hätte meine eigenen Juwelen gestohlen . . .

»Bedenken Sie, Gräfin, wie Sie an sie rangekommen sind«, bemerkte Trace.

»Es waren Geschenke«, sagte sie.

»Sie waren gestohlen«, erwiderte Trace. Rosado sah ihn scharf an, und Trace zuckte die Achseln. »Jedenfalls meint man das bei Interpol. Dort sind die Gräfin und Jarvis als meistverdächtige Juwelendiebe registriert.«

»Und warum wurde der Aschenbecher gestohlen?« fragte Ferrara scharf.

»Er wurde nicht gestohlen«, versetzte Trace. »Jarvis benutzte ihn nur als Gewicht, um sicherzugehen, daß der Pakken auch wirklich unterging.«

Ferrara fuchtelte wild mit den Armen. »Das ist schwachsinnig!« rief er voller Abscheu. »Felicia ein Diebin? Sie sind ein Idiot, Tracy. Ich habe Sie ja noch nie gemocht, aber jetzt bin ich der Meinung, man sollte Sie festnehmen!«

»Ruhe, Luftverpester«, sagte Trace. »Um Juwelen zu stehlen, muß man da sein, wo es Juwelen gibt. Was wäre da gescheiter, als zu einer wunderschönen Frau zu gehen? Noch dazu einer mit einem wohlklingenden Titel? Das einzige, was lukrativer ist, ist vielleicht nur noch der Drogenhandel.« Er sah Ferrara starr an, Ferrara starrte zurück.

»Jedenfalls sind Felicia und Jarvis nicht die einzigen Schmuckdiebe auf der Welt«, sagte Trace.

Mrs. Neddleman sagte leise: »Ich verstehe immer noch nicht, wer Jarvis umgebracht hat.«

»Das weiß der Detektiv der Versicherungsfirma«, meinte Trace.

»Der ist nicht da«, sagte Marks. »Der Baron ist nicht da.«

»Tut mir leid, Groucho, der ist nicht Ihr Detektiv. Die von Interpol behaupten sogar, daß auch er ein Schmuckdieb ist.«

»Was?« rief Walter Marks und stand auf.

»Er ist vorbestraft«, sagte Trace.

»Und ich hab' mit zweitausendfünfhundert Dollar für ihn gebürgt!« stöhnte Marks.

»Das ist nicht mein Problem«, meinte Trace.

Neddleman brummte wieder vor sich hin: »Sie sagen, der Detektiv weiß es. Aber wer sagt es uns?«

»Der Detektiv selbst. Nicht wahr, Willie?«

Ferrara fuhr zu seinem Bediensteten herum. »Willie? Er?« Lachend zeigte er mit dem Finger auf ihn.

Parmenter ignorierte ihn. »Meine Glückwünsche, Mr. Tracy. Sehr intelligent.«

»Ich hatte Hilfe«, räumte Trace ein. »Möchten Sie uns etwas sagen oder soll ich fortfahren?«

»Machen Sie auf jeden Fall weiter«, sagte Parmenter.

»Wie war's bis jetzt?«

»Ich würde Ihnen eine Eins geben.«

»Nicht schlecht«, meinte Trace.

Walter Marks zeigte auf Parmenter. »Er?« fragte er und sah Trace an.

National Anthem meinte: »Er ist nett. Irgendwie. Für einen Mann.«

»Ja, er ist Ihr Geheimagent, Groucho«, sagte Trace zu Marks. »Soll er Ihnen einen Drink holen? Nicht zu süß.«

»Ich kann's nicht glauben«, sagte Marks.

»Ich kann's nicht glauben«, äffte Trace sein Gejammer nach. »Tut mir leid. Ich bin kein sehr guter Schauspieler. Möchten Sie Walter beeindrucken?« fügte er mit einem Blick auf Willie hinzu. Der kleine Mann lächelte.

»Ich sagte doch vorhin, es sei nicht Spiro gewesen, der angerufen hat«, meinte Trace. »Jemand hat seine Stimme imitiert. Und das war Willie.«

Parmenter stand noch immer an seinem Platz am Tisch.

»Sie machten einen Fehler, als Sie neulich abends vor Chico angaben, indem Sie Groucho nachäfften«, sagte Trace. »Sie hat sich daran erinnert. Sie erinnert sich nämlich an alles.«

»Man kriegt immer nur Schwierigkeiten, wenn man mit irgendwas angibt«, bemerkte Parmenter.

»Ich kann's immer noch nicht glauben«, sagte Marks.

»Glauben Sie's nur, Walter«, warf Swenson ein.

»Eeeeyou! Das wird ja richtig aufregend, hab' ich den Eindruck!« meldete sich National Anthem zu Wort.

Es herrschte einen Moment lang Stille, dann kreischte einer der Papageien: »Polly will eins drauf!«

Felicia stand immer noch neben Trace und starrte Parmenter an.

»Sehen Sie, Felicia«, sagte Trace, »Willie arbeitet seit einigen Jahren für Versicherungsfirmen, und zwar ist er mit großen Schmuckdiebstählen befaßt. Sie und Jarvis gingen ihm immer wieder durch die Lappen. Deshalb tat er, als Sie in London waren, so, als sei er krank, weil er das für die ideale Chance hielt, etwas über Ihre Geheimnisse herauszubekommen. Er nahm das erste Flugzeug in die Vereinigten Staaten und flog dann weiter nach Las Vegas. Daß Jarvis zufällig genau das gleiche tun würde, hätte er nie erwartet.«

Felicia ließ sich schwer auf einen Stuhl neben Chico fallen. Dumpf starrte sie die Kerzenhalter an, während sie sprach. »Es war kein Zufall. Willies Krankheit brachte uns ja erst auf die Idee. Man konnte sich auf eine Lebensmittelvergiftung herausreden, und das war eine ausgezeichnete Gelegenheit für Jarvis, ebenfalls zu erkranken und zurückzufliegen. Wir wußten ja nicht, wo Willie steckte.«

»Das wußte keiner. Nicht mal Ferrara, für den Willie schließlich arbeitete.«

»Er war sehr praktisch«, sagte Willie. »Er bot mir überhaupt erst den Zugang zu diesem Milieu.«

»Also«, fuhr Trace fort. »Sie fliegen nach Las Vegas zurück, und es fällt Ihnen nicht im Traum ein, daß Jarvis dasselbe tut. *Sie* möchten Felicias Schmuck überprüfen und ihn, falls er gestohlen ist, zurückstehlen. Andererseits hat Jarvis aber schon den ganzen Schmuck verkauft und durch Imitate ersetzt, und jetzt will er die Imitationen klauen, um die Versicherung auszutricksen. Sie kommen vor ihm hier an und sitzen im Wagen, in der Nähe der Tankstelle unten auf der Straße, und dann rufen Sie Spiro an und schicken ihn los zum Flughafen. Als er das Haus verläßt, schlüpfen Sie durchs Tor und beginnen mit der Arbeit. Jarvis trifft ein, und dann passiert das, was ich vorhin schon geschildert habe: Kampf, Jarvis stürzt, Willie rennt davon, Jarvis versteckt die Juwelen, damit die Tatsache, daß sie unecht sind, Felicia keinen Schaden zufügt, und dabei hat er das Pech, daß er sich den Kopf aufschlägt und verblutet.«

»Können Sie irgendeine dieser Anschuldigungen beweisen?« erkundigte sich Parmenter.

»Wir haben auf der Passagierliste entdeckt, daß Sie am selben Tag nach Las Vegas flogen, an dem Jarvis getötet wurde. Sie stehen in Zeile achtzehn, William Parmenter. Ich bin sicher, daß es auch in Ihrem Paß vermerkt ist. Es wird jedenfalls nicht schwierig sein, das nachzuweisen.«

Parmenter, der bis jetzt als einziger gestanden hatte, setzte sich.

»Es war ein Unfall«, sagte er. »Ich wollte ihn nicht verletzen. Ich wollte nur entkommen, ohne von ihm erkannt zu werden.« Sein Gesicht hellte sich etwas auf. »Er verblutete, nachdem er sich den Kopf angeschlagen hatte. Das hat nichts mit mir zu tun.«

Ferrara sah ihn an. »Sie haben wirklich Nerven! Tun so, als arbeiteten Sie für mich, und nebenher – «

»Ach, halten Sie doch den Mund!« rief Parmenter. Er nahm einen Kübel mit geschmolzenem Eis und schüttete ihn Ferrara über den Kopf.

Der lockige Italiener kreischte, und National Anthem meinte: »Ich liebe Kriminalgeschichten. Du nicht auch, Bobby, Liebling?«

»Natürlich, natürlich«, sagte Swenson.

Ferrara trocknete sich mit einer großen Serviette den Kopf. Einen Moment lang sah es aus, als wolle er Parmenter einen Fausthieb versetzen, aber da Sarge ihn drohend ansah, ließ er es bleiben und setzte sich wieder hin.

»Neulich abends«, sagte Trace zu Rosado, »erzählte mir Felicia, sie sei überrascht, daß der Dieb bis jetzt keinen Kontakt zu ihr aufgenommen hätte. Das verstand ich irgendwie nicht. Aber jetzt verstehe ich es, weil die Juwelen ja nicht echt sind, und das hätte der Dieb, wenn er es herausbekommen hätte, gut als Erpressungsmittel gegen Felicia verwenden können. Deshalb war sie überrascht, daß sie nichts hörte. Ist es nicht so, Gräfin?«

Sie starrte immer noch auf die Kerzenhalter. »Ja,« bestätigte sie leise.

»Und Sie, Willie, Sie hatten auch ein Problem«, fuhr Trace fort.

»Felicias Juwelen waren verschwunden, aber Sie hatten sie nicht. Wer hatte sie also? Wo waren Sie? Sie wußten, daß irgend etwas vorging, und deshalb ließen Sie sich von der Versicherungsgesellschaft hierherschicken. Wahrscheinlich dachten Sie, Sie könnten sich Ihr Geld ganz leicht verdienen, weil Sie ja eine Information besaßen, die die Bullen nicht hatten, und zwar die, daß der Dieb den Schmuck nie bekommen hat. Deshalb lauerten Sie immer hier herum, machten die Ohren auf und versuchten, irgendwas herauszukriegen. Sie hatten offenbar Spiro im Verdacht, deshalb haben Sie bei ihm eingebrochen. Aber er hatte den Schmuck natürlich nicht. Der war nämlich die ganze Zeit hier.«

Trace schenkte sich Wein nach und wandte sich an Rosado. »Alles Gute, Dan. Jetzt ist's an Ihnen, den Fall zu übernehmen. Ich weiß nicht, wer welche Strafe verdient, und es ist mir auch egal. Und Walter – «

Marks sah auf. »Ich finde, Sie schulden Felicia die Versicherungssumme für Jarvis' Tod. Es sei denn, Ihre legalen Spione finden irgendeinen Weg, es ihr vorzuenthalten.« Er neigte sich zu Felicia hinüber. »Ich habe Ihnen ja gesagt, daß ich versuchen würde, es für Sie zu kriegen.«

Rosado stand auf. »Ich rufe Verstärkung. Daß mir niemand einen Fluchtversuch macht!«

»Bestimmt nicht«, sagte Sarge.

Nach ein paar Minuten kam Rosado zurück. Die Gäste saßen schweigend und reglos da, als hätte sich der Hauptgang gerade als Leiche entpuppt.

Trace sah, daß Rosado ihn herwinkte und ging zu ihm hin.

»Etwas, was alle vergessen haben«, sagte Rosado. »Wer hat denn eigentlich Roberts umgebracht?«

»Das hatte nichts mit dieser Sache zu tun«, meinte Trace. »Sehr wahrscheinlich war es eine Nutte namens Lip Service. Sie hatten Streit. Wahrscheinlich schlug er sie, und sie schnitt ihm die Kehle durch. Sie ist aus der Stadt verschwunden und nach Minnesota zurückgefahren.«

»Oh. Und was war zwischen Hubbaker und Roberts?«

»Da kann ich nur Vermutungen anstellen. Wahrscheinlich hat Roberts herausgekriegt, daß Hubbaker vorbestraft war. Das war es, was die Notiz auf dem Ordner bedeutete. Vielleicht wollte er den Baron erpressen, oder vielleicht dachte er auch, Hubbaker könne ihm bei der Lösung des Schmuckraubs helfen. Ich weiß es nicht.«

»Ich auch nicht, und ich kann es auch nicht mehr herausfinden, weil Hubbaker weg ist«, sagte Rosado.

»Wahrscheinlich ist er verduftet«, meinte Trace. Er sprach sehr leise. »Sie könnten mir einen Gefallen tun, indem Sie noch eine Weile mit dem Suchbefehl warten«, sagte Trace.

»Warum das?«

»Erstens hatte er mit der ganzen Sache nichts zu tun. Und zweitens würde es mich nicht stören, wenn die Bürgschaft verfiele.«

Rosado sah an Trace vorbei zu Walter Marks hinüber, der mit mürrischer Miene am Tisch saß.

»Ich verstehe«, meinte er. »Ich werde die Verfolgung des Barons gebührend verzögern.«

»Polly will eins drauf!« quäkte einer der Papageien.

27

Die Jahrestagung der Garrison Fidelity Company war zu Ende gegangen. Und zwar mit einem Gala-Dinner, bei dem Bob Swenson, der Präsident, die Hingabe, den Eifer und die Intelligenz der Männer gerühmt hatte, die die Gesellschaft zu dem gemacht hatten, was sie war, darunter kein anderer als Walter Marks, ›unser hochverdienter Vizepräsident für Schadenersatzforderungen‹.

Nach dem Essen bestieg Marks sofort eine Maschine, und versäumte so die Gelegenheit, in Traces Wohnung an einer Party teilzunehmen, auf der sowohl die Firma als auch Traces Geburtstag gefeiert wurden, der jetzt einen Tag zurücklag.

Swenson kam. Allein.

»Wo ist denn National Anthem?« erkundigte sich Trace.

»Alles aus«, sagte Swenson.

»Was ist passiert?«

»Sie verläßt das Land.«

»Warum?« fragte Trace.

»Warum? Weil sie irgend so ein verfluchtes Angebot gekriegt hat, in einem Zulu-Epos mitzuspielen. *Die Königin der Affen.* Ich wette, sie hat noch nie mit 'nem Gorilla geschlafen. Jedenfalls, jetzt ist sie weg, und ich will nicht mehr darüber reden. Wo ist Ihr Telefon?«

»Nehmen Sie das hier«, sagte Trace.

Swenson wählte eine Nummer für ein Ferngespräch, und während er wählte, sagte er zu Trace: »Haben Sie gehört, was ich in meiner Rede über diesen Mickerling Marks gesagt habe?«

»Jedes Wort. Ich mußte mich fast übergeben«, erwiderte Trace.

»Man muß die kleinen Leute ab und zu loben«, meinte Swenson. »Dann spuren sie besser. Wissen Sie, er hat mir mal gesagt, daß er Ihnen einen genügend langen Strick besorgen wolle, an dem Sie sich erhängen sollten. Der arme Dummkopf, jetzt hat er Ihnen einen siebenundvierzig Kilometer langen gegeben, und Sie haben ihn ihm um seinen eigenen Hals gewickelt.«

Trace meinte: »Man hat mir sehr geholfen.«

»Ich gebe ihm seinen Strick«, sagte Swenson. »Hallo, Deirdre, hier ist Mr. Swenson . . . Ja. Hier läuft alles ausgezeichnet. Heute abend ging das Ganze zu Ende. Ich möchte, daß Sie am Montagmorgen als erstes einen der Laufjungen in ein Haushaltswarengeschäft schicken . . . Hören Sie mir doch erst mal zu! Ich will, daß er einen Kilometer Wäscheleine kauft. Ja, genau. Wäscheleine. Und schicken Sie die an Walter Marks Büro. Dazu einen Zettel mit der Aufschrift: ›Mehr Glück fürs nächste Mal‹ . . . Nein, nein. Nicht unterschreiben, und auf gar keinen Fall sagen, daß es von mir kommt . . . Ja. Ich bin am Sonntag zurück . . . Okay. Wiederhören.«

Er legte auf und nahm den Drink, den Chico ihm anbot. »Ist Rache nicht was Herrliches?« fragte er.

»Klar«, erwiderte Trace. »Hören Sie, wir haben diesmal eine Menge Auslagen gehabt, Bob. Paps, Chico und ich.«

»Ganz egal. Denken Sie nur immer dran, daß Sie mir noch dreitausend Dollar schulden.«

»Schon erledigt. Der Scheck ist eingelöst.«

Später kamen dann noch Dan Rosado und seine Frau dazu und ganz am Schluß auch Sarge und Mrs. Tracy. Trace fand, daß verglichen mit der Miene seiner Mutter die eines Bassets absolut vergnügt gewirkt hätte.

»Was ist denn los, Mutter?«

»Alles deine Schuld!«

»Was denn?«

»Nachdem ich gestern abend soviel Geld gewonnen hatte, dachte ich im Bett, ›wenn ich mehr einsetze, dann gewinne ich auch mehr‹. Deshalb ging ich heute an den gleichen Automaten zurück und versuchte es wieder.«

»Und wie ging's?«

»Ich habe alles reingeworfen, was ich gestern gewonnen habe. Und dann hab' ich noch zehn Dollar verloren. Ich bin froh, wenn ich wieder daheim bin.«

»Wie schade, daß du schon zurückfährst!« sagte Trace.

Später schenkte Chico allen ein Glas Champagner ein. Mrs. Tracy untersuchte das Glas nach Fettflecken.

Chico brachte ihren Toast als erste aus. »Auf den Mann, den ich manchmal liebe«, sagte sie und hob ihr Glas, das kaum einen Teelöffel von Champagner enthielt.

»Auf meinen Freund«, sagte Bob Swenson und hob sein Glas ebenfalls.

»Und auf meinen«, fügte Rosado hinzu, hob sein Glas, trank aber noch nicht.

Alle schauten Mrs. Tracy an, die immer noch mit der argwöhnischen Untersuchung des Glases beschäftigt war. Sarge hob sein Glas und sagte: »Auf meinen Sohn.«

Nachdem sie getrunken hatten, stimmte Chico ›Happy Birthday‹ an, und außer Traces Mutter sangen alle mit.

Chico stieß mit Trace an. »Ende gut, alles gut, Partner«, sagte sie.

»Alles ist gut, wenn es zu Ende ist«, meinte Trace. Er beugte sich zu ihr hinunter und flüsterte ihr ins Ohr: »Ich liebe dich.«

»Da sind wir in der gleichen Lage«, sagte Chico.

ENDE

Nachwort

Der vorliegende Roman aus der Trace-Serie wurde in den USA als sogenanntes *Paperback-Original* veröffentlicht. Die *Paperbackoriginalserie* ist eine Erfindung der amerikanischen Taschenbuchverleger, die inzwischen die ganze westliche Publikationswelt erobert hat. In den 50er Jahren wurde ihr Konzept entwickelt mit Serien wie Ed Noon von Michael Avallone oder Shell Scott von Richard S. Prather, die schnell Millionenauflagen erreichten. Eine Taschenbuchoriginalserie zeichnet sich dadurch aus, daß sie die Abenteuer eines oder mehrerer Helden von einem oder mehreren Autoren in regelmäßiger Folge in billigen Taschenbüchern erzählt (die Verwandtschaft zum deutschen Phänomen ›Romanheft‹ ist offensichtlich). Im Unterschied zu Detektivserien wie John Tanner von Stephen Greenleaf oder Mallory von Max Allan Collins erscheinen in den Taschenbuchoriginalserien nicht nur ein bis zwei Bücher pro Jahr (die außerdem ihre Erstveröffentlichungen in den USA im Hardcover haben), sondern zehn oder mehr. Natürlich gibt es Ausnahmen: die jährlichen Romane der Travis McGee-Serie von John D. MacDonald erschienen fast alle als Erstveröffentlichungen im Taschenbuch; dasselbe gilt für Donald Hamiltons Matt Helm-Serie. Autoren wie Gregory McDonald zogen es vor, statt in einer relativ niedrigen Auflage im Hardcover zu erscheinen, sofort im Taschenbuch mit Massenauflagen zu veröffentlichen. Denn während die Hardcover auch in den USA nur die Buchhandlungen erreichen, werden Taschenbücher über Drug Stores, Tankstellen usw. vertrieben.

In den 60er Jahren hatte zwar das Taschenbuch an sich eine erfolgreiche Zeit, aber um die Taschenbuchoriginalserien war es etwas still geworden. Erst der Verleger und Producer Lyle Kenyon Engel belebte das Genre wieder und veränderte die Formel. Er kam infolge der James-Bond-Welle auf den einträglichen Gedanken, den alten *Dime-Novel*-Helden Nick Carter wiederzuerwecken und zu modernisieren. Nick Carter, ein harmloser Detektiv, der um die Jahrhundertwende bis in die 20er Jahre sein Unwesen trieb und als erste originäre amerikanische Detektivfigur gilt, mutierte 1964 zum brutalen Superagenten. Bis heute wurde er in ca. 100 semi-pornographischen Taschenromanen um die Erde gejagt. Um den reibungslosen Produktionsablauf von zehn bis zwanzig Romanen im Jahr zu garantieren, ließ Engel verschiedene Autoren unter dem Reihenpseudonym ›Nick Carter‹ schreiben – darunter bekannte Namen, wie Martin Cruz-Smith *(Gorky Park)*, Michael Avallone oder Michael Collins. Es ist nicht auszuschließen, daß Engel dieses Konzept in Deutschland abgeguckt hat: Der Verleger Gustav H. Lübbe hatte es nämlich in den 50er Jahren für seine Jerry Cotton-Serie entwickelt (auch bei Cotton verbergen sich hinter dem Verlagspseudonym etliche bekannte Namen der bundesdeutschen Krimi-Szene). Nick Carter jedenfalls wurde sofort ein durchschlagender Erfolg.

Dem neuen Erfolg der Taschenbuch-Originalserien folgte Ende der 60er Jahre ein Boom von bisher nicht gekannten Ausmaßen. Das war vor allem einem Mann und einer Serie zu verdanken: Don Pendleton nutzte die auf dem Höhepunkt stehende Vigilantenwelle für seine Executioner-Serie um den Mafia-Killer Marc Bolan (hat nichts mit T. Rex zu tun). Was Brutalität und Sex betraf, ging Pendleton noch ein gutes Stück über den mit den Jahren immer mehr verrohenden Nick Carter hinaus. Pendletons Mischung aus Thriller und trivialem Kriegsroman (der Detektivheld als Soldat) war so erfolgreich, daß es das gesamte Gebiet der *Paperbackoriginalserie* veränderte; es wurde ein Geschäft (und Kult) von bisher nicht gekannter Größenordnung. Fast monatlich erscheint seitdem eine neue Serie ›für Männer‹, die noch mehr Brutalität und Sex verspricht. Aber – wie immer – findet der Leser auch die eine oder andere Perle darunter.

Es blieb Warren Murphy und seinem Co-Autor Richard Sapir vorbehalten, 1971 die witzigste und intelligenteste dieser Serien zu schaffen: *The Destroyer*. Inzwischen auch erfolgreich fürs Kino verfilmt; bei uns lief der gutgemachte Actionfilm unter dem dümmlichen Titel ›Remon – unbewaffnet und gefährlich‹. Die beiden hochtalentierten Autoren bewiesen mit den Abenteuern des lizensierten Killers (das klingt trivialer, als die Serie wirklich ist), daß eine derartige Serie auch unter den Produktionsbedingungen des Paperbackoriginalmarktes Niveau haben und ohne allzu drastische Sex- & Gewaltdarstellungen auskommen kann. Die Serie läuft auch heute noch (um die 80 Titel) – nach dem zeitweiligen Ausstieg von Sapir – erfolgreich.

Der große Wurf gelang Warren Murphy 1983 mit seiner Trace-Serie. Vorausgegangen war ihr eine vierbändige Serie um den versoffenen Versicherungsdetektiv Digger, der dann zur Kultfigur Trace mutierte. In den Trace-Romanen übertrifft Murphy sich selbst, was bizarre Plots, ungewöhnliche Charaktere und Witz und Einfallsreichtum angeht. Die Phantasie von Murphy scheint unbegrenzt, wenn er sich schräges Romanpersonal und humorvolle Situationen ausdenkt. Trace gehört zu *den* Krimis, die man selbst dann weiterliest, wenn die letzte Seite fehlt. Teilweise erinnern die Romane an die frühen Fletch-Geschichten von Gregory Mcdonald. Nur: Murphy dreht die Schraube noch mehr an – bis hin zum Aberwitz. Für den fünften Trace-Roman erhielt er dann auch verdientermaßen seinen zweiten Edgar Allan Poe-Preis der amerikanischen Kriminalschriftstellervereinigung. Den ersten ›Edgar‹ erhielt er übrigens für den Roman THE GRANDMASTER, den er zusammen mit Molly Cochran gechrieben hat.

Warren Murphy wurde am 13. September 1933 in Jersey City, New Jersey, geboren (die Haßliebe auf seinen Geburtsort und seinen jetzigen Wohnsitz New York wird besonders im ersten Trace-Roman deutlich). Von 1952 bis 1956 diente er in Alaska bei der Air Force, die er im Rang eines Sergeant verließ. 1955 heiratete er Dawn Walters, mit der er vier Kinder hat. 1973 wurde die Ehe geschieden.

Murphy schlug sich als Reporter, Redenschreiber und PR-Mann durch, bis er in den 70er Jahren dank des Erfolges der Destroyer-Serie hauptberuflicher Schriftsteller wurde. Heute lebt er in New York City. Er ist Mitglied der Mystery Writers of America (MWA) und der Adams Round Table (benannt nach dem Inhaber des Bella Vita-Restaurants auf der

East Side, in dem die Gruppe ihre Treffen abhält), einer lockeren Runde von Kriminalschriftstellern, zu der Joyce Harrington, Dorothy Salisbury Davis, Mary Higgins Clark, Thomas Chastain, Bill Adler und andere gehören.

Die Destroyer-Serie wurde trotz allem von den harten Krimi-Fans immer (zu Unrecht) belächelt, aber seit den Trace-Büchern ist Murphy anerkannt als einer der besten und innovativsten Krimiautoren der 80er Jahre.

Martin Compart

Band 19 060

Arthur Lyons

Schmutzige Ernte

Deutsche Erstveröffentlichung

Alles sieht nach einem typischen Routinefall für Jacob Ash aus: Eine junge Frau beauftragt ihn, ihren künftigen Ehemann unter die Lupe zu nehmen. Aber dann entdeckt Ash, daß dieser offensichtlich homosexuell ist. Vor einem Treffen mit Ash wird seine Auftraggeberin ermordet, und Ash ist klar, daß dies alles andere als Routine von einem Privatdetektiv verlangt.

Schwarze SERIE

In dieser Reihe erscheinen die Klassiker und besten jungen Autoren des modernen harten Kriminalromans. Die Reihe bietet einen Querschnitt durch die Spitzenleistungen des Krimis.

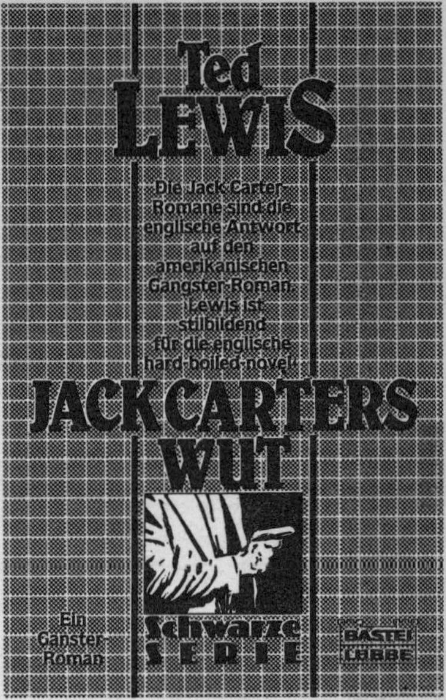

Band 19 117

Ted Lewis

Jack Carters Wut

Deutsche Erstveröffentlichung

Gerald und Les Fletcher, Carters Bosse, haben beschlossen, Jack Carter am Ende eines erfolgreichen Geschäftsjahres ihre Dankbarkeit zu zeigen.
»Und wie können wir unsere Dankbarkeit zeigen? Mit Geld? Jack braucht kein Geld. Mädchen? Darum kümmert er sich selbst. Wir schenken ihm etwas, das man mit Geld nicht kaufen kann – wir schenken ihm Zeit.«
Carter soll zwei Wochen Urlaub in der Villa seiner Bosse auf Mallorca machen. Und schon sitzt er im schlimmsten Schlamassel. So, daß Jack Carter richtig wütend wird.

BASTEI LÜBBE